U.S. Marines

Tome 3 : La Trêve de minuit

Arria Romano

U.S. MARINES

Tome 3 :

LA TRÊVE DE MINUIT

Arria Romano

www.soromance.com

Prologue

Beaufort, Caroline du Sud, printemps 2001

Scarlett se frayait un chemin parmi toutes les personnes présentes à l'anniversaire de Hudson Rowe, son voisin et grand-frère de cœur. Depuis sa naissance, il veillait sur elle à la manière d'un ange gardien et le lien qui les unissait avait la solidité du tungstène.

Scarlett adorait Hudson, son héros de guerre, lieutenant dans la U.S. Marine Corps et fierté nationale pour la ville où ils vivaient. Chaque semaine, elle lui écrivait des lettres pour l'aider à maintenir le cap dans les zones de conflits, au cœur de pays hostiles qui l'éloignaient d'elle. Chaque semaine, cette adolescente d'à peine seize ans participait un peu à l'effort de guerre en remontant le moral des troupes.

La plupart des personnes présentes à la fête de Hudson, désormais âgé de vingt-sept ans, venaient du milieu militaire. Une soixantaine de marines et leurs compagnes comblaient la maison familiale des Rowe en créant une ambiance festive et remuante, où l'on pouvait se perdre aisément, surtout pour une jeune fille comme Scarlett. Elle venait d'arriver et c'était la première fois de sa vie qu'on lui autorisait d'aller à une soirée d'adultes, même si sa maison et son père se trouvaient juste à côté.

D'un pas assuré, elle arriva à la hauteur du maître des lieux, un grand type dépassant le mètre quatre-vingt-dix, costaud, au regard vert et aux cheveux noirs. Il s'imposait comme l'archétype du Sudiste américain et aurait eu le profil pour jouer le cow-boy aux côtés de John Wayne s'il était né quelques décennies plus tôt.

— Bonsoir, Hudson, le salua-t-elle de sa voix chaleureuse et chantante, mâtinée de l'accent traînant qui caractérisait les habitants de la région.

D'abord occupé à garnir son buffet d'amuse-bouche, le dénommé virevolta sur ses talons et découvrit, à sa plus grande joie, sa petite voisine. Elle ne pouvait pas passer inaperçue avec sa longue crinière rousse, qui lui descendait jusqu'aux hanches, ses grands yeux vert clair à l'éclat frondeur, ses ravissantes taches de rousseur et son look d'aventurière vintage. Scarlett dégageait une malice et une intrépidité propre à Calamity Jane.

— Mam'zelle Scarlett !

Hudson imitait à la perfection Mamma dans *Autant en emporte le vent* et campait aussi bien son rôle de chaperon quand il en avait l'occasion. Scarlett s'esclaffa devant son exclamation et se rua dans ses bras lorsqu'il les ouvrit pour la serrer contre son torse. Les personnes alentour les épièrent d'un œil à la fois surpris et attendri, peu habituées à voir le lieutenant Rowe aussi démonstratif.

— Comme tu es belle, mon chaton sauvage, avoua-t-il en passant ses mains dans ses ondulations de feu. Ton père devrait se faire du souci pour toi.

— Balivernes ! Je suis ronde, j'ai des bagues aux dents, des taches de rousseur et je m'habille comme une fermière. Les garçons de mon lycée n'aiment pas ça, répliqua-t-elle, pas le moins du monde troublée par son manque de séduction.

— Tu es belle à mes yeux. Tous ces petits cons ne savent pas ce qu'ils manquent, mais ce n'est pas une affaire urgente. Tu n'as que seize ans et je permettrai à quelqu'un de te toucher quand tu en auras vingt-cinq. La majorité sexuelle, affirma-t-il en feignant un air extrêmement sérieux.

Scarlett libéra son rire pétulant, qui réchauffa l'atmosphère comme l'aurait fait une brise estivale.

— Je crois que la majorité est plus tôt, mais peu importe. Je t'ai apporté un cadeau.

Elle ponctua sa phrase en sortant de la poche de son jeans un petit sachet cacheté, qu'elle lui tendit ensuite avec un sourire timide.

— Ce n'est pas grand-chose… j'espère que ça te protègera.

Hudson accepta son cadeau et l'ouvrit efficacement, découvrant l'instant suivant un gros bracelet en cuir brun et tressé de fils où des perles de turquoise étaient enfilées pour former un attrape-rêve amérindien.

— C'est pour effacer tes cauchemars et tes peurs quand tu retourneras à la guerre, expliqua-t-elle en le lui ôtant des mains afin de l'attacher à son poignet droit. C'est un grigri qui te protègera. Je l'ai acheté auprès de véritables Amérindiens pendant mon voyage au Colorado. Tu aimes ?

— C'est une magnifique attention, Scarlett, avoua-t-il en la gratifiant d'un baiser sur le front.

Il l'invita par la suite à grimper sur son grand dos, comme il avait coutume de le faire depuis qu'elle était enfant, puis une fois qu'elle fut bien installée, commença à traverser la pièce.

— Je vais te présenter à mes meilleurs amis. Ceux dont je t'ai parlé dans mes lettres.

Depuis neuf ans que son ami était dans la U.S.M.C, Scarlett allait enfin voir en chair et en os les fameux compagnons pour lesquels il donnerait sans hésitation sa vie.

Le marine et la rouquine traversèrent le grand salon où les gens circulaient allègrement au son d'un bon rock sudiste, puis arrivèrent devant deux hommes aux silhouettes aussi sculptées et imposantes que Hudson.

— Les mecs, j'aimerais vous présenter ma beauté du Sud. Scarlett Swanson, déclara-t-il de sa voix de cuivre, attirant ainsi l'attention des autres.

Ils se tournèrent d'un mouvement synchronique et Scarlett découvrit, le cœur battant à toute vitesse, deux visages virils, à la fois identiques par la force qui s'en dégageait et différents par une beauté qui leur était propre à chacun. Ils semblaient à peu près du même âge.

— Salut, beauté du Sud, lança celui qui, objectivement, s'inscrivait comme le plus beau des deux hommes. Tu portes bien ton nom.

Écarlate.

Son prénom était une référence à ses cheveux, même s'ils n'étaient pas aussi rouges que l'intensité de cette nuance. En réalité, sa rousseur tenait plutôt de l'auburn clair, naturel, tissé de fils d'or et de reflets acajou. Les riches pigmentations de sa chevelure rappelaient les tapis de feuilles mortes en automne.

Le premier à la saluer était John Arlington, un homme dont les cheveux blanchissaient prématurément, aux grands yeux bleu arctique, ayant vécu chez les Amish avant de quitter sa communauté pour rejoindre le monde extérieur et intégrer les U.S. marines. Quant au deuxième compagnon, Alexeï Lenkov, alias Lex, il s'agissait d'un colosse au crâne rasé, au faciès marqué par un nez cassé et doté d'un regard inquiétant de loup slave, pur comme l'ambre de la Baltique. Du sang russe coulait dans ses veines et il semblait peu commode au premier abord, mais n'était pas dangereux pour les personnes innocentes et bonnes. Selon ce qu'elle savait déjà sur cet homme, il possédait des dons de voyance et de magnétiseur.

Après les premières salutations, Hudson s'étonna de ne pas trouver le quatrième élément du groupe, un dénommé Keir Dalglish, et demanda :

— Où est Scarface ?

— On était en train de se préparer des cocktails quand je l'ai vu partir avec Emily, déclara John. Ils sont partis en quête d'un coin tranquille.

— Pourquoi vous l'appelez Scarface ? releva Scarlett, curieuse.

— Parce qu'il est revenu avec une horrible cicatrice sur le visage, expliqua Lex.

La rouquine frissonna et se raccrocha davantage aux épaules de son frère de cœur.

— Une cicatrice ?

— Gigantesque. Elle lui mange la moitié de la gueule et lui donne un air d'ours sauvage, continua Lex en dessinant sur sa propre joue, du bout de son index, un long trait imaginaire destiné à configurer ladite balafre. Le souvenir d'un taliban avant de crever.

— Seigneur…

— T'inquiète pas, petite, il va arriver et tu pourras même la toucher si tu veux.

— Les gars, vous vous occupez de Scarlett le temps que j'accueille les nouveaux arrivants ? leur demanda Hudson en la faisant délicatement descendre au sol. Vous ne la quittez pas d'une semelle.

— Ouais, on y veillera comme à la prunelle de nos yeux, promit John en accentuant sa phrase d'un clin d'œil à l'adresse de l'adolescente.

Hudson parti, les deux autres marines s'occupèrent de la nourrir de canapés et d'anecdotes croustillantes sur la U.S.M.C comme sur le groupe qu'ils formaient. La jeune fille appréciait toujours plus leur compagnie à mesure que les minutes défilaient et avait le sentiment grisant d'être plus âgée qu'elle ne l'était quand ils évoquaient des choses que son père aurait certainement censurées. Mais elle aimait les gens directs, qui lui apprenaient la vie théoriquement.

Une demi-heure plus tard, Scarlett dut s'éclipser pour se rendre aux toilettes et puisque celles du rez-de-chaussée étaient occupées, elle grimpa les escaliers afin d'atteindre l'étage supérieur. Cette demeure, elle la connaissait par cœur étant donné que la sienne avait été bâtie à l'identique.

Ici, la rumeur était bien moins étourdissante qu'en bas et dans le jardin. La jeune fille apprécia cette parenthèse de quiétude et longea le couloir nonchalamment quand, soudain, des hurlements de femme se firent entendre derrière la porte de la buanderie.

Un frisson traversa son échine en lui glaçant le sang. Cette femme criait comme si elle appelait à l'aide. Il fallait agir sur-le-champ. Découvrir cette femme en danger et ameuter tous les marines en même temps.

Scarlett s'obligea à garder son sang-froid et décocha un regard circulaire au lieu. Il n'y avait personne aux alentours, seulement une bouteille en verre de whisky, laissée à l'abandon près de l'entrée de la buanderie.

Sans réfléchir, l'héroïsme chevillé au corps, elle se rapprocha des hurlements, plia son corps pour ramasser la bouteille d'alcool, s'en munir telle une arme et ouvrir la porte d'un vif tour de poignet. Un cri flûté lui échappa lorsqu'elle aperçut le dos d'un grand blond à la lourde charpente, les fesses à l'air, qui besognait comme une bête sauvage une femme aussi rousse qu'elle, plaquée contre le mur en gémissant à la manière d'une damnée. On aurait dit qu'elle souffrait terriblement.

Oh mon Dieu...

C'était un assaut de force. Un viol !

Apeurée par les traits crispés de la femme et la force bestiale du type, elle fut inspirée par un élan de hardiesse et chargea sur l'inconnu tel un taureau de corrida, sa bouteille de whisky au poing, qu'elle fracassa sur la nuque épaisse de l'homme, avec précision et force. C'était Hudson qui lui avait enseigné quelques bases d'autodéfense et d'attaque.

Le tintement du verre qui éclate, suivi d'un rugissement d'ours blessé, emplit la pièce exiguë en même temps que la femme assaillie écarquillait les yeux et s'époumonait de stupéfaction.

— Putain de merde ! vibra une voix masculine, éraillée par l'alcool et la colère. C'est quoi ce bordel ?

Dans le choc, le grand type avait abandonné la femme qu'il tenait entre ses bras pour tituber sur le côté et se heurter à une étagère, l'air hagard. Son jeans et son caleçon étaient toujours retroussés sur ses chevilles tandis que le bas de sa chemise masquait son sexe érigé et nu pendant qu'il portait une paume à sa nuque, le regard désormais rivété à Scarlett.

En posture de défense, une mèche rousse lui tombant sur les yeux, l'adolescente tenait toujours le reste de la bouteille brisée entre ses deux petites mains, prête à répondre aux coups que lui donnerait ce menhir aux prunelles grises, d'une teinte aussi intense que le fer d'une épée.

— Mais d'où tu viens, espèce de petite tarée ?! hurlat-il en sentant sur ses gros doigts le liquide poisseux de son sang. Tu m'as explosé la nuque !

La lumière préoccupante au fond des pupilles masculines fit tressaillir l'adolescente, mais ce fut assurément la large cicatrice qu'elle découvrit sur le faciès du type qui aiguisa sa peur. La balafre partait du coin de l'œil droit en estampillant la totalité de sa joue jusqu'au menton, et à la vue de sa teinte encore rosée, elle devait être récente.

Sans se départir de ce calme pendant la bagarre, un conseil répété par Hudson, Scarlett crut bon de rassurer la femme :

— Partez, madame, je m'occupe de lui.

L'autre rousse, plus âgée qu'elle d'une dizaine d'années, la dévisagea avec des yeux ronds et la bouche grande ouverte, pareille à une carpe sortie de l'eau.

— Non, mais quelle dingue ! Tu vois pas qu'on était en train de tirer un coup, tranquillement ? vociféra le balafré au moment où Hudson, alerté par les cris, apparaissait dans l'encadrement de la porte.

— Qu'est-ce qui se passe ici ? demanda ce dernier, sur le qui-vive.

Ses yeux s'agrandirent quand il repéra la bouteille cassée dans les mains de Scarlett, puis la situation délicate où se trouvaient l'autre femme et l'homme défroqué, ce grand blond dont il était le meilleur ami. Il ne lui en fallut pas plus pour comprendre le malentendu.

— Cet homme était en train de... de..., bredouilla Scarlett, la frimousse virant au rouge pivoine sous le coup de l'émotion.

— ... de baiser à l'abri des regards, continua Menhir-Blond dans un grommellement. Je passais juste du bon temps avec Emily quand ce feu follet est venu m'agresser ! Merde, je crois que je pisse vraiment le sang.

Scarlett sentit le feu lui lécher les joues à la découverte de sa méprise. Confuse, elle abaissa ses bras en désirant se terrer dans la machine à laver pour ne jamais plus en sortir.

— Hudson, je te jure que j'ai cru qu'il était en train de la violer. Elle hurlait de manière alarmante, se défendit-elle avant de se réfugier contre le torse de son ami, les larmes aux yeux, honteuse. Je voulais seulement lui porter secours. Et lui... il n'inspire pas confiance.

Elle avait murmuré le reste de sa phrase avec un coup d'œil en direction de sa victime, qui venait de se munir d'un drap pour l'appuyer sur sa nuque, sans jamais la quitter de ses yeux tempétueux.

Hudson l'étreignit dans un élan de réconfort et lui annonça :

— Tu n'as rien à craindre avec lui. C'est Keir Dalglish, le dernier élément.

— Et certainement pas un violeur de femmes, compléta l'autre en grimaçant sous les piqûres de sa blessure. C'est qui cette gamine, Rowe ?

— Scarlett Swanson, répliqua la concernée. Je suis vraiment navrée pour cet incident.

— C'est ma voisine.

Froissé d'avoir été confondu avec un violeur et blessé aussi sottement, d'autant plus qu'il avait été interrompu dans sa quête de la satisfaction sexuelle, le dénommé Keir maugréa, son humeur grinçante vibrant dans la buanderie :

— Rappelle-moi de ne jamais plus me trouver dans le même secteur que cette renarde enragée.

Et Keir de jurer des mots dans une langue inusitée aux États-Unis, mais dont la rouquine reconnut les inflexions gutturales. C'était du gaélique écossais.

Un dialecte qui se coiffait d'une tonalité magique et qu'il employait certainement pour lui jeter un sort.

Chapitre 1

Oldfield golf club-house, Caroline du Sud, 17 mai 2008, sept ans plus tard

La fête battait son plein sous l'immense chapiteau décoré de lustres en cristal, de guirlandes lumineuses et d'une profusion de fleurs.

Une flûte de champagne à la main — la quatrième de la soirée — et assise à la table des demoiselles d'honneur, Scarlett scrutait le rassemblement festif et mondain qui se déployait à ses yeux. Près de quatre-vingts personnes avaient été invitées pour célébrer l'union de son meilleur ami, devenu le major Hudson Rowe, et de sa ravissante cousine anglaise, Livia. Les deux amants s'étaient rencontrés moins d'un an plus tôt dans la petite ville de Beaufort et ce fut le coup de foudre. Immédiat, intense, instinctif.

Scarlett appréciait cette soirée qui encensait leur amour dans un décor de toute beauté, entre élégance et rusticité. Après une cérémonie haute en couleur à Rose Hill Plantation, un domaine historique bâti aux prémices de la guerre de Sécession, la réception et le bal se déroulaient désormais au cœur d'un golf magnifique, un écrin du Sud des États-Unis, entouré de chênes ancestraux, de faune sauvage et d'un complexe de logements destinés à accueillir les invités pour la nuit. Il s'agissait de villas édifiées selon l'esthétisme de la région, jetées sur les bords des marécages mystérieux.

Scarlett eut un soupir de contentement. Pour ce jour de félicité, on lui avait assigné le rôle de demoiselle d'honneur, dont elle portait fièrement la robe en mousseline de soie vert anis, au dos nu et au col collier. Le tissu vaporeux épousait à merveille les courbes épanouies de son corps, tandis que la teinte s'accordait à l'ivoire de sa peau et aux longues boucles rousses qui roulaient en vagues jusqu'à sa taille. Une tiare florale coiffait le sommet de sa tête en l'assimilant à quelques nymphes celtiques.

— Scarlett, tu peux m'aider à remettre les fleurs dans mes cheveux, s'il te plaît ?

Livia, la vedette de la soirée, tout simplement divine dans une robe de mariée digne des plus grands créateurs, se rapprocha d'elle avec un sourire guilleret. Des myosotis avaient été piqués à la mode d'une broche de cheveux naturelle dans son chignon blond et la moitié d'entre eux menaçait de tomber.

Scarlett posa sa flûte sur la table et l'aida à les remettre en place, puis la reconsidéra de pied en cap. Sa cousine, cette Anglaise sophistiquée issue d'une grande famille bourgeoise, était sublime. Teint de porcelaine, yeux bleus, aussi condensés que les myosotis, chevelure d'or, corps de star hollywoodienne, elle était un canon de beauté intemporel, doublé d'une personnalité radieuse et d'une détermination sans faille. Pour épouser l'homme de sa vie, un marine américain issu d'un monde différent du sien, elle avait renoncé à son ancienne existence en Angleterre.

— Merci, mon ange, la remercia Livia en faisant chanter son accent londonien. Tu sais que tu es magnifique ?

Scarlett sentit le rose monter à ses joues. Elle n'avait pas coutume de porter des tenues aussi soyeuses et de participer à ce genre de réceptions. Un peu piquante dans son langage, bruyante dans sa manière de rire et complexée par les taches de rousseur qui estampillaient ses pommettes et son petit nez telle une traînée d'étoiles, sans omettre ses formes qu'elle trouvait trop pulpeuses, la jeune femme n'avait pas la sensation d'être magnifique.

— C'est le maquillage.

En effet, ses yeux de chat des sables, d'un vert presque aussi clair que la teinte de sa robe, étaient rehaussés d'un trait d'eye-liner et de mascara, alors qu'une touche de rouge à lèvres carmin habillait sa bouche.

— Non, c'est toi. Tu ressembles à une déesse celtique. Et si tu ne veux pas me croire, tu n'as qu'à te fier au regard que les hommes présents posent sur toi. En particulier ce cher lieutenant Warren, ajouta Livia d'un air malicieux.

La majorité des hommes présents étaient des militaires, les frères d'armes de Hudson. Ils avaient tous revêtu pour l'occasion leurs uniformes de parade noirs et blancs, parfois noirs et bleu marine. Les autres étaient des amis issus d'horizons divers et variés, parmi lesquels figurait l'invité de Scarlett, le lieutenant Erik Warren, un pompier rencontré quelques mois plus tôt à l'hôpital où elle travaillait en qualité d'infirmière. Elle s'en était amourachée dès le premier regard, après qu'il l'avait sauvée d'un patient drogué, accusé d'avoir voulu la poignarder avec une seringue.

— C'est vrai que j'ai remarqué ses regards enflammés... plus je le vois, plus il me plaît, avoua Scarlett en risquant une œillade en direction du fameux pompier, très chic dans un smoking noir.

Positionné à quelques mètres de son emplacement, entouré d'autres hommes, il discutait tout en l'admirant de temps à autre. Brun, grand, athlétique et aux yeux bleu azur, il était le plus beau et le plus jeune du groupe, auquel il s'était greffé sans difficulté.

Scarlett avait mis du temps à l'inviter au mariage de Hudson et Livia, car elle l'avait toujours cru en couple. Quand l'annonce de son célibat s'était fait connaître quatre semaines plus tôt, sa cousine l'avait presque forcée à se jeter à l'eau. Et à son grand bonheur, le pompier avait accepté avec enthousiasme.

— Il n'y a pas d'ambiguïté sur ses regards, Scarlett. Je crois que c'est le moment de succomber à ses charmes.

Scarlett reporta son attention sur la mariée. Moins d'un an plus tôt, c'était elle qui lui tenait ce discours pour la pousser dans les bras de Hudson, et voilà qu'ils étaient liés de la plus sacrée des manières. Au fond d'elle, son cœur espérait une issue semblable avec Erik. Après tout, cela faisait neuf mois qu'ils entretenaient une relation amicale, avec quelques sous-entendus égarés depuis quelques semaines.

Neuf mois, c'était suffisant pour cerner une personne et savoir si on voulait d'elle ou non. Or, Scarlett se croyait fervemment éprise du pompier. Un sentiment exacerbé par son côté romantique, un peu rêveur, qu'une jeunesse passée à regarder les vieux films hollywoodiens avait alimenté.

— Rejoins-moi sur la piste de danse, on va se déhancher un peu et mettre l'ambiance. Bien sûr, mon mari est trop affairé à disputer une partie de poker avec ses amis pour s'aventurer sur le terrain dangereux de la danse, lança Livia, faussement désespérée.

Tout le monde savait que Hudson fuyait comme la peste le dancefloor, même s'il s'était muni de sa plus grande volonté pour ouvrir le bal avec une valse lente. Un effort surhumain réalisé par amour.

Lorsque les deux cousines rejoignirent la piste de danse, accompagnées par les trois autres demoiselles d'honneur, des amies de la mariée en provenance de Grande-Bretagne, l'orchestre interpréta *Candyman* de Christina Aguilera. La chanson énergique, entre pop et swing revisité, était parfaitement en accord avec la soirée peuplée de U.S. marines si l'on se référait au clip de la chanteuse.

En regardant les cinq jeunes femmes enflammer l'ambiance, toute en grâce et sensualité, ces mêmes marines se désintéressèrent de leurs activités afin d'admirer les muses qui les appelaient aux mouvements de leurs corps.

Attablé près de la piste de danse, un cigarillo entre les lèvres, Keir Dalglish épiait le spectacle ravissant qu'offraient Livia et sa brochette de demoiselles d'honneur. Il s'était arrêté de jouer aux cartes et les dévorait désormais des yeux.

Même ce feu follet de Scarlett lui faisait de l'effet dans cette robe verte, d'apparence angélique sur les autres, mais scandaleuse sur son corps charnu, qui laissait deviner la nudité de sa poitrine généreuse sous le tissu de la mousseline de soie.

En réalité, c'était surtout elle qui faisait exploser le thermomètre interne de son corps.

— Rowe, si tu n'es pas capable de faire danser ta femme, j'y vais à ta place ! lança John en délaissant son jeu sur la table pour se redresser brusquement, ôter sa veste décorée de médailles et se précipiter en direction du dancefloor.

Se découvrant une jalousie qu'il ne pensait pas éprouver un jour envers l'un de ses frères d'armes, Hudson quitta subitement sa place pour emboîter le pas de John et le rejoindre auprès de Livia. Cette dernière éclata de rire quand elle se retrouva devant ces deux cavaliers.

La jeune mariée admira son époux, cette incarnation de la beauté dans ce qu'elle avait de plus martial. En cela, il s'imposait comme le versant de son épouse, symbole de grâce et d'élégance.

— Je veux danser avec vous deux, dit-elle malicieusement.

D'autres invités masculins s'ameutèrent autour des demoiselles d'honneur, qui leur lancèrent en signe d'encouragement leurs tiares florales, une façon de choisir de manière aléatoire leurs cavaliers. Seule Scarlett garda encore la sienne sur le sommet de son crâne.

— Eh bien, Dalglish, qu'est-ce que t'attends pour rejoindre ces créatures ? T'es toujours le premier à te laisser entraîner par la musique, se moqua gentiment Lex en rassemblant toutes les cartes en un seul paquet.

Hypnotisé par le mouvement des hanches épanouies et des fesses rondes de Scarlett, Keir ne répondit pas tout de suite. Il ne remarqua même pas les cendres de son cigarillo chuter sur son pantalon blanc. La rouquine se mouvait avec une fluidité sensuelle, pareille au cobra vibrant au son du pungi indien. La musique pénétrait dans son corps et la possédait jusqu'à la faire danser comme une diablesse.

Jamais il n'aurait cru que ce feu follet, cette petite renarde farouche et un peu garçon manqué, qui avait eu l'audace de le frapper sept ans plus tôt, exsudait autant de sensualité. À aucun moment, elle n'avait dévoilé ses talents de danseuse.

Comme si la rouquine avait senti ses yeux gris pesant sur elle, son regard vert péridot, où des triangles dorés étincelaient quand elle était prise par une forte émotion, se tourna dans sa direction et croisa le sien. Elle le nargua de loin, seulement par un coup d'œil, avec cette impertinence qui lui était propre, sans jamais cesser de danser pendant qu'elle jouait avec ses lourdes boucles rougeoyantes.

Keir avait toujours été faible face aux rousses. Elles lui rappelaient les autochtones qui peuplaient son pays d'origine, l'Écosse.

Jusqu'à peu de temps, Scarlett avait fait l'exception. En tant que protégée de son meilleur ami, il s'était toujours obligé à la considérer comme une petite gamine intouchable, hystérique sur les bords, qui lui inspirait plus d'exaspération que du désir. Mais quelques mois plus tôt, il l'avait embrassée dans le but de faire croire à une femme qu'ils étaient en couple et cela avait été la révélation : elle l'attirait autant qu'elle l'irritait.

Attraction, répulsion.

Ce soir, à la voir se déhancher comme une démone, aussi flamboyante et ensorcelante que la flamme vacillante d'une chandelle, l'attraction enflait jusqu'à lui faire mal au bas-ventre.

Seigneur, qu'est-ce qu'il ne donnerait pas pour se ruer sur elle, l'entraîner dans une chambre et la posséder lui-même jusqu'au lendemain matin ! Ou alors la fouetter pour la châtier de son comportement indécent, qui le garrottait d'excitation au vu et au su de tous.

La jeune femme rompit leur échange visuel lorsqu'un grand type brun en smoking noir, ce pompier de ville qu'elle avait emmené au mariage en qualité de cavalier ou un truc similaire rejoignit la piste. Il attira son attention et l'attrapa à la taille au moment où *Let's get loud* de Jennifer Lopez emplit tout le chapiteau. C'était un cha-cha-cha endiablé qui s'annonçait.

Keir sentit à peine la cendre du cigarillo sur la main qu'il avait aplatie sur ses cuisses quand, estomaqué, il vit Scarlett se trémousser de manière très sexy contre le corps de son pompier. En découvrant ce type pour la première fois, quelque chose au fond de lui avait tiqué. Il était trop beau et trop lisse. Son mauvais instinct rêvait de lui assener un coup de poing, d'érafler cette gueule d'ange, mais cela n'aurait pas été justifié.

— Je suis épaté, Scarlett bouge super bien, poursuivit Lex.

Keir n'en pensait pas moins. Au rythme de la voix de J-Lo, Scarlett avait pulvérisé d'un déhanché voluptueux toute son apparence de garçon manqué un peu revêche pour révéler son Aphrodite intérieure.

Elle devait être un peu saoule pour se libérer de cette manière. Et également passionnée et brûlante au lit, Keir en mettrait sa main à couper.

Fasciné et étrangement agacé par les mains trop baladeuses du pompier, le capitaine continuait de les épier en fumant son cigarillo. Quelques secondes plus tard, elle trébucha sur ses talons et chuta au sol dans un éclat de rire communicatif.

Les gens autour d'elle se mirent à l'applaudir pendant qu'elle demeurait assise au sol, à ôter méthodiquement ses hauts talons.

À toi de jouer, mon vieux.

Sans attendre, Keir écrasa son cigarillo dans le cendrier posé sur la table et se leva de sa chaise, ses pas le guidant vers la piste de danse.

Chapitre 2

Un peu bohémienne dans l'âme, Scarlett se sentait toujours mieux pieds nus, surtout sur un dancefloor.

Électrisée par les deux danses précédentes, en particulier le cha-cha-cha torride qu'elle venait de partager avec Erik, elle finissait de retirer ses escarpins à même le sol de la piste quand deux bras puissants la soulevèrent de terre en la surprenant.

Elle pensa tout d'abord à son pompier, mais réalisa bientôt que ce n'était pas lui. Le corps contre lequel son dos était désormais plaqué paraissait plus épais et large que celui du lieutenant Warren, d'autant plus qu'il ne portait pas de médailles sur son smoking.

C'était un marine qui la tenait captive entre ses bras pour l'entraîner sur le rythme d'une nouvelle musique : *Sex Bomb* de Tom Jones.

— Où as-tu appris à bouger comme ça, feu follet ?

Scarlett sursauta en entendant la voix de Keir. Elle tourna aussitôt la tête vers la table où il était assis quelques secondes plus tôt, remarqua sa chaise vacante et se maudit de ne pas l'avoir vu approcher. Dans un réflexe, elle voulut lui échapper, mais il resserra son étreinte autour de sa taille en la faisant virevolter entre ses bras, si rapidement qu'elle aurait perdu l'équilibre s'il ne l'avait pas maintenue avec autant d'étroitesse contre son torse de pierre.

— Alors ?

Il fit glisser l'une de ses mains calleuses le long de son dos dénudé et délicat, si langoureusement que le contact de sa peau contre la sienne lui fit hérisser les poils. Elle détesta cette réaction si positive et manqua gémir quand il planta ses ongles courts dans le creux de ses reins.

— Nulle part. Je suis seulement le rythme de la musique et les envies de mon corps, répondit-elle en rejetant la tête en arrière pour le regarder dans les yeux, sa lourde chevelure de feu descendant désormais jusqu'au-dessous de ses fesses.

Son champ de vision n'était comblé que du visage de Keir. Ses yeux d'acier, coupés en pointe de lame et creusés sous d'épais sourcils châtain, avaient une forme similaire à ceux de Josh Harnett, l'un de ses acteurs favoris. En digne militaire qu'il était, ses cheveux blonds étaient coupés à ras au-dessus d'un visage balafré, moins parfait que celui d'Erik, mais qui ne manquait pas de charme. Keir était attractif parce qu'il était viril et terriblement charmant lorsque ses lèvres se retroussaient en révélant deux fossettes aux joues, des armes de destruction massive.

— Cette chanson tombe à point nommé, dit-il avec un sourire qui dévoila une canine surnuméraire, ce qui lui donnait toujours l'air carnassier.

— Si tu te prends pour une bombe sexuelle, tu te mets le doigt dans l'œil, Dalglish.

La musique qui se jouait se prêtait bien pour un autre cha-cha-cha revisité.

— Non, la bombe, c'est toi, souffla-t-il en la sentant se raidir, comme apeurée par la tension qu'il était en train de lui communiquer à travers son étreinte. Je t'effraie ?

— Certainement pas.

Keir dut s'écarter un peu pour effectuer les premiers pas et lui permettre de calquer ses mouvements aux siens. Le cœur battant la chamade, Scarlett le suivit telle une automate, parfaitement soumise au rythme de ce cavalier imprévisible. Malgré son apparence lourde, il se déplaçait avec une agilité de félin et enchaînait les pas sans manquer de fluidité. Il se révélait bon cavalier, plus passionné et habile qu'Erik, lequel avait fini par se rasseoir non loin.

Scarlett décocha un regard en direction de ce dernier et nota son sourire bienveillant. Il ne semblait pas choqué par la manière éhontée dont le capitaine s'était imposé à elle.

— Tu as peur qu'il soit jaloux? releva Keir en remarquant leur échange visuel.

— Il faudrait être fou pour être jaloux de toi.

En réponse, il la fit tournoyer par un mouvement leste et élégant du bras, avant de la récupérer contre lui et la maintenir prisonnière aux fesses. Elle sursauta en se hissant sur la pointe des pieds, puis tordit son propre bras dans son dos afin de faire remonter sa grande main sur sa colonne vertébrale. Là encore, il entrelaça leurs doigts dans un geste intime qui la troubla plus qu'elle ne voulait l'admettre, puis les refit basculer sur sa croupe.

— Vraiment?

— Il faudrait être encore plus fou pour croire que je suis attirée par toi. Erik est le seul homme que je veux et je compte bien lui faire comprendre.

— Je vois. C'est pourquoi tu trembles de plaisir quand nos deux corps se touchent, c'est ça?

Scarlett aurait adoré éradiquer ce petit sourire narquois d'une gifle, toutefois, ses mains étaient captives des siennes.

— Ce n'est pas la modestie qui t'étouffe... Tu es bien loin d'être l'homme le plus séduisant de cette salle.

— Je ne prétends pas le contraire, je dis seulement que je suis l'homme que tu désires plus que les autres.

Scarlett lui inspirait de la moquerie, de l'irritation et du désir. Un mélange paradoxal, à la fois dérangeant et perturbant. Depuis qu'ils se connaissaient, la relation qu'il entretenait avec cette tornade rousse était cadencée par une insolence que ni l'un ni l'autre ne pouvait brider. C'était plus fort qu'eux. Cette relation de chien et de chat les dominait, mais loin de vouloir arranger la situation, ils semblaient se complaire dans leurs chamailleries et provocations.

Or, ce soir, le corps tendu telles les cordes d'un violoncelle sous l'émergence de l'appétit sexuel, il voulait la provoquer.

— Ose me dire que j'ai tort, la taquina-t-il en la tournant de nouveau sur elle-même, avant de la faire ployer en arrière dans un geste artistique et sensuel.

Elle sentit ses cheveux voler, sa couronne de fleurs choir au sol, ainsi que la main de son cavalier se plaquer sur son ventre et remonter jusqu'à la vallée de ses seins, trop lentement selon les notes de la mélodie. Scarlett aurait dû bondir, le repousser et fuir la piste de danse, cependant, un plaisir traître émergea au contact de ses caresses.

Elle s'abandonna involontairement, ses paupières tombant sur des yeux voilés d'excitation, tandis que ses lèvres barraient un gémissement qu'elle ne voulait pas libérer.

Keir la sentit réceptive et s'engorgea de satisfaction.

— On pourrait quitter cette piste de danse, monter dans une chambre et faire des trucs très licencieux, toi et moi, lui murmura-t-il à l'oreille, après l'avoir doucement redressée.

— Va te faire foutre.

Le chuchotis de la jeune femme ne manqua pas de fermeté et le grisa davantage. Il cloua son attention sur sa bouche rouge écarlate, ni trop mince, ni trop charnue, dessinée avec soin, exactement comme il les préférait. Ces lèvres, il pourrait les dévorer des heures entières, s'en délecter comme cette fois où ils s'étaient embrassés au camp militaire... ce jour-là, elle avait eu le goût de la pêche et des friandises, la texture du velours et la promesse d'une sensualité innée.

Ce soir, elle devait avoir le goût du champagne, des framboises sauvages et du feu...

— C'est bien l'idée. Dans ta chambre ou dans la mienne ?

Il la retourna dos à lui, puis elle coulissa dans ses bras en se déhanchant avec langueur, savourant contre elle la chaleur de ses deux mains à mesure qu'elle bougeait.

Scarlett devait continuer à communier avec la musique et donner l'impression qu'il ne la perturbait pas.

— On n'est pas obligés d'aller dans une chambre, fit-il ensuite remarquer en l'attirant à lui, son corps ondulant au rythme du sien tandis que sa main se promenait sur la gorge de la jeune femme pour l'inciter à rejeter la tête en arrière, sur son épaule.

Elle se laissa faire, résignée à obéir aux mouvements de ce guerrier. Une petite honte la nargua en remarquant combien les paumes de Keir lui faisaient de l'effet lorsqu'elles sillonnaient tous les reliefs de ses courbes. Elles étaient encore plus magiques que celles d'Erik…

Impossible.

Seul son esprit semblait encore répondre à sa raison.

— S'il n'y avait personne, je crois que je t'aurais déjà prise ici, à même le parquet de la piste de danse.

Ses paroles étaient étouffées par la musique, mais Scarlett les entendait avec une distinction exacerbée par l'émoi que ses mots provoquaient. Elle ignorait s'il s'agissait d'exaspération ou de plaisir. Certainement un mélange des deux.

— Arrête de me parler comme si j'étais l'une de ces salopes qui veut coucher avec toi parce que tu as une cicatrice virile, des muscles et des médailles. Ça ne me fait ni chaud ni froid.

— Vive et venimeuse. J'aime quand tu piques de cette façon.

— Je ne voulais pas danser avec toi.

— Pourtant, tu n'as pas arrêté de m'allumer tout à l'heure, quand tu te déhanchais toute seule.

— Tu étais dans mon champ de vision.

— Allons, Scarlett on n'apprend pas au vieux singe à faire la grimace.

— Je ne veux pas de toi, Dalglish, et je suis catégorique.

La fin de la chanson s'annonça et déjà l'orchestre interprétait *Murder on the Dancefloor* de Sophie Ellis-Bextor. Keir et Scarlett avaient lentement arrêté leur danse et se mesuraient dorénavant avec immobilité. Elle devait pointer le menton vers le plafond pour soutenir son regard.

— Prête pour une nouvelle danse ?

— Erik m'a réservé celle-ci et toutes les autres. Tu devrais te trouver une nouvelle femme à amadouer.

— *Charmer.*

— Appelle ça comme tu veux.

— Je compte bien passer ma soirée avec une belle femme, douce et d'agréable compagnie. Quelqu'un qui ne rechigne pas tout le temps comme toi.

Pour garder la face, Scarlett lui jeta un regard ombrageux, aussi bien heurtée par ses provocations que par son instinct de chasseur inépuisable. Il allait passer la nuit avec une autre femme et cela aurait dû la soulager, mais réalisa, avec horreur, que cette éventualité l'indisposait. Pourtant, elle avait Erik et cet homme valait la plupart des hommes présents. En l'occurrence, il était bien loin devant ce Don Juan balafré…

— Bonne chasse, alors.

Puis, sans lui laisser le temps de répliquer, la rouquine fit plusieurs pas en arrière, récupéra ses escarpins en bordure de la piste de danse, avant de se matérialiser aux côtés d'Erik. Sur son passage, elle s'attira des coups d'œil appréciateurs de la part des hommes, tandis que Keir paraissait visuellement aimanté à ses courbes.

Nom d'un chien! Il avait dansé avec une semi-érection durant toute leur performance tant la promiscuité de leurs corps l'avait galvanisé.

Il devait fuir ce chapiteau où l'essence de Scarlett saturait son espace vital et se trouver une autre compagnie, histoire de décompresser, d'évacuer le désir que cette sauvageonne allumait insidieusement en lui.

C'était un fait. Keir était d'une vulnérabilité à fleur de peau devant une beauté rousse, davantage quand celle-ci se prénommait Scarlett Swanson et semblait à la mesure de sa propre insolence.

Mauvaise pioche. Scarlett était supposée intouchable au regard de la relation fraternelle qu'elle entretenait avec Hudson. Qu'importe ! C'était irrésistible.

Réfléchis bien à ce que tu vas faire, Dalglish ! pensa-t-il.

L'esprit refroidi par des exhortations intimes, mais le corps toujours échauffé par leur dernière danse et la moiteur environnante, le capitaine déserta à son tour le dancefloor en direction du parc du golf.

Chapitre 3

Scarlett tentait d'oublier le souvenir des mains guerrières sur ses courbes depuis plus d'une heure, lorsqu'Erik l'invita à danser un slow sur *I Still Believe* de Mariah Carey. La chanson ameuta plus de couples que les musiques précédentes et parmi la foule, ils parvinrent à se faufiler jusqu'au centre de la piste.

— Tu n'as pas peur de te planter quelque chose dans le pied ?

Scarlett avait toujours les pieds dénudés et Erik en paraissait préoccupé.

— Pas si tu me prodigues des soins en retour.

Une étincelle reluisit dans les prunelles bleues du lieutenant. C'était une lumière qui l'avertit d'un désir dont elle était sans aucun doute l'objet.

Scarlett ne se considérait pas comme belle, même si chacun s'accordait pour dire qu'elle était très jolie et charmante. À la rigueur, elle se trouvait mignonne quand elle prenait le soin de se pomponner. Mais au-delà de son manque de confiance en ses qualités naturelles, elle avait peu à peu pris conscience que sa chevelure de feu, sa poitrine généreuse et sa manière de se déhancher éveillaient des fantasmes chez certains hommes. Erik semblait sensible à ces trois atouts et la jeune femme souhaitait en jouer afin de réaliser le rêve qu'elle nourrissait depuis leur rencontre : passer une nuit dans ses bras.

— Je te prodiguerai tous les soins que tu voudras.

Sa voix la fit frémir de plaisir en même temps qu'elle rougissait.

Scarlett n'avait pas l'habitude de flirter avec les hommes. En vingt-trois ans d'existence, elle n'avait échangé que deux baisers : le premier au lycée, le second avec Keir. Si la première expérience s'était révélée décevante, la seconde n'avait été qu'un leurre, certes délicieux, mais purement factice.

Avec Erik, ce serait différent. Elle voulait repousser ses limites à ses côtés et le choisir comme guide dans la découverte voluptueuse de l'amour. Cet homme paraissait être le choix le plus judicieux pour faire d'elle une femme au sens biblique du terme. Jamais il ne lui serait venu à l'esprit de choisir le coureur de jupons immoral qui l'avait fait danser avec fièvre une heure plus tôt...

Ce soir serait une belle occasion pour s'initier, au cœur de l'une des magnifiques chambres mises à leur disposition dans les villas.

Après une profonde inspiration, comme pour se donner le courage de parler, la rouquine déclara de but en blanc :

— Erik, j'aimerais que tu me rejoignes dans ma chambre quand le mariage touchera à sa fin...

Scarlett ne savait pas tourner les phrases comme Livia, faire comprendre à son interlocuteur, à la faveur de métaphores et d'expressions sucrées, ce qu'elle désirait. Ce n'était pas une fille de politicien, accoutumée dès l'enfance aux règles codifiées des relations diplomatiques. Elle avait toujours parlé sans ambages, sans jamais filtrer ses pensées, même si ce n'était pas la voie la plus correcte dans certaines situations.

La flamme dans le regard du lieutenant s'étoffa et ses mains vinrent se poser sur les hanches de Scarlett. Elle déglutit difficilement à ce contact, même si ce n'était pas la première fois qu'il la touchait... cependant, une petite voix intérieure, chafouine, désagréable, le genre dont on se serait bien passé, réalisa combien l'excitation était moindre au regard de ce qu'elle avait ressenti sous les mains de Keir.

D'un coup de cravache mental, elle s'obligea à ne plus penser à ce capitaine pénible.

— Voilà qui est... osé, souffla Erik, un peu surpris par une requête qu'il espérait depuis longtemps toutefois.

— Je sais, mais j'en ai vraiment envie. Tu dois me prendre pour une délurée et...

Erik la réduisit au silence en posant son index sur ses lèvres rouges, qu'il flatta ensuite d'une caresse.

— J'attendais que tu fasses le premier pas.

— Vraiment? On a de la chance que je sois plutôt rentre-dedans, alors. Enfin, même si je me suis manifestée neuf mois plus tard, plaisanta-t-elle comme d'autres couples passaient près d'eux en les bousculant par inadvertance.

Plus amusés qu'indisposés par les maladresses environnantes, Erik entraîna Scarlett hors de la piste, direction le buffet où les magnifiques pièces montées venaient d'être posées. C'était un complexe artistique de pâtisseries où des choux à la crème, des macarons et des cupcakes aux parfums fruités côtoyaient la montagne de sucre glacé, à trois étages, blanc et bleu marine, aux arabesques baroques et symboles discrets, très élégants de la U.S.M.C. Un couple de figurines, représentant une mariée blonde et un marié en tenue d'apparat des marines, trônait au sommet de ce gâteau magnifique.

Scarlett admira les mignardises avec un regard émerillonné, puis saisit une assiette sur laquelle sa main disposa une portion généreuse de desserts.

— Tu veux bien m'accompagner un peu plus loin, à l'abri de tout le monde ? On pourra manger et discuter tranquillement comme ça.

Erik ne se fit pas prier et la suivit vers le parc du golf, vers un banc situé à quelques mètres du chapiteau. Ils s'installèrent l'un contre l'autre et commencèrent à déguster les douceurs d'un même élan, s'amusant à se nourrir mutuellement. C'était une manière malicieuse, sensuelle, de se découvrir pas à pas avant le grand saut.

— Scarlett, qu'est-ce qui t'a poussé à... à me demander de te rejoindre ? lâcha-t-il enfin, désireux de jauger la fiabilité de son désir, car, après tout, elle avait peut-être parlé sous la griserie du champagne.

— Tu me plais et je n'ai pas envie de gaspiller mon temps...

— Mais, tu as déjà fait ça ? Inviter un homme à te rejoindre dans ta chambre ?

— Tu serais moins nerveux de me savoir expérimentée ?

— Je n'ai pas eu beaucoup de relations et encore moins avec des...

— ... vierges ?

Il acquiesça de la tête pendant qu'elle croquait savoureusement dans un cupcake rose et bleu.

— Il y a toujours une première fois à tout, lieutenant Warren, lui susurra-t-elle en étalant, du bout de son index, de la crème pâtissière sur les lèvres du pompier.

Celui-ci la laissa faire, hypnotisé par le mélange de candeur, d'espièglerie et d'érotisme que dégageait Scarlett. Elle lui avait plu dès le premier instant, d'abord sur le plan amical, puis d'une manière plus sexuelle à mesure qu'il la découvrait. Elle s'était révélée à lui sous ses dehors de garçon manqué, plutôt casse-cou, qui ne fuyait pas devant le conflit et osait affronter des interlocuteurs plus forts qu'elle. Scarlett était le genre intrépide, un peu inconsciente par moment, mais dont la compagnie n'était jamais lassante.

Ce soir, il abordait une autre facette de sa personnalité, entre tendresse et malice, pudeur et effronterie, qui la faisait tellement ressembler à ces héroïnes de vieux films dont elle était une collectionneuse et admiratrice acharnée.

— J'ai envie de t'embrasser, confessa-t-elle en rapprochant dangereusement leurs deux visages.

Ce fut le signal qu'attendait Erik. Il enlaça Scarlett à la taille et la plaqua contre lui pour l'embrasser à pleine bouche, avec langueur. C'était agréable et entraînant, si bien qu'elle enroula ses bras autour de son cou afin d'approfondir le baiser, les yeux fermés, les sens focalisés sur le goût sucré de ses lèvres tièdes, humides, au parfum de crème pâtissière.

Ils continuaient à s'explorer de la langue et des lèvres quand trois silhouettes passèrent devant eux en attirant leur attention. Des voix de crécelle, imbibées d'un fort accent britannique, pépiaient en compagnie de Keir, positionné entre ses deux cavalières pendant qu'il répondait à leurs questions. Il était coiffé de son couvre-chef blanc, comme pour donner plus de contenance à sa carnation martiale.

— … Keir, j'ai entendu dire que tu avais frôlé la mort plus de dix-neuf fois… c'est vrai ? demanda l'une des compagnes, toutes les deux demoiselles d'honneur.

— Le chiffre est plus élevé, mais on s'en fiche un peu.

— On m'a aussi dit de me méfier de toi, parce que tu es un homme à femmes, renchérit la seconde en glissant un coup d'œil entendu vers Scarlett.

L'interpelée se crut un instant dans une réadaptation contemporaine de *Northanger Abbey* avec Keir Daglish dans le rôle du capitaine Tilney, le jouisseur impénitent qui chasse la vierge aux bals, et les demoiselles d'honneur anglaises dans ceux des petites dindes naïves.

Scarlett poussa un long soupir, comblée d'exaspération à cette vue, puis croisa le regard du militaire. Une femme à chaque bras, celui-ci alla à la rencontre du couple avec un rictus machiavélique, puis lança :

— Erik, ne t'approche pas trop de ce feu follet, elle risquerait de te mordre ou alors de te tuer. C'est la créature la plus sauvage que je connaisse.

— Tes réflexions, tu peux les garder pour toi, Dalglish, rétorqua Scarlett en se réinstallant correctement sur le banc. D'ailleurs, tu n'as pas d'autres chats à fouetter ?

Elle posa ses yeux sur les deux autres jeunes femmes, comme pour l'inciter à déguerpir séance tenante.

— Je voulais simplement avertir ton copain de ta sauvagerie. Bon courage, mec, tu en auras besoin, crois-moi.

Keir s'éloigna ensuite vers le chapiteau en compagnie des nymphes en robes vertes. Erik les observa d'un air plutôt diverti alors que Scarlett crissait des dents.

— Je lui ai parlé dans la soirée, c'est un type sympa, ajouta le pompier en s'emparant d'un chou à la crème. Tu le connais depuis longtemps ?

— Sept ans. Mais c'est contre mon gré. Je ne le côtoie pas beaucoup, seulement lorsque Hudson rassemble tous ses amis. Il ne manque jamais de me descendre en public.

— Qui aime bien châtie bien. C'est pas ce qu'on dit ?

Scarlett haussa les épaules, un peu bougonne et troublée d'avoir retrouvé Keir en si charmante compagnie. Il ne plaisantait pas à chaque fois qu'il disait partir en chasse…

Aussitôt, elle décida d'orienter la conversation sur un autre sujet, non sans oublier d'ingurgiter une grande dose de sucre pour adoucir son fiel.

Ils discutèrent durant plus d'une demi-heure, alternant les rires, les baisers et quelques caresses égarées dans le dos ou sur les seins. À vingt-six ans, Erik ne s'imposait pas comme un amant chevronné à la manière d'un Keir Dalglish, cependant, Scarlett pouvait subodorer à ses cajoleries la douceur d'un jeune homme attentionné et profondément gentil.

— Scarlett ! l'appela Livia en sortant du chapiteau, escortée par Hudson. Les feux d'artifice vont bientôt commencer.

Le couple s'enfonça un peu plus vers le parc du domaine, suivi par plusieurs convives. Scarlett et Erik les rejoignirent en se laissant emporter par l'onde de gens et s'arrêtèrent sur un terrain légèrement vallonné, au bord d'un plan d'eau, au-dessus duquel des déflagrations de couleurs magiques commencèrent à éclater pour le plus grand bonheur de toute l'assistance.

Tandis que Scarlett jouissait du spectacle pyrotechnique en embrassant son pompier, une personne malhabile, certainement peu habituée à se déplacer dans la pénombre quasi totale, les heurta en maculant de café tiède sa robe. Surprise par la collision et la chaleur du breuvage, Scarlett bascula sur le côté en mordant sans le faire exprès la lèvre d'Erik, qui gémit de douleur en retour. Elle se distança de son propre chef en lui présentant ses excuses, les siennes se mêlant à celle du maladroit. Une fois ce dernier évaporé, Scarlett renchérit :

— J'espère que je ne t'ai pas fait trop mal ?

— Je me souviendrai de ce baiser, répondit Erik, gentiment moqueur, tout en sortant un paquet de mouchoirs de sa poche pour en prendre un et lui tendre le reste.

Il ne put voir sa virulente rougeur pendant qu'elle tentait d'asperger le café grâce aux papiers, l'air confus et désespéré.

Il allait vraiment finir par croire ce que lui avait dit Keir : elle était sauvage.

— Je suis désolée... Je crois que je vais devoir retourner dans ma chambre pour me changer..., marmonnat-elle, devinant au tissu mouillé de sa robe l'étendue de la tache, placée juste au niveau de sa hanche gauche en dégoulinant vers le bas.

— Ne t'en fais pas, la rassura-t-il d'une caresse à la joue. Tu veux que je t'accompagne ?

— Non, reste ici et profite des feux d'artifice. Je vais faire vite.

Et Scarlett de quitter le parc en trottinant sur le chemin des spacieuses villas.

Chapitre 4

Keir devait fuir cette femme.

Depuis environ quinze minutes, Barbara, une quadragénaire anglaise au sang échauffé par les coupes de champagne qu'elle avait ingurgitées tout au long du dîner, ne voulait plus le lâcher d'une semelle. Elle le pistait avec un acharnement de limier, l'empêchait aussi de rejoindre les autres convives au grand amusement de ses meilleurs amis et, coup d'éclat, avait manqué de le violer à même le mur d'un corridor en se jetant sur lui pour l'embrasser éperdument et se permettre des attouchements osés.

En règle générale, Keir ne s'offusquait pas d'être la proie d'une femme entreprenante. Au contraire, ça facilitait les choses quand une envie pressante le chatouillait. Mais cette Barbara, sous le masque de ses petits airs de bourgeoises londoniennes, était une dévergondée de haut vol, qui l'effrayait plus qu'elle ne l'attirait. Il n'était pas suffisamment ivre et tranquille d'esprit pour se laisser prendre à son jeu.

— Keir ? Où es-tu ?

Malgré la rumeur extérieure, alimentée par les feux d'artifice que l'on faisait exploser au-dessus du domaine, Keir entendit la voix de Barbara siffler dans son dos, au bas des escaliers qu'il grimpait à toute vitesse. Visiblement, ils étaient les seuls convives à ne pas être sortis à l'extérieur pour jouir du spectacle.

En tant que membre de la Force Reconnaissance, autrement dit la FORECON, le capitaine Dalglish était passé maître dans l'art de se dissimuler, surprendre et attaquer. Mais se soustraire à la menace de ce vampire en robe fourreau était une mission bien moins aisée qu'il ne l'aurait pensé. D'abord, il n'était pas en tenue de combat, plus souple et confortable que cet uniforme de parade noir et blanc, très guindé et décoré, qui restreignait l'habileté de ses mouvements. Ensuite, cette vaste demeure baignée de lumières empêchait une dissimulation optimale, d'autant plus que la plupart des pièces étaient fermées à clef.

De son allure souple et véloce, Keir s'insinua dans le couloir menant aux chambres, puis tenta d'ouvrir l'une d'entre elles, juste le temps de se cacher en attendant le retour des autres et de se reposer du rythme endiablé des festivités. Il commença à perdre espoir face aux serrures verrouillées lorsque, certainement prise de pitié par son cas, la chance fit céder sous son tour de poignet la porte creusée au fond du couloir.

Hallelujah!

Sans attendre, il se précipita dans la pièce et ferma la porte dans son dos, à double tour. Là, il s'adossa contre la paroi boisée de l'entrée et analysa le décor qui se déployait sous ses yeux. Un grand lit aux draps fleuris et des meubles de belle facture apparaissaient sous une lumière tamisée, alimentée par une petite lampe de chevet. La chambre ressemblait à toutes celles des villas louées pour le mariage, puisque la sienne était identique. Le problème, c'était qu'elle se trouvait dans la demeure d'en face, qu'il n'avait pas eu le temps d'atteindre, au risque de recroiser Barbara.

Sous le scanner de son regard gris, il repéra aussitôt une robe verte sur le lit, puis des mouvements dans la salle de bains intégrée à la chambre. Un rayon de lumière filtrait à travers l'entrebâillement de la porte.

La pièce était occupée par une femme. L'une des quatre demoiselles d'honneur s'il se référait à la tenue qui gisait sur le matelas.

— Erik, c'est toi ?

Keir se figea à l'entente de la voix féminine en provenance de la salle de bains. Il ne la connaissait que trop bien.

Scarlett. Il était dans la chambre de ce feu follet impertinent.

— Erik ?

La porte de la salle de bains s'ouvrit largement et elle apparut à sa vue, stupéfaite et stupéfiante, à moitié dénudée sous la parure de ses longs cheveux roux. En tout et pour tout, elle ne portait qu'une petite culotte en dentelle verte pendant que ses bras recouvraient dans un croisement de pudeur sa poitrine ronde.

Bonté divine...

Brusquement, sans pouvoir relier la fonctionnalité de ses neurones à celle de ses sens, Keir se sentit bander. Un renflement douloureux, encore dissimulable dans son pantalon de soirée blanc.

— Dalglish ! souffla-t-elle entre ses dents, après un silence électrisant. Qu'est-ce que tu fais ici ?

Scarlett semblait s'être statufiée en sculpture de sel tant l'engourdissement de ses muscles s'accroissait sous le regard d'acier du capitaine des marines. Elle aurait dû virevolter sur elle-même et s'enfermer dans la salle de bains, se prémunir du regard intense dont il l'enveloppait et attendre qu'Erik vienne à son secours en réalisant son absence. Mais elle était incapable de se soustraire à son inspection.

— Je te retourne la question.

— Je te rappelle que je suis dans ma chambre. C'est toi, l'intrus.

— Ce que je veux dire, c'est : qu'est-ce que tu fous ici, à poil, visiblement en train d'attendre ton Erik, alors que tu devrais être avec le reste des invités à regarder les feux d'artifice ?

En parlant, il s'était avancé de deux pas, ses yeux coulant irrépressiblement sur les sillons de ses seins à moitié dissimulés, le trajet de sa chevelure jusqu'à ses hanches, sa taille marquée, si bien qu'on aurait pu croire qu'un corset naturel l'enserrait, même si son ventre n'était pas aussi plat que les sportives californiennes, mais légèrement rembourré, autant que ses hanches profondes. Elle avait le corps épanoui d'une femme mûre avec la fraîcheur de sa jeunesse resplendissante.

Keir déglutit péniblement et sentit une pellicule de sueur le recouvrir sous son uniforme. Par bonheur, le col de sa veste était desserré ou il aurait eu l'impression d'étouffer sous l'efflorescence du désir primaire.

Scarlett était trop vulnérable dans cet appareil de la plus pure simplicité. Elle parvint néanmoins à recouvrer son entendement et recula de deux pas.

— Qu'est-ce que ça peut bien te faire que je sois dans ma chambre, à attendre un homme qui me plaît et avec lequel je compte faire l'amour jusqu'au bout de la nuit ?

Un ricanement sardonique filtra entre les lèvres fines du capitaine.

— Il est trop beau pour toi, laisse tomber.

Scarlett hoqueta, scandalisée par son insulte. Si elle n'avait pas eu ses bras plaqués sur ses seins, elle aurait attrapé le premier objet à portée de main pour le lui balancer à la figure et enlaidir ce visage déjà abîmé par la guerre.

— Sors de ma chambre! ordonna-t-elle d'une voix forte.

Keir aurait voulu pousser la provocation plus loin au moment où la voix de Barbara se fit entendre derrière la porte de la chambre.

— Keir! Ouh, ouh! Montre-toi! l'entendirent-ils s'exclamer en tournant plusieurs fois la poignée, en vain.

Scarlett décocha au balafré un regard interrogateur et à l'avertissement qu'elle lut dans ses yeux, elle saisit la situation. Keir fuyait cette femme postée derrière la porte close. Tout à coup, l'envie de punir son effronterie la submergea et elle ouvrit la bouche comme pour hurler et le faire repérer, mais le marine était d'une réactivité de toute épreuve.

Dans un bond, il se rua sur elle en la plaquant contre lui, tandis que sa grande paume s'abattait sur sa bouche ouverte en étouffant le moindre son. La brusquerie de ce rapprochement fit tomber les bras de Scarlett le long de son corps. Sa peau nue se retrouva en contact avec le tissu épais de l'uniforme, la froideur des boutons qui décoraient la veste et celle de la ceinture qui ceignait la taille de Keir. Ses seins s'écrasèrent contre son torse, si chaud sous les couches de ces vêtements, l'une de ses mains vint recouvrir les médailles et les rubans militaires qu'il arborait au niveau de l'épaule gauche, alors que son ventre rencontra la dureté d'une érection qui l'effraya.

Entre les bras de ce menhir écossais, qui la dépassait d'une vingtaine de centimètres et pesait plus de quatre-vingt-dix kilos de muscles, Scarlett se sentit plus vulnérable qu'un nouveau-né dans sa quasi-nudité. Elle ressemblait à une nymphe sauvage qu'un homme armé et recouvert de sa cuirasse moderne venait de capturer.

Je dois m'échapper !

Le cœur battant aussi fort qu'un diable aspergé d'eau bénite, elle tenta de se débattre, apeurée par ce désir qui enflait contre son ventre.

Scarlett allait se pâmer dans ses bras s'il ne la relâchait pas sur-le-champ, s'il n'éloignait pas de son corps la chaleur électrisante du sien et le parfum capiteux qu'il exhalait. Un mélange de tabac, d'eau de Cologne luxueuse et de transpiration masculine. Une odeur qui prit d'assaut ses sens en instillant dans ses veines la chaleur annonciatrice d'une fièvre maligne.

— Arrête de te trémousser, tu vas me faire encore plus bander, lui souffla-t-il en rapprochant leurs deux visages, s'attirant en retour une gifle sonore.

Le coup ne fut pas aussi énergique qu'elle l'aurait souhaité, mais lui attira tout de même un regard ombreux.

Bien moins préoccupé par la présence de Barbara dans le couloir, Keir ôta sa première main de ses lèvres, sans lâcher son corps, puis l'érigea sur ses fesses rondes.

— Si tu ne me lâches pas, je crie au viol et…

Sa phrase disparut entre les lèvres de Keir, désireux de la faire taire d'une manière plus agréable. Bien sûr, Scarlett démontra de la résistance en premier lieu, le plaisir frôlant la panique quand il insinua une main dans sa culotte verte. Elle le mordilla à la lèvre inférieure, chercha à lui faire mal, mais cela ne fit qu'aiguiser la flamme dans leurs reins, d'autant plus que la paume rugueuse dorlotait la douceur de son postérieur en hérissant tous ses poils.

Seigneur, c'était aussi bon qu'inédit, aussi excitant qu'effrayant !

— Dalglish… sanglota-t-elle en se laissant aller contre lui, à son corps défendant.

Cette bouche ferme, cette langue hardie et cette odeur de masculinité finirent par la faire abdiquer. L'essence de ce goujat agitait violemment ses phéromones en l'astreignant à son plaisir.

Cela n'avait rien à voir avec les baisers tendres d'Erik.

— Tu vibres comme les cordes d'une lyre entre mes bras…, souffla-t-il en glissant cette fois-ci une main sur l'un de ses seins ronds, fermes et durs d'émotion, qu'il empoigna avec gourmandise pour le malaxer de ses doigts experts.

Son autre main continua son exploration dans sa culotte et vint trouver sa toison, douce comme la soie, à travers laquelle il se mit à caresser le bourgeon de la fleur sauvage et encore immaculée d'amour. Il la savait vierge.

Non sans une impression de puissance face à cette sublime virginité, il se mit à taquiner son clitoris pour la révéler à ses plaisirs féminins. Contre sa bouche, Scarlett hoqueta de surprise, traversée par une décharge sensorielle qu'elle n'avait jusqu'à présent jamais ressentie, oublieuse d'Erik et de la situation extrêmement scandaleuse où elle se trouvait.

Les paupières fermées, les bras raccrochés aux larges épaules de Keir, elle se laissa embrasser et caresser telle une chatte de salon, en toute gratuité et liberté, oubliant à moitié que le maître de ses sens était le type le plus insupportable qu'elle connaissait. Le plus insolent et irrésistible également.

Sans crier gare, Keir la souleva dans ses bras afin de l'étendre sur le lit en la recouvrant du sien, puis l'embrasser aux seins pendant qu'il faisait coulisser sa culotte sur ses jambes, à la plus grande consternation de Scarlett. Mais elle était trop pétrie de plaisir pour réagir tout de suite.

— Tu es sublime, *mo chridhe*1, souffla-t-il, hypnotisé par la vision de son triangle duveteux, taillé avec soin, parfumé et d'un roux plus sombre que celui de ses cheveux.

La jeune femme crut être ensorcelée par ce mot en gaélique écossais, qu'elle avait déjà lu dans l'un des dictionnaires de son père et qui se traduisait par « mon cœur ». Elle connaissait quelques termes affectifs et celui-ci figurait parmi ses favoris. L'entendre lui murmurer ce surnom manqua de vider ses poumons d'oxygène.

De nouveau, l'index de Keir serpenta entre les lèvres délicates de sa féminité et Scarlett voulut refermer ses cuisses dans un dernier sursaut de pudeur, mais il les écarta d'une poigne dure et poursuivit ses caresses. Il la pénétra bientôt d'un doigt, si vivement qu'elle s'agita et tenta d'ôter cette main dangereuse de ce qu'elle avait de plus intime.

— Sors d'ici !

— Ne me fais pas croire que tu n'aimes pas ça, tu es aussi mouillée qu'un lac. Je pourrai te prendre tout de suite tellement tu me veux.

Et sans même lui laisser le temps de répondre, il lui imposa un autre baiser, torride, sensuel, animal, comme

---

1. Il faut prononcer ce mot « MO-CRÉE ».

elle n'en avait encore jamais connu, pendant qu'il investissait une fois encore son vagin. Cette fois-ci, il glissa deux doigts, ouvrit délicatement cette allée vierge, jamais empruntée par quiconque avant lui, puis imprima des mouvements de va-et-vient en évitant la paroi de son hymen.

Scarlett s'agita sur le matelas, en sueur, la chair de poule criblant sa délicieuse peau à mesure que le plaisir prenait possession de son corps. Elle haletait contre sa bouche vorace, sa poitrine se soulevait à un rythme effréné et ses paumes glissaient dans ses cheveux coupés à ras. Frustrée de ne pouvoir tirer dessus, elle planta ses ongles dans son crâne pendant que l'orgasme affluait au galop dans le creux de son ventre. Ses jambes s'amollirent quand il lui écarta davantage les cuisses pour intensifier ses caresses digitales.

À la manière dont les muscles vaginaux pressaient ses doigts, Keir sut que l'orgasme était imminent. Les sensations qui l'assaillaient de l'intérieur faisaient écho aux détonations de plus en plus intenses des feux d'artifice.

Au moment où le bouquet final éclatait dans la nuit, elle cria de plaisir en rejetant la tête en arrière sur le matelas et griffa son cuir chevelu. Il recueillit contre sa paume, un sourire satisfait au coin de la bouche, son suc entêtant de femme, révélatrice d'un plaisir inouï et terriblement charnel.

Satisfait, le militaire se redressa en s'asseyant à ses côtés, la main portant la preuve de ses talents d'amant, les lèvres gonflées de baisers et les yeux hypnotisés par l'image qu'elle lui offrait. Allongée avec mollesse dans ce grand lit, nue et les longues boucles étendues autour de son visage à la manière d'une rivière de feu, Scarlett ressemblait à la première tentatrice de l'histoire de l'humanité. À une Lilith égarée dans l'Éden.

Cette vision féerique intensifia tellement son désir qu'il crut se répandre dans son pantalon, heureusement qu'il sut demeurer maître de son sexe. *Le mental*, comme dirait Hudson. Mais même le mental menaçait de fléchir devant ce corps de déesse celtique, généreux, solide et modulé pour répondre à ses assauts. Quant à son visage, il l'émouvait. Elle avait de longs yeux verts, rendus langoureux par la sensualité, et des éphélides qui se répandaient comme autant de poussière d'or sur ses épaules, le haut de sa poitrine, ses pommettes saillantes et son nez de chaton, le défiant de les lécher du bout de sa langue.

Toujours haletante, Scarlett le regarda se pencher de nouveau vers elle, si grand et large d'épaules qu'il emplissait tout son cadre visuel, puis l'entendit lui murmurer, ses lèvres frôlant les siennes quand il parla :

— Tu as tellement aimé que la prochaine fois, tu me supplieras de te prendre entièrement.

La rousse sortait peu à peu de sa langueur et le considéra d'un œil plus acéré. Elle était encore trop amollie par l'orgasme qu'elle n'éprouva pas tout de suite la honte de ce moment d'égarement, ni même l'envie d'effacer son insupportable sourire narquois.

— Tu penses désirer Erik, mais en réalité, c'est moi que tu veux.

Cette fois-ci, elle tenta de le repousser et de se redresser conjointement, toutefois, Keir savait maintenir sa position.

Les mots se bloquèrent dans la gorge de la jeune femme pendant qu'il continuait en plaçant sa main fine sur le renflement de son érection, afin d'illustrer ses propos :

— J'ai une envie folle de te faire l'amour jusqu'à l'aube, mais je ne le ferai qu'au moment où tu me supplieras. Pour ce soir, je vais te laisser aussi frustrée que ce jour où tu m'as refusé un baiser à l'hôpital, alors que mon seul réconfort aurait été de te serrer dans mes bras.

En effet, à son retour d'Afghanistan quatre mois plus tôt, d'où il était revenu entubé et grièvement blessé, il lui avait mandé un baiser dans sa chambre d'hôpital. Plus exactement, il avait voulu lui en voler un, mais Scarlett s'était magistralement détournée de ses désirs. La frustration avait alors gagné Keir, qui lui avait ensuite promis une petite vengeance...

Le cœur de la jeune femme manqua un battement et elle sentit sa main s'affaiblir automatiquement en quittant l'emprise de la sienne.

— Espèce de salaud..., murmura-t-elle en essayant de se redresser sous la prison de ses muscles.

— On me le dit souvent.

Keir se releva sur ses deux jambes, sortit un mouchoir de sa poche pour essuyer sa paume engluée de l'essence de Scarlett, puis remit de l'ordre dans son uniforme, l'air de rien, même si son érection n'avait pas diminué d'un pouce. De toute sa hauteur, il la reconsidéra avec un air plein de défi, soutenant ce regard vert ensorcelant, tantôt farouche, tantôt frondeur. Scarlett tira sur les draps pour s'en recouvrir et retrouver un semblant de dignité après cette parenthèse de perdition condamnable.

Elle aurait dû crier au viol.

Au lieu de cela, elle s'était laissé entraîner avec enthousiasme et docilité, jusqu'à jouir misérablement autour de ses doigts.

Seigneur, il allait le regretter !

— Bon, feu follet, je crois qu'il est l'heure de te laisser rêvasser à ce pompier.

Ce type était un démon d'impertinence et de superbe. Il méritait de recevoir la lampe de chevet en pleine figure.

Au lieu de succomber à ses pulsions nerveuses et de détruire la moitié du mobilier présent, elle inspira profondément, rouge de confusion et de colère contre lui et elle-même, puis ordonna :

— Va-t'en d'ici !

— J'y compte bien, dit-il en s'éloignant en direction des portes-fenêtres menant à un balcon, qu'il ouvrit d'un tour de poignet. Fais de beaux rêves.

Scarlett n'eut même pas le temps de hurler une insulte qu'il se soustrayait déjà à sa vue en digne soldat d'élite, connu pour apparaître et s'éclipser telle une ombre en empruntant les voies les moins conventionnelles. Là, il avait choisi le balcon pour fuir une chambre qu'il avait saturée de son parfum grisant.

Dorénavant seule dans la pièce, Scarlett sauta du lit en voulant purifier son corps renégat sous la fraîcheur de l'eau, quand deux coups à la porte la firent sursauter.

Comme elle ne répondait pas, la voix d'Erik traversa la paroi boisée et un sentiment de culpabilité s'épancha en elle.

— Scarlett, tu es là ?

Elle ne pouvait pas le recevoir après ce qu'il venait de se passer. Erik le devinerait tout de suite. Il sentirait l'odeur du plaisir et le parfum de Keir dans cette pièce soudain étouffante.

Il lui fallait une excuse, le temps de recouvrer ses esprits et d'être de nouveau prête à l'accueillir.

— Erik ! lança-t-elle depuis le centre de la pièce. Je ne me sens pas bien tout à coup...

— Tu es malade ? Tu veux bien m'ouvrir ?

— Je ne suis pas belle à voir, je crois que j'ai bu trop de champagne.

— Oh, je vois... tu veux que je t'apporte quelque chose pour te rafraîchir ?

— Non, merci. Tu es un amour, mais je crains de devoir rester toute seule cette nuit...

— Je comprends.

Scarlett devinait combien il était déçu, peut-être autant qu'elle.

— On se voit demain ? Ce sera mieux, j'en suis certaine.

— D'accord. Je vais me coucher aussi, même si j'aurais préféré être avec toi. Repose-toi bien, Scarlett.

L'instant d'après, il s'éloignait dans le couloir tandis qu'elle fonçait sous la douche, l'image de Keir gorgeant encore son esprit malgré ses fustigations internes.

Ce goujat ne voulait pas sortir de sa tête.

Chapitre 5

Le lendemain

Le mariage se clôturait par un brunch dominical, au cours duquel les convives pouvaient flatter leurs papilles de mets spécifiques à la Caroline du Sud, tout en profitant des activités que proposaient les lieux entre piscine, golf et promenades champêtres.

À la suite d'une nuit tourmentée, passée à se ressasser la parenthèse passionnée avec Keir, Scarlett s'était couchée et levée tard. Quand elle fit son apparition dans la vaste salle à manger de la villa principale, vêtue d'un pantalon blanc taille haute et moulant, associé à des chaussures compensées camel et un haut estival bleu ciel, au col bateau qui révélait la naissance de ses épaules, il était 13 heures passées et le buffet avait été généreusement dilapidé.

La plupart des personnes présentes remarquèrent son arrivée, notamment celles assises à la première table située à sa gauche, presque entièrement composée des amis de Hudson. Ils avaient tous troqué leurs uniformes de parade pour une tenue de jour confortable. Même Kismet, le singe capucin du marié, trouvé en Afghanistan lors d'une précédente mission, complétait ce petit rassemblement de spécimens virils et attractifs.

Le cœur et les joues en feu, elle découvrit à sa plus grande consternation qu'Erik était assis aux côtés de Keir, irradiant d'énergie au milieu de ses compagnons, à raconter elle ne savait quoi au moment où elle arrivait.

D'ailleurs, le radar interne du capitaine semblait l'avoir prévenu de sa présence, puisqu'il s'était arrêté de parler et avait tourné son visage dans sa direction avant même qu'elle n'arrive à leur hauteur.

— Enfin, la Belle au Bois Dormant daigne nous rejoindre ! s'exclama-t-il avec son inimitable sourire carnassier aux fossettes irrésistibles, qui la cloua un moment sur ses talons.

Revoir cet homme, cet amant volage, la rendit nerveuse et elle dut triturer son épaisse et longue natte pour endiguer la tension qu'elle sentait grandir dans son ventre.

— Viens t'installer avec nous, il manque cruellement de femmes à notre table, renchérit John, qui tapota une chaise vacante entre lui et Keir.

Scarlett vit ensuite Lex et Erik la saluer, ce dernier se hissant de sa chaise pour s'ériger à ses côtés, l'embrasser sur la joue et l'entraîner vers la table. En tapinois, il la questionna sur sa nuit et s'assura qu'elle se sentait mieux, puis la conduisit jusqu'à la chaise qui lui était réservée. Visiblement, ni Keir ni John ne voulaient échanger leurs places pour leur permettre d'être assis côte à côte.

— Tu vas mieux, chérie ? Tu as disparu de la circulation dès minuit... ton cavalier s'est senti bien seul. Heureusement qu'on était là pour s'occuper de lui, lança John, enjoué.

Scarlett darda un regard oblique en direction de Keir pendant qu'Erik poursuivait :

— Je vais me resservir au buffet. Tu as envie de quelque chose, Scarlett ?

Cette fois-ci, elle reporta son attention sur son prévenant pompier et, pleine de reconnaissance, lui avoua :

— J'aimerais du pain grillé, du beurre de cacahuètes, des œufs brouillés, une part de tarte aux noix de pécan et du jus d'orange, s'il te plaît.

— Je t'apporte ça tout de suite.

— Tu es un amour.

L'instant d'après, Erik quittait la table.

— On y va mollo avec le beurre de cacahuètes et les tartes aux noix de pécan, tu as tendance à prendre du poids facilement, feu follet.

— Tu ne veux pas lui foutre la paix, Dalglish ? Si Scarlett veut se taper un pot entier de beurre de cacahuètes et la tarte de son choix, eh bien laisse-la faire, la défendit Lex, sans même lever les yeux du journal qu'il feuilletait.

— Je dis ça pour son bien.

— Surveille d'abord ta propre ligne, Big Bear. Depuis que tu es en convalescence, tu fais moins d'exercices physiques et tu manges beaucoup, le railla John avant de repérer, parmi les nouvelles arrivantes, la demoiselle d'honneur anglaise pour laquelle il avait eu un coup de cœur. Bon, les gars, j'ai un rencard qui m'attend. On se retrouve sur le parcours de golf quand vous aurez terminé.

Une fois John envolé, Scarlett voulut se lever afin de prendre sa place, mais devançant ses intentions, Keir l'agrippa discrètement à la cuisse et la força à se rasseoir sur sa chaise. Sitôt, elle le poignarda des yeux, s'attirant en retour un sourire victorieux et insupportablement attrayant.

— N'essaie pas de me fuir, surtout que tu n'en as pas du tout envie, lui glissa-t-il.

Lex était trop happé par la lecture de son journal pour leur prêter attention.

— Rien que ta chaleur m'indispose, murmura-t-elle fortement, sans parvenir à se défaire de son emprise.

Elle demeura donc à ses côtés, même à l'instant où il ôta sa main de sa cuisse pour la poser sur la table et finir d'engloutir son croque-monsieur. Grâce aux manches courtes de son t-shirt blanc, tout le monde pouvait admirer les tatouages sombres qui décoraient ses avant-bras d'athlète. Scarlett les connaissait depuis leur première rencontre, mais elle ne se lassait jamais de les admirer. Sur l'avant-bras gauche, la maxime « Carpe Diem » était écrite en caractères romains et révélait le tempérament hédoniste, impulsif et passionné du capitaine. Il faisait partie de cette catégorie de personnes qui détestait les projets et n'attendait pas le lendemain pour exécuter ce qui pourrait l'être maintenant. C'était un ennemi de la procrastination et un jouisseur invétéré.

Outre ses défauts, Scarlett appréciait son côté imprévisible, aventureux et sa conception de la vie. Cet homme était épris de liberté, de l'inédit et cherchait toujours à repousser ses limites par des expériences nouvelles.

Sur l'avant-bras droit, une tête d'ours celtique, finement ouvragée et incorporée dans la paume de l'animal, au-dessous de cinq griffes acérées, décorait sa peau en révélant son totem. Keir se sentait l'âme d'un ours, à la fois sauvage, brave et solide.

Du coin de l'œil, la jeune femme étudia son profil qui se découpait dans la lumière du soleil filtrant à travers les grandes fenêtres. Il avait un nez imposant et droit, très masculin et des lèvres fines, ourlées à la façon dont elle les appréciait chez les hommes. Sa mâchoire était carrée, comme coupée au fil d'un rasoir, tandis qu'un duvet de barbe blonde commençait à habiller ses joues.

Keir aurait pu être un Viking, il en avait le physique, mais c'était un highlander, conçu à Fort William et né en plein cœur d'Édimbourg. Avant d'être américain, ce militaire était un pur-sang écossais qui chantait les louanges de sa race avec fierté. Scarlett lui enviait sa naissance dans cette lointaine contrée celtique, dont l'identité et l'esprit filtraient pourtant dans ses veines grâce à ses ancêtres.

— Voici ton déjeuner, Scarlett, intervint soudain la voix d'Erik, qui profita de l'absence de John pour s'ériger à ses côtés, de telle sorte qu'elle se retrouva coincée entre le capitaine et le pompier.

La jeune femme fut soulagée par sa présence et le gratifia d'un baiser à la bouche, volontairement posé ici dans l'espoir d'effacer le souvenir qu'avaient laissé les lèvres de Keir sur les siennes. Il lui sourit en réponse, un peu timidement, comme si la présence des autres hommes l'embarrassait.

— Tu rentres avec moi, ce soir? demanda-t-elle à l'adresse du pompier.

Erik arbora un air désappointé.

— J'aurais adoré, mais ce matin, j'ai reçu un coup de fil de la part de ma mère. Ma sœur vient d'accoucher et il faut que je sois à Columbia avant 19 heures. Je vais partir dans une heure et je ne reviendrai que demain. Ce n'est que partie remise, Scarlett, lui murmura-t-il avec une caresse à la joue. En attendant, j'ai demandé à Keir s'il pouvait te déposer.

— Keir? réitéra-t-elle en regardant à tour de rôle les deux hommes. Hors de question que je rentre avec lui.

— Je t'avais dit qu'elle ferait du chichi, répliqua le concerné avec un coup d'œil à Erik par-dessus la chevelure rousse.

Scarlett alla chercher de l'aide du côté de Lex.

— Lex, tu passes par Beaufort, tu peux me déposer ?

— Je suis venu avec Keir, avoua l'autre en tournant une page de son journal.

— John aussi ?

— Affirmatif.

Elle soupira de déception.

— Comme Hudson et Livia partent ce soir en voyage de noces et que tes autres voisins sont déjà partis, je crains que tu ne puisses plus m'échapper, feu follet.

Sans plus de cérémonie, Keir déplia l'un de ses bras et le posa sur le dossier de la chaise où elle était installée, de manière à se rapprocher un peu d'elle en donnant l'impression de l'enlacer aux épaules. Il marquait ainsi son territoire.

Scarlett se fit violence pour ne pas bondir de la chaise et préféra se tourner vers Erik.

— Ta sœur vient d'accoucher d'une fille ou d'un garçon ?

— Un garçon qui s'appelle Chad et pèse 3,6 kilos. Il est en excellente santé, comme ma sœur d'ailleurs.

— C'est merveilleux. Tu lui transmettras mes félicitations. J'espère que j'aurai l'occasion de les voir un jour.

— J'espère aussi. Il paraît que le petit ressemble beaucoup aux Warren.

— Il a de la chance alors, répliqua-t-elle en piochant avec les dents de sa fourchette un peu d'œufs brouillés, qu'elle amena ensuite à sa bouche.

— J'ai déjà parlé de toi à ma mère et ma sœur. Un de ces quatre, si tu le veux, tu pourrais passer le week-end à Columbia avec nous.

Touchée par cette proposition, Scarlett en laissa tomber ses œufs brouillés sur son jeans. Elle se maudit pour cette maladresse, puis se retint de pester dès l'instant où Keir, alerte et vif comme la foudre, posa sa main sur ses cuisses et récupéra les copeaux d'œufs à l'aide d'un mouchoir en papier. Il avait fallu qu'ils tombent au niveau de son entrejambe et que ce capitaine démoniaque s'empresse de les récupérer en marquant une pression indécente, si osée et agréable qu'elle en devint aussi rose que les quarts de pamplemousse disposés sur le buffet.

— Je pouvais le faire moi-même, Dalglish! s'impatienta-t-elle en lui administrant une tape sur le dos de la main, consciente qu'il s'amusait à la martyriser de ses provocations.

— Tu es tellement maladroite. La prochaine fois, Erik, évite l'heure des repas pour lui annoncer un projet aussi enthousiasmant.

Le concerné n'exprima aucun trouble face à la main du capitaine glissant sur le pantalon blanc de la femme qu'il voulait, juste au-dessus de ce qu'elle avait de plus précieux à lui offrir. Il avait beau être un pompier de vingt-six ans, un jeune homme avec un peu d'expérience, témoin de drames et de situations que d'autres n'imagineraient même pas, il n'en paraissait pas moins naïf.

Erik Warren semblait anesthésié par la sympathie apparente de Keir Dalglish et ne subodorait pas ses plans machiavéliques de séduction envers Scarlett.

— Perso, j'aime bien sa maladresse. Je trouve que ça renforce et adoucit sa beauté un peu sauvage, avoua Erik d'un air enamouré.

— On dirait que tes longues heures à l'église ont été récompensées, feu follet, observa Keir d'un air ironique. Le destin t'a fait rencontrer pour la première et dernière fois de ta vie un homme qui te trouve charmante. À ta place, je l'épouserais tout de suite. Tu seras au moins certaine de ne pas finir ta vie toute seule avec dix-sept chats pour compagnie...

Piquée à vif par cette énième provocation, à laquelle s'ajoutèrent la tension sexuelle et le souvenir torride et humiliant de la veille, elle s'empara de son verre de jus d'orange et lança le contenu sur le visage de Keir. Il y eut des exclamations diverses en provenance de la table voisine et d'Erik. Même Lex se désintéressa un moment de son journal pour mieux dévisager l'arrosé. Du jus et des pulpes d'orange dégoulinaient sur son visage impassible, s'accrochaient à ses traits, jusqu'à se perdre dans son cou et entacher son t-shirt blanc.

— Pour refroidir ton impertinence, se justifia Scarlett, rose de contrariété et le regard vindicatif.

— Pour refroidir mon impertinence ? réitéra Keir en faisant reculer sa chaise dans un crissement de bois, alors que Lex rassurait Erik sur le caractère coutumier de ce genre d'incartades.

Devant l'attention générale, Keir se redressa de toute sa hauteur, retira ses chaussures et sa montre de prix Panerai, qu'il posa ensuite sur la table. À aucun moment il n'avait détaché son regard des yeux verts qui le défiaient. Scarlett était embarrassée, nerveuse, insolente, satisfaite... tant d'états d'âme traversaient concurremment son esprit.

Elle voulait le refroidir ?

Pure sottise.

En réalité, elle voulait le chauffer, le tisonner, faire ressortir son diablotin intérieur et l'entraîner dans un duel que seule la communion de leurs deux corps parviendrait à apaiser. Leurs provocations puériles n'étaient qu'une manière de retranscrire le besoin sexuel qu'ils ressentaient l'un pour l'autre.

— Crois-moi, c'est ton hystérie qui aurait besoin d'être glacée, lâcha-t-il ensuite en se penchant dans sa direction pour l'attraper fermement à la taille, sans effort ni brutalité, avant de la soulever et la charger sur son épaule à la manière d'un gros sac de riz.

Scarlett émit un cri de surprise, étouffé par les rires qui fusèrent aussitôt de part et d'autre de la salle, et tenta de se débattre en le sommant de la reposer au sol.

Avec une cérémonie feinte, Keir s'adressa à Erik :

— Je te l'emprunte deux minutes, tu veux ?

Et sans attendre l'assentiment de l'autre ni même essuyer son visage dégoulinant, il traversa la pièce sous les coups et les cris de Scarlett, une fois de plus contrariée d'être traitée aussi grossièrement en public, puis s'achemina vers les portes-fenêtres menant au jardin et à la piscine. Les personnes présentes à l'extérieur, dont Livia et Hudson faisaient partie, les épièrent en haussant les sourcils, comprenant bientôt l'issue de la situation : Keir fonçait droit vers l'eau, son charmant paquetage largué sur l'épaule.

— Espèce de brute ! Tu crois que je vais me laisser faire ! hurla Scarlett.

— Tu as ouvert l'offensive, feu follet. Maintenant, tu en paies les conséquences.

Il démontra ses propos en sautant avec elle dans la piscine, leurs deux corps créant un splash détonnant qui arrosa le reste des nageurs.

L'eau alourdit aussitôt leurs vêtements et lava leur peau en rafraîchissant un peu leurs ardeurs. Enfin, le temps de remonter à la surface. Car, une fois la tête hors de l'eau, Scarlett brandit la main pour gifler Keir, mais devançant ses projets, il rattrapa son bras en plein vol et en profita pour la rapprocher de nouveau de son corps, jusqu'à la retenir prisonnière contre l'une des parois de la piscine.

— J'en ai marre de tes gamineries, Dalglish..., marmonna-t-elle en sentant son mascara couler sur ses pommettes.

— Avoue que ça fait un bien fou.

Elle sourcilla dans le but de lui montrer son désaccord, alors qu'au plus profond d'elle-même, l'eau de la piscine et la promiscuité de cet homme lui procuraient beaucoup d'agréments.

Keir touchait le fond carrelé de la pointe de ses orteils, tandis que Scarlett se retenait difficilement à la paroi, désireuse de ne pas s'appuyer contre lui. Elle devait le fuir avant de succomber à la tentation de s'enrouler autour de son corps et de l'embrasser à en perdre haleine. Assurément, le goût du jus d'orange devait encore imbiber ses lèvres.

— Pour toi, pas pour moi.

— Toujours de mauvaise foi.

— Tu fais ressortir mes pires instincts.

— Ou les meilleurs. La nuit d'hier en est une preuve. J'aime ta manière réceptive de…

Dans ce contexte, ce fut au tour de Scarlett de plaquer sa paume sur la bouche de Keir, juste pour étouffer toutes les vérités qu'il était sur le point d'émettre. Mais loin de s'en formaliser, il s'amusa à capturer sa main pour la mordiller de façon très érotique, si délicieuse qu'elle s'agita dans l'eau avec l'espoir de lui échapper.

— Contrairement à ton pompier, je n'ai pas de projets pour ce soir. Je n'ai aucune prérogative à Charleston et je pourrai rallonger mon séjour dans le coin, commença-t-il entre ses doigts longilignes. On pourrait dîner ensemble, regarder un vieux film et débuter ton initiation au sexe… crois-moi, ton pompier me remerciera une fois qu'il découvrira combien je t'ai rendue experte.

— Merci, mais ta générosité, tu peux la garder pour toi.

— Je vois que vous êtes irrécupérables, tous les deux, s'immisça la voix de Hudson, qui venait de s'imposer au bord de la piscine en leur dissimulant la lumière du soleil.

Ils relevèrent leurs têtes d'un même mouvement et virent la silhouette de leur ami, plus diverti qu'irrité par leurs débordements. Au moins, on pouvait compter sur eux pour l'animation.

— Je n'y peux rien, elle me pousse toujours à bout.

Scarlett se retourna dans l'eau afin de mieux dévisager Hudson et appuya l'un de ses bras sur le rebord de la piscine. Keir l'imita.

— Je vous connais assez bien l'un et l'autre pour savoir que vous vous équivalez dans la provocation. Mais peu importe, ce sont vos histoires.

Hudson fut bientôt rejoint par Livia, vêtue d'une robe de pin-up violette et munie d'un cocktail qu'elle était en train de siroter pendant que ses yeux myosotis les étudiaient avec malice, comme si elle avait flairé quelque chose entre eux.

— Tâchez de ne pas vous entretuer pendant notre lune de miel.

— On se tiendra à distance l'un de l'autre.

Scarlett aurait aimé croire en ses mots, mais un pressentiment l'avertit du contraire.

Chapitre 6

Scarlett, Keir, Lex et John saluaient une dernière fois Livia et Hudson, supposés décoller dans quelques heures pour leur voyage de noces. Au programme, un séjour idyllique de trois semaines entre l'Italie, la Turquie et le Maroc, autant de sites où l'époux pourrait s'adonner à des fouilles archéologiques sauvages — un passe-temps en dehors de son métier de militaire — pendant que l'épouse trouverait l'inspiration littéraire dans les paysages contrastés et historiques des trois pays. Depuis quelque temps, Livia s'était mise en tête d'écrire des romans en parallèle de ses activités d'enseignante universitaire en langues anciennes.

— N'oubliez pas de nous envoyer des cartes postales. C'est vieux jeu, mais j'aime en recevoir, leur rappela John avant de pénétrer dans la bestiale et sportive Dodge-Ram SRT 10 rouge métallisé de Keir, une automobile pick-up produite en série illimitée, pour laquelle le propriétaire avait fait une folie financière.

— Et n'oubliez pas mon autographe de Sophia Loren, Claudia Cardinale ou Gina Lollobrigida si vous les rencontrez, lança ensuite Scarlett à travers la vitre ouverte de son siège arrière.

Étant donné la baignade improvisée dans la piscine, cette dernière avait dû revêtir le short et le débardeur verts qui lui servaient de pyjama, et sans plus aucune trace de maquillage sur le visage, elle semblait si jeune et fragile parmi sa lourde escorte de marines, chargés de veiller à sa sécurité sur le trajet de retour.

— On va essayer de les trouver, assura Livia d'un air guilleret.

L'instant d'après, Scarlett et ses compagnons de route lançaient au jeune couple leurs dernières recommandations, en même temps qu'il grimpait dans le taxi destiné à le conduire à l'aéroport de Savannah. Keir démarra ensuite sur des chapeaux de roues en allumant la radio, laissant planer du rock pendant qu'il sillonnait la région jusqu'aux différents relais de son itinéraire. Il devait déposer Lex à Parris Island, John à la Marine Corps Air Station, puis ramener saine et sauve la rouquine chez elle.

— Ils ne vont pas s'ennuyer avec toutes leurs destinations, lança Scarlett, rêveuse. J'aimerais tellement m'envoler vers un pays inconnu, vers un autre continent que l'Amérique.

— C'est vrai que tu n'as jamais quitté le territoire, toi. Tu devrais partir avec Keir en Écosse. Il n'a rien à faire pendant trois mois, lança malicieusement John, assis devant sur le siège passager.

— Je n'ai pas de vacances contrairement à monsieur Dalglish.

— Je suis en convalescence, nuança le concerné. Je récupère mes forces.

Elle le regarda depuis son emplacement. Keir avait reçu de violentes blessures par balles au cours de la dernière mission, laissant des cicatrices fraîches sur l'abdomen et les jambes. Fort de sa résilience écossaise, il s'en était sorti grâce à sa nature solide et sa personnalité combattive, étayées par un temps de rééducation physique intense à l'hôpital militaire de Beaufort. Désormais, à le voir au volant de sa voiture, assuré de sa robustesse et de son agilité, on avait peine à imaginer son état de faiblesse quelques mois auparavant.

— Au fait, Scarlett, t'es en couple avec le pompier ou pas ? poursuivit John.

Sans savoir comment ses yeux s'étaient égarés dans le rétroviseur de la voiture, la jeune femme croisa un bref moment le regard de Keir. Elle pensait confirmer cette éventualité, faire croire aux trois marines qu'elle était désormais la dame d'un seul homme, mais sa langue sembla garante de la vérité et sa réponse fut :

— Non. Enfin, on en a pas encore parlé.

— Ça a l'air d'être un type bien.

— Un type bien, mais un peu ennuyeux, s'empressa de souligner Keir.

— Comment tu peux le juger ? Tu ne le connais même pas.

Scarlett croisa ses bras contre sa poitrine, personnellement froissée à la place d'Erik.

— Intuition.

— Ton intuition a prouvé à plusieurs reprises qu'elle était un peu faussée.

— Il n'en reste pas moins ennuyeux à mon sens. Après tout, c'est peut-être ce que tu préfères.

Scarlett décida d'ignorer sa remarque, puis continua en s'adressant à Lex :

— Tu as tes cartes de tarot avec toi ? Tu crois que tu pourrais me les tirer pour voir ce qui pourrait m'arriver dans un futur proche, s'il te plaît ?

Lex ou le sergent-chef Alexeï Lenkov au regard de la loi, était un homme polyvalent, très nuancé. Instructeur militaire depuis six ans à la Marine Corps Recruit

Depot de Parris Island, où sa mission était de former les nouvelles recrues d'une poigne de fer, cet homme n'en demeurait pas moins un être sensible, capable de voir des choses dissimulées aux yeux des autres. Ceux qui le connaissaient savaient qu'il se promenait toujours avec un jeu de tarot italien, vieux de plusieurs siècles, transmis par sa mère, une femme à l'énergie écrasante dont il avait hérité les origines russes et la sagacité ésotérique. Il ne se séparait jamais de ses cartes et aimait les consulter pour toutes les questions essentielles qui traversaient son esprit ou ceux des autres.

L'année dernière, il avait prévu une épouse à Hudson et un changement de vie radical pour Livia. Bien sûr, il ne les avait pas mis sur le chemin l'un de l'autre, mais s'était seulement engagé à éclairer la voie qu'ils étaient en train d'emprunter. Ses interprétations résonnaient toujours comme un son abscons et pouvaient être comprises de manière large.

— Tu as une question ? lui retourna-t-il machinalement, après avoir sorti de la poche de sa veste son magnifique jeu de cartes, toutes dorées à la feuille d'or.

— J'aimerais juste connaître mon avenir amoureux.

Lex commença à mélanger le lot de cartes. À part John, qui s'inscrivait comme l'esprit le plus cartésien de la bande malgré les prophéties avérées de son ami, tous les autres demeuraient sensibles à sa clairvoyance déroutante, si bien que Scarlett retint son souffle au moment où il dévoila trois cartes sur ses cuisses jointes.

— Le Valet de bâtons à l'endroit, le Soleil à l'envers et l'Étoile à l'endroit, lança-t-il de sa voix un peu rêche, naturellement grave et usée par les ordres aboyés à longueur de journée. La première carte symbolise la confiance, l'extravagance, l'enthousiasme et l'amour. La deuxième représente la solitude, l'avenir incertain et l'apparition d'une relation amoureuse. La dernière est de bon augure pour rééquilibrer tous les projets entrepris, dans les domaines du travail, de l'amour ou de la famille.

— Traduction ? s'impatienta Scarlett, qui écoutait ses mots en sentant son cœur pulser dans ses tempes.

— Pour répondre à ta question, il faut que tu saches qu'une relation amoureuse va bientôt prendre une place primordiale dans ta vie. Ce sera joyeux et insouciant, mais la relation que tu tisseras avec ton prochain compagnon ne sera pas à l'abri de quelques ombres. Vous ne serez pas sur la même longueur d'onde et ne partagerez pas les mêmes projets. Il y aura un déséquilibre de maturité. Tu seras prête à t'engager, mais pas lui. Il faudra déployer toute ton intelligence pour le garder et te montrer patiente avec lui, quitte à faire quelques concessions… si tu agis comme ça, tu pourras sauver votre couple et bâtir ce que tu as toujours rêvé d'avoir : une grande famille avec l'homme de ta vie.

Scarlett accusa l'information avec une quiétude respectueuse, presque religieuse, tandis que Keir ricanait, sans comprendre pourquoi des picotements d'anxiété se propageaient dans son l'estomac.

— Est-ce que cet homme sera Erik ? enchaîna-t-elle du bout des lèvres.

— Je ne sais pas, mais je vois seulement que cet homme est à la fois ton contraire et ton semblable. Vous vous contrebalancerez l'un l'autre, mais vous vous chercherez au mauvais moment. Cet homme ne nourrit pas encore les mêmes aspirations que toi. Tu seras plus mûre que lui pendant les moments fatidiques et j'ai comme l'impression que ce sera le seul homme pour lequel tu ressentiras un amour vrai et inoubliable.

Après cette parenthèse d'ésotérisme, le trajet se poursuivit au gré de discussions plus au moins diversifiées et, plus d'une heure plus tard, Keir et Scarlett redémarraient devant la base aérienne où John était descendu.

Ils n'étaient plus que deux dans la voiture et seulement une vingtaine de minutes de trajet les séparait de chez elle, un temps nécessaire pour la jeune femme de rêvasser aux évènements passés.

Keir lui décocha un regard du coin de l'œil, appréciant le fait qu'elle était désormais installée sur le siège passager à côté de lui.

— Tu penses encore à hier ?

— Qu'est-ce qui te fait croire ça ?

— Ton sourire.

— Je pense à Erik.

— Ben voyons… tu penses plutôt à mon intrusion dans ta chambre.

— Je ne vois pas de quoi tu parles, objecta-t-elle d'un air tranchant.

— Vraiment ? Tu ne te souviens pas de la manière dont mes doigts entraient en toi ?

— Arrête avec ça ou arrête-toi tout court, je peux marcher à pied jusqu'à la maison.

— Je n'ai pas envie de te laisser en pâture aux bandits de grands chemins.

— Je préfèrerais leur tenir compagnie plutôt que de t'entendre me dire des choses pareilles ! Hier, j'étais dans un état second à cause du champagne. Tu as abusé de ma faiblesse.

Keir libéra un rire tonitruant, franc, dangereusement viril, pareil à un coup de tonnerre zébrant le ciel gris des Highlands. Scarlett fut transpercée par un frisson qui lui donna la chair de poule, suivi par une excitation fallacieuse au moment où elle le vit s'arrêter sur le côté, en bordure de route, avant d'éteindre le moteur pour se pencher — bondir — sur elle, l'attraper au visage et posséder sa bouche. La jeune femme avait pensé se défendre, se dégager et s'éjecter hors de la voiture pour écarter de sa route cette bête en rut, mais son intention fut balayée en un claquement de doigts.

Sans plus réfléchir à quoi que ce soit, elle répondit avec autant de fougue à son baiser, écrasa son torse contre le sien quand il défit sa ceinture de sécurité pour se rapprocher d'elle et lui prouver combien ils vibraient sur la même mélodie.

— Tu sens l'attraction qu'il y a entre nous, Scarlett ?

— Tu n'es pas celui dont Lex parle… dans les cartes, souffla-t-elle entre deux baisers imposés.

— Lex n'a pas dit que tu rencontrerais cet homme vierge… tu peux avoir quelques expériences avant de t'enfermer dans une relation chronique, vouée à l'ennui et le désespoir.

— Tu as une haute estime de l'amour, ironisa-t-elle en glissant ses ongles sur le sommet de son crâne, un touché qui avait le don de l'électriser.

— Je pense seulement que ton Erik n'est pas celui qu'il te faut en premier… il ne te donnera pas autant le goût du sexe que moi.

Keir saisit son visage en coupes et cimenta leurs deux regards, l'air tout à coup sérieux.

— J'ai envie de te montrer comment faire l'amour, d'aimer ton corps comme personne ne le fera plus jamais, Scarlett...

Elle se mordilla la lèvre en fermant les paupières quand elle sentit ses doigts s'enrouler autour de son téton par-dessous le tissu de son débardeur.

— Pourquoi?

— Parce qu'on s'attire comme des aimants depuis la première fois qu'on s'est embrassés... parce que je sais que tu te révèleras passionnée et ardente dans mes bras. Donne-moi une nuit et tu en réclameras d'autres.

Comme Scarlett ne répondait pas, il glissa une main entre ses cuisses et l'achemina vers son intimité, qu'il recouvrit de toute sa peau à travers la barrière de son short. Elle n'en ressentit pas moins sa chaleur et des picotements félons dans son ventre. Quelque chose semblait bouillir en elle, un peu comme l'eau qu'on chauffe imprudemment sur la gazinière.

Il fallut se faire violence pour se détacher de lui et le recaler d'un ton parfaitement maîtrisé:

— Je sais que je ne serai qu'un trophée parmi tant d'autres, c'est pourquoi je ne te cèderai pas, Dalglish. Maintenant, si tu veux bien reprendre la route.

Keir se replaça à son tour dans son siège, refroidi par l'entêtement de Scarlett, puis remit le contact d'un geste sec.

— Comme tu voudras.

Chapitre 7

Craven street, Beaufort

Après des minutes silencieuses et suffocantes, qui s'écoulèrent comme des siècles pour Scarlett, la Dodge-Ram SRT 10 de Keir arriva enfin devant sa demeure, une maison blanche aux volets bleus, bâtie dans le style victorien des maisons du Sud, à la charpente carrée avec des fenêtres baies sur le flanc gauche et de magnifiques colonnades décoratives au niveau de la façade. Elles offraient à la demeure son charme et son caractère, tout en soutenant le porche et le balcon de l'étage supérieur, aux balustrades finement ouvragées. Un drapeau américain claquait dans la brise vespérale depuis la balustrade de l'étage où il était fixé, symbole de patriotisme, tandis que des platebandes de fleurs chamarrées ornaient la pelouse extérieure et traçaient un chemin vers l'escalier menant au perron.

Une reluisante Coccinelle bleu marine, identique à l'automobile star du film *Un amour de Coccinelle*, était garée sur l'espace prévu à son attention. Cette voiture, baptisée Blue Coco, était le plus précieux héritage de son père, qui l'avait acquise quarante ans plus tôt et lui avait fait jurer de la soigner aussi sûrement que la maison avant de décéder il y avait maintenant trois ans.

Un an après la mort de son père, c'était sa grand-mère adorée qui disparaissait et comme sa mère ne vivait plus en Caroline du Sud depuis une dizaine d'années, Scarlett était la seule à occuper la maison des Swanson. C'était en partie pour sauver ce bijou familial que Livia avait quitté l'Angleterre pour vivre avec sa petite cousine, mais maintenant qu'elle avait emménagé dans la demeure voisine appartenant à Hudson, la rousse côtoyait de nouveau son amie la Solitude.

— Nous y sommes, lança Keir en coupant le moteur.

Scarlett n'attendit pas son aide pour sauter du véhicule et récupérer son sac de voyage sur la banquette arrière. Elle devait se barricader à l'intérieur de sa demeure le plus vite possible et éviter de revoir ce mâle attractif, bien trop sexy dans son ensemble de sport militaire, la seule tenue de rechange civile qu'il avait trouvée dans son sac de voyage après l'épisode de la piscine.

— Laisse-moi, je vais t'aider à le porter, vibra la voix grave dans son dos.

Le bras de Keir frôla le sien quand il le tendit pour la décharger de son sac de voyage. Elle voulut protester, mais il lui ordonna de rejoindre sa maison du regard, ce qu'elle fit avec une docilité surprenante. Elle était fatiguée de guerroyer et la bienséance imposait de lui proposer à boire et manger en guise de remerciement. Après tout, il avait été le chauffeur de tout le monde.

D'une démarche hâtive, la jeune femme atteignit le porche de sa maison, d'où elle admira un bref instant celle de Hudson, disposée à sa gauche, identique à la sienne dans sa construction, mais différente par ses couleurs : la charpente était peinte en bleu marine alors que les volets fermés irradiaient de blancheur en reflétant les rayons dorés du soleil.

Quand Scarlett inséra la clef dans la serrure de sa porte d'entrée, elle remarqua tout de suite le dysfonctionnement du verrou sous son tour de poignet, qui fit céder avec une facilité douteuse la porte.

Elle se glaça, le cœur battant à tout rompre, et appuya violemment sur l'interrupteur du vestibule, mais découvrit avec horreur que le lustre au plafond ne s'allumait plus. Seule la clarté du jour couchant qui passait à travers la porte béante de l'entrée éclairait un peu l'intérieur.

Scarlett serra les poings à en blanchir ses jointures. Quelqu'un s'était introduit de manière illégale chez elle et lui avait chapardé son précieux lustre de cristal, fixé au plafond du hall depuis des années.

Comment était-ce possible ? Elle s'était absentée trois jours et avait fermé les volets de l'étage inférieur, alors que les fenêtres des chambres étaient solidement verrouillées, munies de vitres épaisses. Concernant sa porte d'entrée, elle était équipée d'une serrure à cinq verrous et d'un système d'alarme infaillible, installés par Hudson en personne. Depuis qu'elle vivait à Beaufort, c'est-à-dire depuis toujours, elle n'avait encore jamais été en proie à cette panique en pénétrant dans sa maison...

Un brouillard de colère passa devant les yeux de Scarlett. Qui avait osé franchir le palier de sa maison sans y avoir été invité ?

— Keir ! l'appela-t-elle au moment où il grimpait les marches du perron, son sac de voyage dans la main. Quelqu'un est entré chez moi !

Le bagage chuta silencieusement au sol. Keir sollicita cette diligence propre au commando d'élite qu'il était, sur le point de conduire une mission d'infiltration et de reconnaissance face à un ennemi non identifié.

— Retourne dans la voiture, je vais voir ce qu'il se passe, lui murmura-t-il. Profites-en pour prévenir la police.

Scarlett vit Keir se fondre dans la semi-obscurité du vestibule et ses pas feutrés, imperceptibles, l'orientèrent vers la cuisine. Comme tous ses autres amis, le marine s'armait quotidiennement d'un KA-BAR, un poignard de combat rangé dans un holster, solidement attaché à son mollet. Il s'en était déjà muni quand il investit la cuisine, qu'il éclaira d'un coup d'interrupteur. Les choses semblaient dans l'ordre par là. Nulle odeur soupçonneuse de gaz n'emplissait la pièce, toutefois, le parfum de la sueur semblait surcharger l'atmosphère, comme si les intrus s'étaient retrouvés ici l'instant précédent.

Ça sentait mauvais, exactement comme lorsque la proximité de l'ennemi invisible se flairait sur le champ de bataille. Comme lorsque le traquenard était sur le point de se refermer sur lui.

À l'affût du danger, Keir resserra son poing sur le manche du couteau et marcha prudemment en direction de la salle à manger, toujours avec la discrétion primordiale à un FORECON. L'odeur de sueur se fit plus âcre à mesure qu'il progressait dans le salon et il voulut une fois de plus illuminer la pièce, mais la lumière semblait déficiente.

Tous les lustres de la maison avaient été décrochés du plafond et ce n'était pas une surprise, car il s'agissait de pièces de collection, les objets auxquels Scarlett accordait énormément d'importance. Par goût et sentimentalisme. Ils étaient des héritages de sa grand-mère.

Keir dut étrécir les yeux dans l'espoir de percer l'obscurité, dilater les narines pour se guider à l'odeur et ouvrir grand les oreilles. La sueur était la pire ennemie de l'homme quand il exsudait d'appréhension, celle de se faire prendre la main dans le sac. Les cambrioleurs empestaient la peur et le stress... le marine pouvait désormais identifier leur emplacement, qui se justifia par un cliquetis traite et reconnaissable : l'enclenchement d'une gâchette de sécurité.

Quelqu'un était sur le point de lui tirer dessus.

Formé pour agir et se défendre en pleine obscurité, Keir sut d'instinct où se trouvait l'ennemi tapi et d'un mouvement leste, lança son KA-BAR dans sa direction, avec une vivacité imprédictible. Au hurlement d'âme maudite qui vibra brusquement dans la pièce, la cible avait été touchée.

— Fils de pute ! Tu m'as pété la main !

L'insulte ricocha sur les murs en même temps que le flingue sur le sol, puis du mouvement se fit percevoir dans le salon. Des bruits de chaises qui grincent contre le parquet, des objets qui se brisent et des cris animèrent la poursuite à l'aveugle. Bientôt, deux silhouettes cagoulées se faufilèrent jusqu'au vestibule, l'une d'elles semant des gouttes de sang sur son passage, pendant que Keir les pistait tel un ours enragé et justicier.

En quelques bonds, il parvint à rattraper le blessé et à le faire culbuter sur le carrelage du hall, assenant sur son visage plusieurs crochets magistraux qui le laissèrent assommé.

Scarlett, qui s'était jusqu'ici contentée d'obéir à Keir en se demandant ce qu'il se passait à l'intérieur de la maison pendant qu'elle attendait impatiemment l'arrivée de la police, put désormais observer le spectacle.

— Oh mon Dieu !

Trop occupé par le premier des deux truands, Keir ne mit pas la main sur le second, qui parvint à s'enfuir par la porte béante de l'entrée.

Peu désireuse de rester inactive et surtout remontée par ce cambriolage, Scarlett quitta la voiture, se rapprocha de la maison, captura l'un des écureuils décoratifs qui peuplaient son parterre de fleurs, puis le lança en direction du type pendant qu'il cabriolait au-dessus de la balustrade du perron, un sac de sport sur le dos.

Elle le toucha à l'épaule, sans parvenir à le déstabiliser, et il continua sa fugue en descendant au pas de course la rue principale du quartier.

— Hé ! Reviens ici, espèce d'enflure ! l'interpella-t-elle en courant à sa suite, animée par un nouveau flux d'adrénaline.

Sans même songer aux armes que pouvait trimbaler cet homme, Scarlett dévala la rue aussi rapidement que le lui permettaient ses jambes, déterminée à récupérer ses affaires personnelles et faire coffrer ce voyou. Elle n'était pas la plus compétente en athlétisme, mais savait garder l'allure dans les situations urgentes.

Alourdi par tout ce qu'il avait amassé dans sa maison, le cambrioleur n'était pas aussi véloce que le laissait supposer sa sveltesse et elle pouvait le rattraper avec un peu d'effort.

Mais alors qu'il se distançait toujours vers l'horizon, une longue calèche tractée par un cheval, l'une des attractions touristiques propres aux petites villes pittoresques de la Caroline du Sud, se dressa sur son chemin en lui barrant la route. Seuls quatre ou cinq touristes s'y trouvaient aux côtés du guide. Sans la moindre pitié pour la promenade des visiteurs, le cambrioleur grimpa à l'intérieur et prit le contrôle des rênes après avoir étourdi le cochet d'un coup de pied aux parties génitales.

Il y eut des interjections à la fois scandalisées et apeurées, d'autant plus que Scarlett avait réussi à grimper à l'arrière de la calèche au moment où celle-ci repartait dans un soubresaut violent. Les mains moites et sonnée par la brusquerie du démarrage, la jeune femme manqua dégringoler au sol, mais dut son équilibre au bras protecteur et puissant qui, à l'improviste, la ceintura à la taille avant de la projeter à l'intérieur de l'hippomobile, de sorte qu'elle se retrouva très vite étendue sur la dernière banquette.

— Bordel ! T'étais supposée m'attendre sagement dans la voiture !

La voix de Keir déflagra dans son cerveau en même temps qu'il escaladait lui-même l'arrière de la calèche, ralentissant de son poids l'allure à laquelle elle roulait. Le cambrioleur s'en rendit compte et décida de sauter sur le côté, son corps glissant tel un tonneau de vin renversé sur la route.

Le cheval fut surpris par ce numéro et s'effaroucha au point de faire cahoter la calèche de manière énergique, un peu préoccupante.

— Va contrôler le canasson, ordonna Keir à Scarlett, prêt à jaillir hors de ce véhicule touristique pour rattraper le fuyard. Je m'occupe de lui !

Pendant qu'elle escaladait les trois banquettes menant aux rênes, tout le monde put voir le capitaine cascader au sol avec une grâce animale, puis pourchasser sa proie sans répit, jusqu'à réussir à le plaquer à terre et l'immobiliser d'un uppercut efficace.

Il y eut des exclamations empreintes d'admiration dans la calèche, que Scarlett parvint à maîtriser d'une poigne inflexible, avant de la diriger vers l'emplacement où se trouvaient Keir et le délinquant, les mains désormais ligotées avec les lacets de ses propres baskets en attendant les menottes de la police.

D'ailleurs, ce fut à cet instant que les gyrophares bleus et rouges apparurent dans la rue en faisant chanter sur son passage sa sirène stridente.

Désormais soulagés et bluffés par cette mise en scène dynamique et stupéfiante, empruntée à un film d'action, les touristes se brûlèrent les mains et les gorges à force d'applaudir et de féliciter la performance de Keir et Scarlett.

— Bravo ! Ça, c'était du show à l'américaine ! lança l'un des étrangers au moment où Scarlett sautait de la calèche immobilisée, afin de se ruer vers le bandit et lui retirer elle-même sa cagoule.

C'était un quadragénaire, qui l'épiait de ses yeux brûlants de ressentiment en gisant sur l'asphalte.

— La prochaine fois, petit con, réfléchis à deux fois avant de venir me cambrioler.

Elle aurait adoré pimenter ces paroles d'une gifle théâtrale, mais déjà trois policiers se hâtaient dans leur direction pour le remettre sur pieds et le faire grimper dans leur véhicule de fonction.

— On le connaît. C'est un spécialiste du cambriolage et dans le vol à main armée, énonça l'un des officiers.

Keir les avertit qu'un deuxième type se trouvait dans la maison cambriolée et attendait patiemment qu'on l'embarque à son tour. Les policiers remontèrent dans leur voiture pour franchir les quarante mètres qui les séparaient du domicile de Scarlett, alors que celle-ci devait la rejoindre à pied aux côtés de son compagnon, désormais chargé du sac de sport que portait initialement le cambrioleur.

Mais avant de rentrer, le marine se tourna vers les touristes, qui s'étaient mis à filmer la scène policière avec leurs caméras de vacances.

— Mesdames et messieurs, veuillez nous excuser pour ce petit désagrément, commença-t-il sur un ton protocolaire, qui donna une touche risible à la scène. Maintenant, vous savez comment se règlent les tentatives de cambriolage dans notre charmante petite ville de Beaufort.

Des passants avaient également été témoins de la scène et s'étaient ameutés autour de Keir et Scarlett pour mieux les observer et les écouter.

Rose par l'effort physique fourni, mais surtout par l'attention inattendue qui se focalisait sur eux, Scarlett voulut se dissimuler dans les arbres ou sous la calèche. Elle ne trouva rien de mieux que de se rapprocher de Keir, présent et dévoué pour la protéger de ses bras rassurants.

Seigneur ! Qu'il était bon de se laisser aller contre un homme aussi fort et hardi que lui… elle devait admettre qu'il la réconfortait et lui donnait la sensation d'être à l'abri de tous périls.

Après ça, difficile de lui résister.

— Incroyable ! Vous êtes souvent confrontés à ce genre d'aléas ? renchérit un vieillard depuis la calèche.

Sous la paume qu'elle venait de plaquer sur la poitrine de Keir, Scarlett sentit le frisson qui le parcourut pendant qu'il endiguait une folle envie de rire. La décompression après le combat, mêlée à l'irréalité de la scène qu'ils vivaient... on aurait dit deux stars locales que des journalistes internationaux étaient en train d'interviewer.

— Ça peut nous arriver.

Il était rare de voir Keir aussi modeste et cette facette de sa personnalité séduisit Scarlett. Soudain, elle voulut faire connaître à tout le monde son héroïsme et lâcha avec la fierté d'une épouse comblée :

— Cet homme est un marine, le genre d'homme qui risque tous les jours sa vie pour nous tous. Sans lui, ma maison serait complètement dépouillée et je ne sais pas comment j'aurais pu rattraper les deux bandits.

Keir posa sur elle un regard étrangement tendre et sans plus brider son enthousiasme, se pencha dans sa direction pour l'embrasser dans un élan de déférence. La jeune femme étouffa un gémissement contre sa bouche, mais au lieu de se débattre comme l'aurait voulu la bienséance, répondit à son baiser passionnément, toujours galvanisée par l'adrénaline encore effervescente.

De nouvelles acclamations s'élevèrent dans les airs et ils les entendirent à peine depuis leur délicieuse bulle.

Ce fut seulement après de longues secondes qu'elle souffla, entre complicité et timidité :

— Tu ne crois pas que tu en fais un peu trop ?

— Ils veulent du show, non ?

Une fossette se creusa dans la joue de Keir comme il affichait un demi-sourire. Il voulut l'embrasser encore, mais la sirène de la voiture de police, qui venait de se stationner en face de la maison blanche aux volets bleus, les rappela à l'ordre.

L'heure n'était pas encore au plaisir.

Pas encore. Car il aurait Scarlett plus aisément qu'elle ne le pensait.

Chapitre 8

La maison ressemblait à un souk.

Un cyclone semblait avoir balayé le salon de Scarlett avec tous les meubles précieux et anciens qui gisaient au sol désespérément. Seules sa méridienne en velours pourpre et sa télévision tenaient debout. Les larmes aux yeux, la jeune femme vit tous ses cadres de photos brisés, les livres de sa petite bibliothèque retournés et ouverts par terre, ses vases de fleurs émiettés et ses meubles tantôt renversés tantôt déplacés. À l'étage, le carnage n'était pas moindre. Les armoires, les tiroirs avaient été scrupuleusement fourragés et les cambrioleurs avaient même pris le soin de fouiller les toilettes et les recoins les plus improbables pour voir si des bijoux ou de l'argent n'y étaient pas dissimulés.

— Quelle bande de salopards...

Scarlett était complètement dépassée par ce capharnaüm. Heureusement que Keir était à ses côtés pour s'occuper des démarches administratives et superviser l'intervention d'un serrurier, appelé en urgence par les policiers pour remplacer la serrure bousillée.

À quatre pattes au sol, elle ramassait à la pelle les morceaux de porcelaine brisée sur le parquet en contenant avec peine ses plaintes. Voir sa maison dans un état aussi pitoyable lui donnait l'affreuse sensation d'avoir été violentée physiquement. Il fallait qu'elle remette en ordre toutes les précieuses affaires de son père et de sa grand-mère, qu'elle retape les meubles abîmés par la brutalité des cambrioleurs et qu'elle s'occupe de réparer ses lustres.

D'ordinaire, sa maison ressemblait à un caravansérail occidentalisé, fantaisiste et étrangement harmonisé. Ici, les lustres en cristaux bigarrés côtoyaient les tapis persans, alors que la méridienne de courtisane impériale s'assemblait à des tabourets marocains multicolores et à un gramophone antique, au pavillon en laiton doré, que ses arrière-grands-parents utilisaient pendant les Années Folles. Des tableaux aux paysages bucoliques, rehaussés de cadres finement ciselés, habillaient les murs ivoire en s'accordant aux meubles venus d'époques diverses, à faire frémir d'envie les collectionneurs. Parfois, un meuble était rapiécé avec les moyens du bord et ses imperfections offraient tout son charme à la pièce, un peu comme cette exquise table de jeu ancienne en bois de rose, disposée dans un angle du salon, soutenue par trois pieds de biche Régence et une pile de vieux livres en guise de quatrième béquille.

D'ordinaire, une odeur d'iris — sa fleur préférée — parfumait l'atmosphère de la maison. Mais à l'heure actuelle, rien n'était à sa place.

— Tout va bien, Scarlett ?

La jeune femme cessa de balayer et releva la tête pour rencontrer le regard de Keir. Il venait de quitter le vestibule où il surveillait l'intervention du serrurier.

— Oui, ça va. Je pense que je vais mettre du temps à tout ranger.

— Je suis là pour t'aider. J'ai appelé l'assurance et on devrait te rembourser dans les jours à venir pour les objets cassés et la serrure. Le serrurier a fini de l'installer et vient de partir. Tu vas pouvoir dormir sereinement.

Scarlett en doutait. Savoir que des inconnus avaient réussi à déjouer le système de Hudson l'alarmait. Elle ne se sentait plus en sécurité chez elle, pas dans l'état actuel des choses en tout cas.

— Keir ?

Pour rien au monde elle n'aurait voulu rester seule ce soir, car la peur d'être de nouveau confrontée à un intrus la hantait encore. Aux côtés de Keir, elle s'était montrée audacieuse, mais en son absence, les choses auraient pu tourner autrement.

— Oui ?

— Tu voudrais bien rester ce soir… avec moi ?

— Je ne comptais pas te laisser toute seule, assura-t-il en s'agenouillant à ses côtés.

Là, il glissa ses doigts dans ses cheveux, massa délicatement son crâne, puis rapprocha son visage du sien pour l'embrasser à la tempe et lui apporter ainsi son soutien. Elle repoussa la pelle et la balayette sur le côté et se laissa aller contre son torse quand il s'installa en tailleur sur le sol et lui ouvrit les bras pour l'asseoir sur lui.

— Merci beaucoup.

— Ma pauvre petite Scarlett, tu n'as pas eu de chance, mais ça va te permettre de rénover des choses. Je vais t'aider et si tu veux que je reste plus longtemps, je resterai.

Rassurée, la jeune femme enfouit son visage dans son cou et soupira de soulagement.

— Tu peux te révéler tellement gentleman quand tu le veux.

— Oui, je peux être agréable quand je fais des efforts, même avec toi.

— C'est déroutant… mais j'aime ça.

Et Scarlett de relever la tête pour arpenter de nouveau la pièce en désordre.

— Je pense que le salon peut être rangé en une soirée.

— Oui. Je ne m'attendais pas à ce que tu possèdes autant de beaux meubles. J'adore ton gramophone et cette table-bibliothèque, dit-il en posant son regard sur la table de jeu équilibrée par une pile de livres. Il y a du Edith Wharton, Jane Austen, John Steinbeck, F. Scott Fitzgerald, Nathaniel Hawthorne, Shakespeare et Robert Burns. Tu les as tous lus ?

— Pas depuis que je les ai disposés sous la table.

— Tu n'as jamais pensé à l'emmener chez un restaurateur de meubles anciens ?

— J'oublie à chaque fois. Au final, je me suis habituée à ce côté excentrique.

— C'est vrai que c'est mignon. Comme tout ce qu'il y a ici d'ailleurs.

C'était la première fois en sept ans de connaissance que Keir pénétrait dans la demeure de Scarlett. À chaque fois, ils se rencontraient chez Hudson ou au cours d'un rassemblement organisé dans un lieu neutre.

— Il va falloir que je te prépare la chambre d'amis.

— Tu serais peut-être plus tranquille si je montais la garde dans ta propre chambre, glissa-t-il le plus sérieusement du monde, ce qui eut l'effet de l'amuser davantage.

Scarlett libéra son rire exubérant, si coloré et chaud qu'il dilata la poitrine du marine. Comment faisait-elle pour être aussi charmante, même dans un moment de désespoir justifié ?

— Toujours déterminé à me faire plier, n'est-ce pas ?

— Encore plus depuis que je t'ai vu courser l'autre type et escalader la calèche. Quelle lionne tu peux faire quand tu le veux. Tu m'as impressionné.

— Arrête de me flatter.

— Je ne te flatte pas, tu m'as vraiment bluffé. Si tu étais soldat, tu serais du genre à aller au-devant du danger la première.

— Je suis parfois irréfléchie… mais je pense qu'il faut agir d'abord, puis réfléchir.

— Bravoure et imprudence, un mélange qui marche à mon sens. Enfin, quand on a une bonne étoile.

— Tu imagines si j'étais rentrée toute seule, sans toi sur mes arrières ? Ils m'auraient peut-être tuée et seraient partis avec les bijoux et l'argenterie précieuse que m'a laissés grand-mère.

— Il ne faut pas penser à des choses pareilles, Scarlett. C'est fini. Il ne nous reste plus qu'à faire le ménage. Je suis là et personne ne t'approcha sans m'avoir tué avant, OK ?

Elle obtempéra en rivetant son regard au sien, la poitrine gonflée de consolation devant ses élans chevaleresques.

— Ça te dit que je commande des pizzas et qu'on continue à faire le ménage en écoutant de la musique ? Il faut effacer ce mauvais souvenir et s'assurer que ton gramophone marche toujours.

Un sourire irradia le visage de Scarlett, qui dodelina avec enthousiasme sa tête.

— J'ai toute une collection de vinyles. Ça te dit du swing ?

— Va pour du swing.

Les instants suivants, Scarlett mettait un disque d'Artie Shaw et s'affairait à ranger le salon en compagnie de

Keir. Ensemble, ils étaient efficaces et rapides, si bien que la pièce fut en ordre en moins d'une heure. Entre temps, les pizzas étaient arrivées et ils dînèrent à même les boîtes en carton, au milieu de la cuisine.

— Tu sais quoi, Scarlett, je crois que tu devrais adopter un chien. Un Rottweiler, un Berger allemand ou un Akita américain pour monter la garde chez toi. Et puis, un chien t'irait bien.

— J'adorerais, mais j'ai un emploi du temps irrégulier à l'hôpital. Déjà que je ne peux pas garder la chienne de Livia en son absence...

— Ça t'éviterait d'être seule quand tu rentres.

— Livia est devenue ma voisine, je ne serai jamais vraiment seule.

— Certes, mais une femme mariée est plus occupée que tu ne le crois. Il faut que tu aies de la compagnie ici. C'est triste à ton âge de vivre seule, sans parents.

Par Hudson, Keir savait que la jeune femme était orpheline de père et de grands-parents. Seule sa mère était encore vivante, mais habitait avec son deuxième mari à l'autre bout du pays, à San Francisco.

— Tu vois ta mère souvent?

— Je me rends en Californie une fois par un an pour la visiter, soit en été soit à Noël. Nous ne sommes pas tellement proches, maman et moi... j'ai toujours été une fille à papa. Bien sûr, nous nous aimons, mais moins nous nous voyons, mieux nous nous portons. Nos différences sont tellement grandes..., expliqua brièvement Scarlett avant de croquer dans sa part de pizza, l'air un peu rêveur. Hudson m'a dit que tu avais perdu tes parents dans un accident d'hélicoptère à vingt ans et que ton frère avait mis fin à ses jours il y a quelques années... je crois que je n'ai jamais eu l'occasion de t'exprimer ma compassion, Keir.

Ce dernier hocha la tête en guise de remerciement.

Malgré les anciennes rancœurs, la disparition de ses parents l'avait bouleversé comme jamais il n'avait cru l'être et le suicide de son petit frère, Stuart, l'avait choqué au point qu'il avait souhaité la mort mille fois pour rejoindre cet être innocent, romantique et adoré. Il avait eu la chance d'être soutenu par ses cousins d'Écosse et ses frères de la U.S.M.C pendant ces deux drames familiaux.

Sans quoi, il ne serait peut-être plus de ce monde à l'heure actuelle.

Keir se claquemura dans un silence de recueillement, puis quand il parla, sa voix se para d'inflexions graves, lointaines, et cette soudaine solennité donna le frisson à Scarlett.

— Stuart, mon frère, était le plus bel être qui soit, tu l'aurais adoré. Un jeune homme raffiné, romantique, artiste dans l'âme et beau comme un dieu. Mon exact contraire. Le problème, c'est qu'il était à fleur de peau et trop sensible. Un jour, il est tombé amoureux fou d'une jeune femme, Moïra, une Écossaise comme nous, qu'il avait rencontrée là-bas. Elle était harpiste et atteinte de la mucoviscidose. Quand ils se sont rencontrés, elle n'avait plus qu'une année à vivre et malgré tous les efforts de Moïra pour l'empêcher de l'aimer, Stuart n'a pas cédé. Ils ont vécu ensemble une histoire fabuleuse, digne d'une pièce de Shakespeare, comme leur fin. Le soir où elle s'est sentie mourir, il est resté à ses côtés et a pris des cachets pour la suivre. Ils ont été retrouvés ensemble, enlacés et morts dans la chambre d'hôpital où elle était hospitalisée.

— Oh mon Dieu… c'est tellement triste et romantique… Ça, c'est de l'amour pur…

Un voile de lassitude surplomba le visage de Keir.

— Il n'aurait pas dû faire ça. Il n'avait que dix-huit ans et aurait dû continuer à vivre. Il avait toute la vie devant lui… L'amour est une chose étrange et incompréhensible, Scarlett, dont il faut se prémunir.

La jeune femme le considéra d'un œil humide, ébranlée au plus profond d'elle-même par l'histoire de Stuart et Moïra, mais surtout par l'intensité du sentiment qu'il claustrait en lui.

Cet homme se refusait tout élan d'amour. C'était une question de survie à son sens.

C'était tellement dommage.

— Tu changeras peut-être d'avis le jour où tu rencontreras l'âme sœur.

— Que Dieu m'en préserve.

Chapitre 9

Le lendemain

Scarlett écarquilla les yeux lorsqu'elle découvrit Keir dans l'encadrement de la porte d'entrée, affairé à poser en place du judas une sorte de petit écran, pas plus grand qu'un smartphone et permettant de filmer les allées et venues des personnes qui se présentaient devant la maison.

— Keir ? l'appela-t-elle en avançant vers lui, toujours vêtue de son pyjama et les cheveux ébouriffés.

Harassée par les évènements précédents, la jeune femme s'était laissé entraîner dans un sommeil de plomb pour en émerger à midi seulement. À la fin de la soirée, après avoir rangé le gros du désordre, Keir avait dormi dans son lit, à ses côtés, comme il le lui avait proposé, mais n'avait tenté aucune approche séductrice. Il s'était comporté de manière honorable en lui offrant une présence purement rassurante, étant de toute évidence lui-même épuisé.

— Bonjour, feu follet, la salua-t-il avec un regard par-dessus son épaule, un tournevis dans une main et l'autre soutenant le petit écran pendant qu'il finissait de le fixer à la porte. Tu t'es bien reposée ?

— J'ai dormi comme un bébé. Pas de cauchemar.

— Au contraire, je crois que tu as même fait de très beaux rêves... ma présence a dû t'inspirer, la nargua-t-il en lui décochant une œillade.

— Tu te surestimes, mais je n'ai pas envie de te descendre aujourd'hui, car tu es mon héros de cette nuit.

Elle se matérialisa à ses côtés et l'admira en plein ouvrage, contemplant sans le vouloir la puissance de ses avant-bras sous son t-shirt blanc, celle de ses mains sollicitées, la fermeté avec laquelle il travaillait toujours, même quand l'activité était moindre.

— Je vois que tu es en train d'orner ma maison d'un tas de gadgets haute définition.

— Je suis en train de placer un judas électronique, capable de surveiller toutes les allées et venues des gens qui défilent devant chez toi. J'ai également installé un système d'alarme infaillible, qui pourrait même détecter le battement d'ailes d'une mouche. Il est directement relié au poste de police le plus proche.

En parlant, il lui montra d'un geste de la main un petit boîtier blanc, installé près du miroir surplombant la console de l'entrée pour surveiller la circulation dans la maison.

— Le système d'alarme que Hudson t'a installé il y a quelques années était un peu désuet. Les cambrioleurs se mettent à la page des systèmes de sécurité et le sien n'a pas échappé à leurs subterfuges. Il faudrait que je lui change le sien.

Après avoir fini son bricolage, Keir se retourna complètement vers Scarlett et lut la reconnaissance dans ses prunelles translucides. Elle était adorable et paraissait si fragile dans son petit pyjama mauve, son visage de poupée celtique et ses boucles en bataille.

— Si un intrus veut pénétrer chez toi, l'alarme se déclenchera et la police sera aussitôt avertie. Le risque est moindre avec un système pareil, crois-moi.

— Je suis rassurée. Il va falloir que tu me dises combien je te dois.

— Rien, assura-t-il en glissant le tournevis dans la poche à outils fixée à la taille de son jeans.

La jeune femme ne s'attendit pas à cette réponse et se mit à le dévisager, un peu surprise, puis croisa ses bras contre sa poitrine et confia :

— Je n'aime pas avoir de dettes.

— C'est un cadeau.

— Un cadeau ? Mais… en quel honneur ?

— Disons que c'est ma BA de la journée.

Il ponctua sa phrase d'un sourire sincère et referma la porte d'entrée, appuyant ensuite sur le bouton du nouveau judas informatisé pour lui montrer son fonctionnement. Scarlett put apprécier la manière dont l'objet filmait le porche et le bout de trottoir qu'elle occupait depuis l'intérieur du vestibule, en toute discrétion.

— J'ai appelé Hudson pour lui raconter le cambriolage et il aimerait que je joue au garde du corps pendant une semaine ou deux. Ça t'arrangerait ?

Scarlett eut soudain du mal à avaler sa salive. La pensée que des hommes avaient pénétré sa maison et auraient pu la tuer sans l'intervention de Keir traînait encore dans son esprit. En règle générale, elle n'avait peur de rien, surtout pas de vivre seule dans sa vaste maison, néanmoins, l'agression passée l'avait désarçonnée, comme giflée. Personne n'était à l'abri de rien et savoir qu'une sentinelle humaine demeurerait à ses côtés quelque temps était un profond soulagement.

D'un autre côté, vivre avec Keir Dalglish sur une durée de plusieurs jours, même de quelques heures, était une prise de risque réelle. L'attraction qui explosait entre eux atteignait un paroxysme qui lui serait difficile de contrer. Elle s'était impunément offerte à ses caresses le soir du mariage, elle aurait pu s'oublier dans ses bras la veille et maintenant, le désir se remplumait à l'énergie du regard fébrile qu'il lui adressait.

Cohabiter avec ce mâle constituerait une grossière erreur, mais au-delà du chambardement sensoriel qu'il instaurait dans son corps, sa présence serait un véritable réconfort en l'absence de Hudson. Après tout, à part Keir, personne ne pourrait la surveiller. Ni même Erik, dont elle avait oublié l'existence au cours de la nuit...

— Oui, ça m'arrangerait.

Scarlett s'en voulut de ressentir autant de joie à la perspective de l'accueillir autant de temps chez elle, mais après tout, ne lui avait-il pas évité un drame et installé un système d'alarme digne des grandes banques de New York ?

— Merveilleux, lâcha-t-il avec l'un de ses sourires charmeurs. Je sens qu'on va beaucoup s'amuser ensemble...

Elle arqua un sourcil en décroisant ses bras et recula d'un pas, désireuse d'établir une distance plus décente entre eux. Il fallait dire que ce sourire de satyre grec ne disait rien qui vaille pour la vertu d'une jeune femme. Pour l'intégrité de son entendement.

Comme Scarlett reculait, Keir effectua deux pas dans sa direction, avec la même lenteur d'un prédateur sur le point d'attaquer son adversaire. Ou sa proie.

L'infirmière était devenue involontairement — ou volontairement, elle ne savait pas vraiment — sa quête, l'objectif sexuel qu'il s'était fixé en se levant un beau matin, sans qu'elle ne sache pourquoi.

— Per... personne n'est supposé pouvoir rentrer à mon insu dans cette maison sans enclencher l'alarme ? l'interrogea-t-elle en se reculant davantage.

Plus elle cherchait à allonger la distance, plus il se rapprochait.

— Personne à part moi.

Son ton ouvertement intense éperonna le désir somnolent de Scarlett, laquelle éprouva, non sans un sentiment de culpabilité, le besoin de sentir son corps autour du sien, dans le fourreau de sa féminité, uniquement pour goûter à pleines dents cette perdition corporelle dont les femmes de son entourage semblaient si satisfaites.

— C'est supposé me rassurer ?

— Je ne sais pas, à toi de me le dire.

— Ma raison me conseille de te mettre à la porte tout de suite et de ne jamais plus t'ouvrir.

— Intéressant... et ton désir ?

— Mon désir ?

Soudain, la sonnerie du téléphone fixe, disposé dans la cuisine, retentit dans la maison en la sauvant d'une situation qu'elle voulait fuir à bride abattue. Sans réfléchir, ses jambes la propulsèrent vers le téléphone, qu'elle décrocha d'un mouvement énergique, comme lorsqu'elle se trouvait dans la tourmente d'une urgence vitale. Là, elle entendit la voix de son cadre supérieur et réalisa combien le programme de la journée allait changer. L'une de ses collègues avait dû s'absenter pour raison familiale et on lui demandait désormais de la remplacer.

Scarlett ne pouvait pas refuser. Sa connaissance des conditions hospitalières actuelles l'avertit de la situation délicate où se trouvait son équipe. En outre, partir travailler serait un moyen efficace d'oublier Keir pour quelques heures, de recycler son air, de purifier son corps du désir aliénant qu'il avait réussi à allumer.

Cet homme était un démon. Elle devait se prémunir des sortilèges qu'il allait lui lancer.

— Une urgence?

Scarlett venait d'assurer à son cadre qu'elle serait présente dans une heure et se retourna vers Keir après avoir raccroché. Il se retrouvait une fois de plus à quelques pas de son emplacement.

— Oui, il manque du personnel aux urgences. Je n'étais pas supposée travailler aujourd'hui, mais voilà qu'un autre imprévu survient.

Le marine admirait le métier qu'elle pratiquait. Cela faisait deux ans que la jeune femme travaillait en qualité d'infirmière urgentiste à l'hôpital civil de Beaufort et elle semblait aimer ça.

Ce genre de métier était une vocation. Autrement, on le faisait mal et on finissait par le détester.

— Vas-y l'esprit tranquille, je finirai de ranger les chambres pendant ton absence.

— Non, ne te dérange pas, je vais le faire au fur et à mesure.

— Ça ne me dérange pas. Il faudrait juste que je m'absente un peu pour récupérer des affaires à Charleston et revenir ici.

Charleston était la perle de la région, un havre paradisiaque où Keir habitait depuis quelques années. La distance avec Beaufort était d'environ une heure et demie à vol d'oiseau.

— C'est gentil de faire tous ces efforts pour moi.

— Tu es devenue une mission, feu follet. Le major Rowe m'a ordonné de te surveiller en son absence.

Depuis qu'il avait pris du galon, Hudson s'imposait comme le supérieur hiérarchique de son meilleur ami. Même s'il n'en abusait jamais dans la vie civile, les deux hommes n'étaient désormais plus à égalité dans l'ordre des échelons. Mais cette redistribution du pouvoir militaire ne changerait rien, car les deux hommes avaient été formés pour respecter les ordres, d'autant plus que Keir n'avait jamais été carriériste ou envieux. Il était arrivé au rang de capitaine à force de bravoure et d'ancienneté, pas à pas, sans forcer le destin comme d'autres. Et s'il était encore chez les U.S. marines, c'était sous la pression de ses frères d'armes. Sinon, de son propre chef, il se serait réorienté depuis longtemps vers un autre domaine et n'aurait peut-être pas joui du prestige et de la situation confortable qu'il possédait à l'heure actuelle.

— Une mission ? Voyez-vous ça...

— Je suis réputé pour les accomplir avec brio, surtout quand il s'agit de veiller sur une jeune femme en détresse.

— En détresse ? réitéra-t-elle avec une petite grimace.

— Ça sonne bien. Mais on sait, toi comme moi, que tu es tout sauf en détresse.

Comme il se rapprochait encore pour l'embrasser, elle décala sa tête sur le côté et accueillit son baiser au coin de sa bouche, avec un frisson de délice.

— Je dois aller me préparer vite, se justifia-t-elle. Je rentrerai vers 21 heures...

Scarlett lui échappa avec habileté en le contournant, puis s'empressa de saisir une brique de jus dans son frigidaire avant de galoper vers l'étage supérieur.

— Ce soir, tu ne pourras pas me fuir, feu follet ! s'exclama-t-il avec un rire dans la voix.

Cet avertissement ricocha jusque dans ses os en lui procurant une marée de frémissements.

Quelle femme pouvait fuir indéfiniment un homme pareil ?

Chapitre 10

Beaufort Memorial Hospital

Vêtue de son uniforme d'infirmière urgentiste bleu foncé et chaussée de ses crocs rose bonbon, Scarlett se mêlait à ses collègues en se distinguant par sa longue natte rousse. C'était la première chose que voyaient les autres quand ils voulaient l'identifier.

— Scarlett, j'ai un besoin urgent que je ne peux plus retenir... tu peux faire le contrôle d'entrée du petit Tyler et lui préparer sa perfusion ? Il est entré pour crise comitiale et il a 8 ans, la supplia sa collègue, Heather, une quadragénaire aux cheveux blond platine et à la coupe carrée, qui lui servait de mère spirituelle depuis qu'elles se connaissaient. Je reviens dans cinq minutes.

La jeune femme acquiesça d'un sourire et s'empressa de rejoindre le box de soins où se trouvait ledit petit garçon, qui éveilla chez elle un élan maternel. Aux dernières nouvelles, le petit Tyler venait d'être transféré aux urgences pour crise comitiale, autrement dit un épisode épileptique. Sa mère se trouvait à ses côtés et tortillait nerveusement le mouchoir humide qu'elle maintenait.

Scarlett salua d'abord la mère, puis lança au garçon en se rapprochant du lit où on l'avait étendu :

— Salut, champion. Je suis Scarlett et je suis venue m'occuper de toi.

Elle montra le badge épinglé à son haut, là où un Winnie l'Ourson apparaissait en train de tenir son pot de miel, et la vue de l'accessoire fit sourire l'enfant. Avec ses grands yeux verts, son air candide et sa longue natte ébouriffée, l'infirmière Scarlett dégageait quelque chose de pétillant, affectueux et frais. Elle ne ressemblait à aucune autre et était loin de paraître aseptisée, nerveuse ou lasse comme certains soignants.

— Salut, Scarlett. Moi, c'est Tyler.

— J'espère que tu vas bien, Tyler. On m'a dit que tu avais eu une crise d'épilepsie. Tu t'en souviens ?

— Pas trop…

— C'est normal. Ça entraîne des petites pertes de mémoire. Est-ce que tu as mal quelque part ?

— Un peu à la tête.

— Il est tombé plutôt violemment au sol, ajouta la mère. J'ai eu tellement peur… c'est la première fois que ça lui arrive.

— Tyler va être transféré en neurologie pour rencontrer un spécialiste qui définira les causes de cette crise. En attendant, je vais contrôler sa glycémie, sa tension et son rythme cardiaque. On m'a aussi demandé de lui injecter un antiépileptique en perfusion.

— Ça va faire mal ?

— Non, champion. Madame, pouvez-vous sortir quelques instants, s'il vous plaît ?

— Oui, bien sûr.

Les instants s'écoulèrent doucement pendant que Scarlett s'occupait de son jeune patient. Une fois ses soins terminés, elle quitta l'enfant en rappelant sa mère, puis sortit du box au moment où les portes battantes des urgences s'ouvraient sur un brancard et deux pompiers.

Elle se tétanisa en rencontrant le regard d'Erik, si bleu et préoccupé par l'état critique où se trouvait l'homme immobilisé et inconscient dans la civière.

— Scarlett !

Entendre son nom la réveilla et elle accourut aussitôt dans leur direction.

— Il est tombé de son toit pendant qu'il faisait des travaux et s'est fracturé plusieurs côtes et le bassin, l'avertit Erik pendant qu'elle inspectait savamment le patient d'un œil expert.

— Il est cyanosé et a une respiration sifflante. On dirait qu'il a une perforation du poumon, observa-t-elle en les dirigeant vers un box de soins où ils pourraient installer le patient, tandis que Heather, témoin de cette nouvelle entrée, s'empressa d'alerter le médecin urgentiste.

Une fois isolés dans la chambre médicale, Scarlett et les pompiers transférèrent le blessé sur le lit d'hôpital depuis le brancard.

— Il est inconscient depuis tout à l'heure. On l'a trouvé il y a cinq minutes, l'avertit-il. Sa tension est plutôt faible et sa glycémie est basse. Il était à 9/5 de tension et 0,42 g/l. Ce patient est diabétique et je crois qu'il s'est évanoui à cause d'une hypoglycémie. Ça a dû causer sa chute.

— On va le perfuser. Les mecs, vous pouvez le brancher au monitoring pour qu'on puisse surveiller son rythme cardiaque et sa saturation en oxygène. Je m'occupe de préparer une poche de GLUCOSE 5 %.

— OK.

— On lui connaît d'autres antécédents, Erik ? poursuivit Scarlett en préparant avec dextérité la perfusion destinée à réguler la glycémie du patient.

— Rien à part son diabète et un arrêt cardiaque en 2001. C'est sa femme qui nous l'a dit.

— Il a l'air jeune.

— Cinquante-huit ans.

Scarlett revint avec sa poche de perfusion prête et les accessoires destinés à piquer le patient en intraveineuse. Quelques secondes plus tard, Heather faisait son apparition avec le docteur Nicole Cusack, l'une des urgentistes du service qu'appréciaient particulièrement les deux soignantes.

Près d'un quart d'heure plus tard, une autre équipe de médecins vint prendre en charge le patient et les deux infirmières purent retourner à d'autres activités. Quand elles sortirent du box de soins, il était plus de 20 heures et la journée de Scarlett touchait à sa fin.

— Wow ! Quelle journée dense ! On n'a même pas eu le temps de se raconter notre week-end, s'exclama Heather en se laissant choir sur un fauteuil disposé dans le poste de soins des infirmières. Et si j'en crois mon flair, tu as pas mal de choses à me raconter, chaton.

Scarlett se sentit rosir sous les yeux clairs et sagaces de sa collègue. Après Livia, elle était sa plus grande confidente, celle qui lui prodiguait tant de conseils pour la vie en général, mais surtout en matière d'hommes. Heather n'ignorait pas le béguin de sa petite protégée pour Erik et mourrait d'envie de savoir comment ils s'étaient comportés l'un envers l'autre au cours du mariage.

— Ne joue pas les timides avec moi, chaton, et raconte tout à ta vieille amie.

La jeune femme ferma la porte du poste derrière elle et après une brève inspiration, se lança dans un monologue :

— Le mariage était une réussite. Les mariés étaient sublimes, les lieux fantastiques et je ne te parle pas de l'ambiance… nous avons eu le droit à des promenades en calèches dans le parc du premier lieu, un concert de musique lyrique, un buffet gargantuesque avec champagne à volonté et un feu d'artifice royal… que je n'ai pas pu voir en entier à cause d'un maladroit qui m'a arrosée de café. J'étais en train d'embrasser Erik à ce moment-là… oui, nous nous sommes embrassés plusieurs fois. C'était tellement délicieux. Je voulais l'inviter à me rejoindre dans ma chambre pour que nous fassions l'amour. Oui, l'amour, serina Scarlett en voyant les yeux de Heather sortir de leurs orbites. Je me suis dit que c'était le moment idéal, malheureusement, ça ne s'est pas passé comme prévu. Tu te souviens du capitaine Dalglish, qui est rattaché à la U.S.M.C ?

— C'est qui ce type ?

— Le meilleur ami de Hudson, mon voisin.

— Tu as dû l'évoquer une fois, mais je ne m'en souviens plus.

— Rappelle-toi, c'est lui qui m'a volé un baiser à la base militaire de Parris Island.

— Oh oui, je me souviens maintenant ! Je sais aussi que tu avais adoré ce baiser. D'ailleurs, Erik embrasse-t-il mieux que ce capitaine Dalglish ?

— Non. Enfin, je ne sais pas. En fait, je ne sais plus où j'en suis, Heather.

— Continue de me raconter et je vais t'éclairer, l'encouragea sa collègue en saisissant une barre de chocolat sur un guéridon posé à proximité du fauteuil, l'appétit ouvert par les aventures excitantes de Scarlett. Pourquoi ça ne s'est pas passé comme prévu ?

— Parce que le capitaine Dalglish est entré par hasard dans ma chambre pendant que je me changeais à cause de l'accident du café. Une femme le poursuivait et il s'est réfugié dans ma chambre. Je vais faire dans la concision : ça a dégénéré, il m'a donné du plaisir et j'ai complètement oublié Erik.

— Bonté divine !

— Attends, ce n'est pas la fin de l'histoire. J'ai essayé de me focaliser sur Erik le lendemain, mais il a dû partir à Columbia pour retrouver sa famille. J'ai donc été contrainte de rentrer avec le capitaine Dalglish. Quand nous sommes arrivés chez moi, des hommes essayaient de me cambrioler.

— C'est quoi ce film !

— Ça ressemble à un film, mais c'est bien la réalité. Nous avons réussi à empêcher le cambriolage et dans un élan de galanterie, il est resté avec moi cette nuit. Le problème, c'est que nous allons vivre ensemble une semaine ou deux et... l'attraction qu'il y a entre nous est insoutenable. Je ne sais pas si je vais lui résister, Heather.

— Qui te demande de résister ?

— Ma raison.

— Quel ennui ! Tu devrais ignorer ta raison et suivre tes désirs de femme, chaton.

— Et Erik ? Qu'est-ce que je lui dis après l'avoir allumé ?

— Tu n'as aucun engagement envers lui à ce que je sache. Tu devrais lui dire toute la vérité. Il t'en voudra peut-être, mais il appréciera aussi ton honnêteté.

— Le capitaine Dalglish, Keir de son prénom, n'est pas un saint. Il ne fait que s'amuser avec moi, alors que je cherche une relation sérieuse avec un homme fiable et engagé.

— En attendant, rien ne t'empêche de faire tes griffes avec ce marine... il a l'air très viril. Tu parles de lui avec des étoiles dans les yeux. Je crois qu'il a carrément supplanté Erik dans ta ligne de mire.

— Keir n'est pas dans ma ligne de mire, c'est moi qui suis dans la sienne. Je n'ai pas envie de lui céder, mais en même temps, j'ai l'impression que c'est inéluctable.

— Tu te poses trop de questions, ma fille. Si j'étais à ta place, j'irais parler à Erik pour lui dire la vérité et je prendrais du plaisir dans les bras du capitaine. Quand il repartira, tu seras plus expérimentée et tu pourras choisir un autre homme. Tu pourras toujours revenir vers Erik.

— Je ne sais pas si ce sera aussi simple... il risquerait de m'en vouloir à vie... Pendant neuf mois, je pensais être dingue de lui et il a fallu que Keir débarque comme une tornade...

— Hélas, ma fille, ce sont les imprévus de la vie !

Et Heather de pouffer de rire. Même Scarlett se laissa tenter par un sourire d'amusement au moment où on frappa à la porte pour annoncer une personne.

— Entrez !

L'instant suivant, Erik apparaissait dans l'encadrement de l'entrée, toujours en uniforme de fonction. Il adressa à chacune un sourire avenant, puis se dirigea vers Scarlett dans le but de cueillir un baiser sur ses lèvres, mais elle se détourna à temps, comme elle l'avait fait avec Keir quelques heures auparavant.

Erik en fut surpris, car ils s'étaient quittés sur un baiser tendre, et la questionna du regard.

— Ça va, Scarlett ?

— Tu m'accompagnes jusqu'à ma voiture ? J'aimerais te parler, lui avoua-t-elle sans l'ombre d'une hésitation, alors qu'au fond d'elle-même, quelque chose vacillait à l'idée de le blesser.

— Oui, bien sûr.

— Heather, je m'en vais. Je reprends le travail après-demain.

— OK. N'oublie pas ce que je t'ai dit, chaton. Passez une bonne soirée tous les deux.

En retour, Scarlett lui envoya un baiser, puis invita Erik à la suivre jusqu'à la sortie. En uniformes, ils sortirent des urgences, échangeant des banalités sur la famille du jeune homme, et s'orientèrent en direction du parking extérieur, là où Blue Coco était garée.

— Tu travailles encore, Erik ?

— J'ai fini. Je retourne à la caserne avec les mecs, puis je passe chez moi pour me changer et revenir te chercher pour dîner à l'extérieur, ça te dit ?

Depuis qu'il avait été muté à Beaufort dans le cadre de sa profession, Erik occupait une maison à quelques minutes en voiture de chez Scarlett.

— Tu veux qu'on dîne ensemble ?

— Pourquoi tu as l'air si étonnée ?

— Je ne suis pas étonnée, c'est une charmante proposition... je t'avais dit qu'il y avait eu une tentative de cambriolage chez moi hier après-midi ?

— Oh merde ! Pourquoi tu ne m'as pas appelé ?

— Je ne voulais pas te déranger, et puis j'étais avec Keir Dalglish. Il m'a aidé à rattraper les cambrioleurs et est resté avec moi la nuit dernière... il va encore occuper ma maison cette nuit et les prochaines à venir.

Les grands yeux d'Erik se plissèrent sous ses sourcils bruns et Scarlett le trouva encore plus séduisant. Il était l'archétype de l'Américain accompli, beau garçon, chrétien croyant et parfaitement éduqué, le genre que la plupart des mères adoreraient avoir pour gendre. En prime, son cœur brillait de vaillance et de gentillesse. Il ferait un bon mari, aimant, tendre et fiable.

L'homme parfait.

Mais à bien le regarder, il lui manquait quelque chose. Ce grain de folie et ce culot qui caractérisaient Keir. Il n'avait rien à voir avec le mâle en rut, machiavéliquement sexuel, intrépide et bourré de testostérones qui occupait sa maison en répandant à sa suite un parfum auquel elle semblait toquée.

C'était plus fort qu'elle.

— Vous avez couché ensemble? demanda Erik de but en blanc, lucide et terriblement froissé par cette éventualité.

— Non!

— Pas encore.

Ses yeux bleus rétrécirent davantage.

— Je ne vois pas comment je pourrais tourner ça... Écoute, je ne sais pas ce qu'il s'est passé, mais entre Keir et moi il y a quelque chose de...

— ... de plus fort que ce qu'il y a entre nous, trancha-t-il d'un ton aussi glacial que les nuits hivernales en Alaska, ce qui donna à Scarlett l'envie honteuse de pleurer. Je l'avais déjà senti hier... il y a des vibrations entre vous. J'ai voulu me persuader du contraire, mais maintenant que tu me parles de lui, je vois quelque chose d'étrange briller dans tes yeux... ça me donne envie de tout casser.

Elle s'était fourvoyée dans son jugement : Erik était bien moins naïf qu'elle l'avait jusqu'alors pensé.

— Je n'ai jamais joué la comédie avec toi, lui assura-t-elle avec fougue, des larmes au coin des yeux.

Il soupira, las.

— Je sais... Tu ne peux pas cacher les choses de toute façon.

Un ange passa.

— Après tout, on n'est pas ensemble, tu peux faire ce que tu veux, continua-t-il sans dissimuler son amertume. Je suis seulement déçu que tu aies pu jouer sur deux tableaux. Je n'aime pas être la roue de secours.

— Tu n'es pas la roue de secours, loin de là ! Je tiens énormément à toi, jamais je ne te considérerai de cette façon.

— Tôt ou tard, je serai la roue de secours, parce que crois-moi, ça ne va pas durer avec lui. Je n'ai pas envie de médire, mais ce type ne cherche rien de sérieux.

Scarlett voulut répliquer et il leva la main pour lui imposer le silence.

— Il faut bien que tu fasses des erreurs. Laisse tomber pour le dîner, je crois que tu as mieux à faire. Bonsoir, Scarlett.

Il aurait pu lui planter une seringue en plein cœur qu'elle ne se serait pas sentie aussi contrariée. Aussi soulagée, paradoxalement. C'était un mal pour un bien. Elle détestait être en froid avec Erik, mais au moins elle ne duperait personne.

La fourberie ne faisait pas partie de son tempérament.

Il lui fallait désormais affronter Keir.

Et en toute franchise, elle se savait déjà perdante.

Chapitre 11

Craven street

Une fois dans sa demeure, Scarlett s'immergea dans une atmosphère relaxante, rythmée au son d'une chanson celtique. Le titre lui était inconnu, mais les voix de la femme et de l'homme, mêlées à un chœur de murmures angéliques, l'ensorcelèrent en l'attirant vers le salon où un dîner aux chandelles avait été consciencieusement dressé. Des plats fumants aux arômes alléchants propagèrent leurs bonnes odeurs autour d'elle et galvanisèrent la faim qui la tenaillait depuis des heures.

— Tu as le visage d'une personne qui a beaucoup travaillé, observa Keir en apparaissant dans son champ de vision, en jeans et t-shirt gris, signé Tommy Hilfiger.

— Tu n'as pas idée.

— Viens t'asseoir, je t'ai concocté un repas 100 % écossais.

— Un repas écossais aux chandelles, souligna-t-elle avec un sourire à la jointure des lèvres. C'est un rencard ?

— Ouais, si tu veux.

— Dans ce cas, je devrais peut-être me changer.

Scarlett eut un geste de la main pour son uniforme d'infirmière.

— Non, tu es propre, garde-le. J'aime te voir dans ton uniforme, ça change de d'habitude.

— Le fantasme de l'infirmière..., le nargua-t-elle en se laissant faire quand il se matérialisa à ses côtés pour plaquer une main sur sa taille et la guider vers la table.

— Il faut croire que je ne suis pas différent des autres hommes.

Après avoir timbré son crâne d'un baiser, il lui tira une chaise et l'invita à s'y installer avant de prendre place en face d'elle.

Sa prévenance était touchante. Calculée, aussi.

Il serait le style d'hommes à livrer mille roses par hélicoptère à une femme qu'il aimerait avoir dans son lit. Et celle-ci succomberait avec plaisir.

— La musique que tu as mise est très belle. Quel est le titre ?

— *Griogal Cridhe*. C'est une veuve qui se lamente sur la mort de son mari, Griogair Ruadh Mac Griogair, le chef du clan MacGregor et exécuté à Taymouth Castle en 1570. C'est une musique traditionnelle qu'on aime chanter en Écosse.

— Vous avez le sens du drame.

— Heureusement qu'on a le whisky pour nous égayer un peu. Tu en veux ?

En parlant, Keir souleva une bouteille de Ballantine's et remplit un verre de whisky en cristal, qu'il lui présenta fièrement.

— Il a vingt-et-un ans d'âge et regarde sa couleur, d'un rouge intense aux reflets dorés éclatants. Comme tes cheveux. Il a un nez floral où la douceur du miel se mêle à des notes de pommes, de bruyère brûlée et de réglisse. En bouche, il est tout simplement onctueux et aromatique, ce qui lui confère une complexité remarquable. Ce whisky a une puissance équilibrée et à chaque fois que tu le bois, tu as l'impression d'être propulsé au paradis. Goûte-le. Si tu le trouves trop fort, je te le diluerai avec du Coca-Cola.

Scarlett l'écouta, fascinée par la passion qui animait ses traits lorsqu'il parlait de whisky. Pouvait-il se montrer aussi emphatique à propos d'une femme ?

Oui, c'était un beau parleur.

— Pourquoi tu souris ?

— Parce que tu es beau quand tu te mets à discuter whisky.

— Beau ? Tu essaies de me flatter ?

— Non. Je le pense.

Deux fossettes se creusèrent dans les joues du militaire et Scarlett sentit une légion de fourmillements lui attaquer le ventre.

Ses fossettes étaient déloyales !

— Mon père m'a toujours dit de dresser les caractéristiques d'un whisky avant de le faire goûter, ça éveille les papilles. Tu sais, j'ai été nourri avec cette liqueur divine. Quand je ne voulais pas dormir, on en versait dans mon verre de lait et regarde ce que je suis devenu !

Cette fois-ci, Scarlett s'esclaffa en frappant dans ses mains, comme pour saluer la présence d'esprit de ses parents.

— Tes parents étaient des génies.

— Pas vraiment. Allez, bois, et dis-moi ce que tu en penses, l'incita-t-il.

Elle accepta son verre, fit tournoyer le liquide dans le cristal, s'enivra d'abord de son parfum épais, musqué, puis ingurgita une première et généreuse rasade. La chaleur de l'alcool vint soudain fouetter son palais jusqu'à lui piquer le nez. Mais très vite, le mélange des arômes explosa dans sa bouche et une caresse brûlante sembla descendre jusqu'à son estomac.

Une sensation aussi brutale que lénitive.

— Bon sang... c'est délicieux.

— Je savais que tu aimerais. C'est encore mieux qu'un antalgique ou un anxiolytique.

— Mmm... je risque d'y prendre goût.

— Avec modération.

— C'est toi qui parles de modération ?

Il eut un sourire carnassier qui fit ressortir sa balafre au visage en lui donnant un air sauvagement séduisant.

— Pour l'anecdote, le whisky était considéré comme un acte de résistance à l'oppresseur anglais, qui avait instauré au XVIIIe siècle des taxes sur le whisky de malt. Distiller clandestinement était devenu un moyen de lutter. D'ailleurs, Robert Burns a écrit des vers sur ça : « le whisky et la liberté vont de pair[2] », lui enseigna-t-il.

— Fascinant.

Une roseur se répandit progressivement sur les pommettes de la jeune femme en rehaussant le dessin de ses éphélides. La lueur des chandelles dressées entre eux intensifiait le vert de ses yeux, illuminait les éclats d'or dans ses cheveux et adoucissait la fatigue sur son faciès.

— Parle-moi des plats que tu as faits, Keir. Je ne savais pas que tu cuisinais...

— J'aime manger, alors je suis bien obligé de m'atteler aux fourneaux de temps à autre. Tu as le Cullen skink en hors d'œuvre, du *rumbledethumps*, du *kedgeree*, des *scotch pies* en mets principaux et du Dundee cake en dessert.

— Les plats sont joliment présentés... dis-moi, je pensais que le Dundee cake était réservé à Noël ?

— Pourquoi attendre Noël quand on peut le déguster tous les jours ?

— J'aime ton raisonnement.

---

2. « *Whisky and liberty gang together.* »

— Je t'en prie, sers-toi, la convia-t-il en s'acculant contre le dossier de son siège, un verre de whisky dans la main, qu'il cajolait du bout de l'index en la contemplant se servir. Tu dois me dire ce que tu en penses et sois honnête.

— Je le suis toujours.

L'assiette dorénavant pleine, Scarlett goûta allègrement à tous les plats, les papilles émoustillées par tant de saveurs riches et délectables.

— Keir… j'ai l'impression d'être en Écosse, même si je n'y ai jamais mis les pieds.

— C'est ce que je voulais entendre.

Il se servit à son tour et commença à déguster ses propres mets. Ce n'était pas mauvais, loin de là.

— Tu penses repartir vivre en Écosse parfois ?

— Oui, d'ici quelques années, quand j'en aurai terminé avec la U.S.M.C. Mine de rien, j'ai pas mal d'attaches dans le coin. Les marines, mes potes, mes souvenirs d'enfance… je ne peux pas partir comme ça. Je pense que je ne suis pas encore prêt à m'éloigner de Hudson, Lex et John. Et toi ? Tu comptes partir de Beaufort un jour ?

— Les Swanson sont ici depuis quatre générations. J'ai promis à mon père et ma grand-mère que je ne vendrai jamais cette maison.

— Mais au fond de ton cœur, qu'est-ce que tu veux ?

— Si j'étais riche, je pense que j'aimerais vivre six mois de l'année ici, six mois de l'année ailleurs. Pourquoi pas en Écosse, tiens !

— Bon compromis. Là-bas, tu te fondras dans le paysage.

— Je me trahirai avec mon accent américain.

— L'accent écossais n'est pas si dur que ça, répliqua-t-il en coiffant ses mots d'intonations gutturales, ce qui provoqua un rire enchanté chez elle.

En règle générale, Keir adoptait d'instinct son accent des Highlands quand il se mettait en rogne ou consommait une quantité d'alcool peu recommandée. Ou encore, lorsqu'il était excité sur le plan sexuel.

— J'ai vu que tu avais des dictionnaires sur les langues gaéliques dans ta bibliothèque.

— Mon père adorait les étudier, mais je trouve ça difficile de potasser toute seule.

— *Buan-leanaltas.* Persévérance, traduisit-il ensuite. Tu dois étudier chaque jour pour y arriver.

— Personne ne parle le gaélique écossais autour de moi. À part toi, mais tu n'es pas toujours là.

— Je vais t'apprendre les bases dans les jours à venir.

— Oh, tu ferais ça ?

— Ouais.

Son sourire enfantin lui réchauffa le cœur et il dut s'engorger d'une autre lampée de whisky pour apaiser le désir qu'il sentait croître dans ses reins. Elle l'émoustillait par son enthousiasme et sa fraîcheur.

— Comment s'est passée ta journée à l'hôpital ?

Scarlett libéra un soupir.

— Fatigante. Il y avait pas mal de patients et le rythme était soutenu... J'ai aussi revu Erik.

Il y eut un tintement de porcelaine. Keir venait de poser ses couverts sur son assiette et mâchait silencieusement en la dévisageant. Ce fut seulement à ce moment-là qu'il fit attention au badge Winnie l'Ourson accroché à son haut. Il oubliait parfois qu'elle pouvait être aussi jeune. Onze ans les séparaient et si cette différence d'âge surprenait à peine, ce n'était pas dans ses habitudes de courir après les jeunes femmes virginales.

— Alors ? Toujours aussi amourachée ?

Le ton de Keir se fit acidulé.

— C'est l'homme idéal.

— Ça ne fait aucun doute.

— Il m'a invitée à dîner.

— Je suppose que tu as refusé si tu dînes avec moi.

— Oui.

— Pourquoi ?

— Parce que je n'étais pas d'humeur...

— Hier encore, tu aurais accepté.

— Hier encore, j'étais persuadée de pouvoir concentrer toutes mes envies sur Erik, confia-t-elle avec une once de désespoir, comme si son attirance pour Keir était un châtiment divin.

— Je vois, un troisième élément vient troubler la sérénité de votre relation.

Elle fronça un peu les sourcils, ce qui lui donna l'air boudeur, et lança sur un ton accusateur :

— Toi.

Une lueur de satisfaction scintilla dans les yeux du militaire. Scarlett finit par soupirer avant d'avouer :

— Je n'ai pas envie de jouer sur deux tableaux... de le faire tourner en bourrique à cause de toi. D'ailleurs, je lui ai tout dit concernant ce truc qu'il y a entre nous. Ce magnétisme dont tu abuses sur moi.

Nonchalamment, un sourire vainqueur se logea dans la courbe des lèvres masculines en atteignant son regard anthracite.

— Dont j'abuse sur toi ? Tu aimes jouer les victimes.

— Comme toi, tu aimes jouer les persécuteurs. Tu me persécutes avec tes numéros de charme, ton *sex-appeal*, ta manière insolente de me montrer combien tu me veux...

Keir approuva d'un dodelinement de la tête, puis se rafraîchit le gosier d'une autre gorgée de whisky.

Il adorait sa franchise à la fois brute et candide.

Scarlett détailla ses mouvements, s'arrêta sur le dessin de sa cicatrice et s'imagina l'embrasser.

Cet homme était l'antonyme du jeune premier, du gendre idéal selon les clichés des films hollywoodiens. Il n'avait rien d'un Erik, d'un type de province inoffensif, au cœur pur et généreux. Non, Keir sécrétait une virilité primitive, un peu rustique, à la fois agressive et aguichante, qui tisonnait ses hormones et fouettait son sang.

C'était lui, la canaille aux tatouages, à la balafre de guerre et au franc-parler vulgaire, qu'elle avait choisi au profit d'Erik, son Ivanhoé moderne.

— Tu daignes enfin avouer l'attraction qu'il y entre nous.

— Je ne la nie pas.

— C'est déjà une bonne chose. Et tout à l'heure, elle sera meilleure une fois que j'aurai terminé ce que j'ai commencé le soir du mariage.

Puisque Scarlett écartait les yeux comme si elle ne comprenait pas un traitre mot de ses phrases, il renchérit :

— Ne sois pas choquée. Tu t'attendais bien à ce qu'on monte faire l'amour après ce dîner, non ?

— Ce soir ?

— Tu préfères qu'on attende la prochaine ère glaciaire, peut-être ?

La bouche de Scarlett se scella un moment.

Elle devait immédiatement éliminer les petites repousses de poils sur ses jambes et ses aisselles, se laver les cheveux, se brosser les dents et se maquiller un peu. Sans oublier de mettre la main sur la nuisette en mousseline pourpre qu'elle avait achetée par fantaisie.

Avec le désordre qui persistait dans son dressing à cause de la veille, ce n'était pas gagné d'avance.

— Il me faut un temps de préparation, lâcha-t-elle enfin.

Et Scarlett de bondir de sa chaise pour s'enfuir vers l'étage supérieur avec une vivacité empruntée à Speedy Gonzalez, laissant Keir en compagnie de sa musique celtique et de son verre de whisky.

— Tu as à peine touché à ton assiette ! lui fit-il remarquer d'une voix forte, qui sembla la poursuivre pendant sa course.

— Je finirai plus tard ! Rejoins-moi dans une heure !

— N'essaie pas de te barricader dans ta chambre !

— Je sais que tu défonceras l'entrée de toute façon...

La dernière phrase de Scarlett coula depuis le haut de l'escalier et fut ponctuée d'un claquement de porte.

Un sourire flotta sur la bouche de Keir.

Enfin, leur rendez-vous charnel aurait lieu.

Chapitre 12

Deux coups à la porte avertirent Scarlett d'une visite dans sa chambre. Assise à croupetons au milieu de son dressing, la jeune femme était trop occupée à chercher sa fameuse nuisette parmi le monticule de vêtements jeté au sol pour accorder son attention à Keir. Elle était encore habillée de son peignoir de bain blanc et ne se considérait pas prête, pas à l'image de ce que son imagination lui faisait entrevoir à chaque fois qu'elle songeait à *sa première fois*.

— Attends un peu ! cria la jeune femme pour se faire entendre à travers la paroi de la porte.

Mais très vite et sans rien entendre, elle perçut la chaleur d'un corps derrière le sien, trop proche pour qu'il y ait encore une distance de sécurité entre eux. Elle aurait aimé se retourner et regarder Keir, néanmoins sa grande main sillonnait déjà son échine pendant que sa bouche s'égarait sur son crâne, entre ses cheveux à moitié séchés. Il était à genoux derrière elle et son ombre dévorait la sienne sur le mur.

Comment avait-il fait pour s'approcher aussi silencieusement ?

— Keir ? murmura-t-elle en ployant sa nuque sur le côté lorsqu'il s'aventura sur la courbe de son cou, jusqu'à se perdre sur le pourtour de son oreille.

— Il est l'heure de monter la garde dans ta chambre, au cas où quelqu'un souhaiterait s'introduire ici pour abuser de ton innocence.

Son souffle tiède lui procura des chatouillis dans l'oreille, ses paroles la grisèrent autant que le whisky.

— Je connais déjà quelqu'un qui tente d'abuser de mon innocence, parvint-elle à chuchoter lorsqu'il défit la ceinture de son peignoir pour le faire glisser sur son corps, révélant un dos nu et cambré par les cajoleries prodiguées, au bas duquel apparaissaient de délicieuses fossettes sacro-iliaques. Je t'ai dit de me rejoindre dans une heure...

— Ça fait déjà une heure que tu te prépares.

— Vraiment ?

Elle n'avait pas vu le temps filer et avait ainsi négligé sa mise en beauté ! *Quid* des bougies aromatisées à l'iris poudrée qu'elle n'avait pas eu le temps d'allumer ?

— Pas besoin d'en faire trop, *mo chridhe*, poursuivit-il comme s'il avait sondé ses pensées. Tu sais combien tu me fais déjà chavirer au naturel...

— Tu es prêt à dire n'importe quoi pour m'avoir dans ton lit.

— Je suis sincère.

— Dans les films, les héroïnes ont toujours de belles nuisettes.

Un rire amusé secoua la poitrine de Keir.

— À quoi bon mettre une nuisette puisque je te veux nue ?

Il acheva de lui ôter le peignoir et elle fut aussi dépouillée que Salomé sous ses sept voiles.

— Tu savais que les peintres adoraient faire des portraits érotiques de femmes en les dotant de fossettes ici ? l'interrogea-t-il en plantant ses deux pouces dans les petits creux désignés. On les appelle les salières de Vénus...

Une petite interjection de surprise échappa à la jeune femme dès qu'elle se retrouva étendue à plat ventre sur la colline d'habits, un support on ne peut plus moelleux, qui étouffa son gémissement de plaisir lorsqu'il se mit à lécher les fameuses salières de Vénus.

Par tous les saints...

Comment se dérober à ce sournois ?

Un autre cri lui échappa au moment où Keir posait ses lèvres sur les courbes de ses fesses charnues afin de les baiser respectueusement, presque avec cette dévotion d'artiste face à son chef-d'œuvre.

— Rondes, plutôt fermes... d'un blanc qui vire au rose. Elles sont magnifiques, avoua-t-il sans cesser de parsemer son derrière de baisers, tout en remontant vers le creux de son dos.

Alanguie contre les vêtements et à sa merci, Scarlett se laissait dorloter, l'esprit vidé de toutes élucubrations.

Elle était devenue son festin.

— Tu ne regrettes pas ton pompier ? la défia-t-il avant de dessiner, de la pointe de sa langue, des arabesques sur sa colonne vertébrale.

Elle ferma les yeux en sentant l'énergie de son corps musclé au-dessus du sien et la froideur de sa plaque militaire contre sa peau brûlante. Ce contact eut la morsure d'un glaçon et la fit tressaillir jusqu'aux orteils.

Cela faisait des heures que la jeune femme avait oublié Erik, mais trop fière pour le lui dire, elle reprit son souffle et le nargua :

— Un peu.

— Ce type a la personnalité d'un agneau et en belle louve que tu es, tu finiras par le dévorer tout cru. Entre nous, ça sera plus intense et sauvage.

La seconde suivante, Scarlett ressentit la fermeté de ses paumes rugueuses sur sa taille pendant qu'il la retournait sur le dos, son visage désormais face au sien et leurs regards noyés l'un dans l'autre. Là, il s'empressa d'écarter les mèches rousses de sa poitrine et elle feignit de cacher ses seins dans un ultime geste de pudeur, mais il l'en empêcha.

— Je t'ai connu moins farouche, plaisanta-t-il en s'installant à califourchon sur son bassin.

Scarlett jaugea aussitôt la protubérance naissante à travers le coton de son short noir. Elle battit des cils et son cœur entra en tachycardie tant l'émotion fut poignante. C'était la première fois qu'elle le voyait aussi dénudé, très peu pudique quant à la manière dont il exposait son torse puissant aux larges épaules, aux muscles saillants, dorés par le soleil, couturés de cicatrices et rehaussés de tatouages par endroits. Deux trous rosés à l'abdomen, fraîchement refermés, traduisaient la dangerosité de ses opérations militaires, d'autres évoquaient des accidents plus vieux, peut-être oubliés dans un coin de l'esprit… quant à ses tatouages, ils révélaient sa personnalité complexe, attachée à des valeurs ancestrales et martiales.

S'il y avait le totem de l'ours et la devise latine sur les avant-bras, l'imposant emblème de la U.S.M.C, composé d'un globe, d'un aigle, d'une ancre et de la devise « *Semper fidelis* » donnait de la vie à son pectoral droit. Elle découvrait ce chef-d'œuvre, qui paraissait peint sur le plus précieux des parchemins, sur cette peau bronzée et parcourue de poils dorés, plus foncée que l'ivoire de son propre teint.

Keir avait un bronzage sublime, un luxe qu'elle ne pourrait jamais se permettre avec une peau aussi délicate que la sienne.

— Tu as combien de tatouages ?

Scarlett leva la main pour l'apporter à l'emblème des U.S. marines, dont elle traça les entrelacs et d'autres détails du bout des doigts.

— Trois.

Keir se pencha vers elle et la jeune femme sentit le parfum de son gel douche personnel, le même qu'elle lui avait fourni la veille. Tout comme elle, il venait de se laver. L'odeur de sève d'érable et d'huile de ricin s'imprégnait à leurs peaux, mais paraissait plus soutenue sur celle du capitaine, peut-être parce que sa propre essence de mâle y était accrochée... ? Quelle qu'en soit la raison, cette essence réussissait à l'étourdir aussi efficacement qu'un flacon d'éther.

— Je les aime bien, ils font honneur à ton corps...

— Je te verrai bien avec un chardon écossais quelque part sur la peau, rien que pour affirmer tes origines, susurra-t-il à son tour en laissant transparaître son accent guttural de highlander.

Elle ne sut pourquoi les mots toniques, un peu rustiques, aiguillonnèrent davantage l'érotisme de l'instant. Son accent, elle voulut le goûter du bout des lèvres, l'aspirer dans sa bouche et s'en griser jusqu'à l'adopter à son tour.

— Un chardon près d'un sein...

Il poursuivit sa suggestion en venant aspirer dans sa bouche l'un de ses tétons dressés, aussi durs que deux pierres précieuses.

— Keir... !

— Tes seins sont deux merveilles… pareils à des délicieuses pavlovas que je me plairais à dévorer toute la nuit, continua-t-il en quittant le premier sein pour taquiner le second.

Scarlett ferma les paupières, captive du désir qu'elle ne bridait plus. Si les nuits précédentes, c'était dans les bras d'Erik qu'elle pensait vouloir se perdre, ce soir, Keir lui faisait oublier l'existence de tous les autres hommes de la planète. Peut-être avait-il raison dès le début ? Peut-être n'avait-elle jamais cessé de le vouloir depuis qu'ils s'étaient embrassés à la base militaire quelques mois plus tôt ? À ce moment-là, il avait ouvert dans son cœur de femme une porte jusqu'à présent scellée par une innocence qu'elle perdait peu à peu à son contact.

Oui, peut-être qu'elle n'avait fait que l'attendre, *lui*.

Mon Dieu, elle n'avait même plus la décence d'avoir honte d'elle-même, de sa reddition complète face à cet homme qui l'avait toujours agacée !

— Tu es prête, Scarlett ?

Malgré son impatience à découvrir les secrets de l'amour, la concernée se remémora un détail et s'exclama :

— Les bougies parfumées !

— Les bougies parfumées ? réitéra-t-il en relevant la tête de ses seins, perplexe.

— J'en ai besoin… pour me détendre.

— Je déteste l'odeur de vanille, ça me fait éternuer et ça risque de me déconcentrer…, maugréa-t-il en se redressant sur ses genoux.

Elle lui adressa un petit sourire rassurant.

— Essence iris poudrée. Tu vas voir, ça sent divinement bon…

Keir roula des yeux, mais obtempéra. Après tout, que ne fallait-il pas accepter pour optimiser les conditions d'une *première fois* ?

— Je vais les allumer.

L'esprit un peu plus lucide et le corps moins ramolli par les caresses, Scarlett se remit sur pieds après avoir négligemment rhabillé son corps du peignoir de bain, puis s'orienta vers l'une de ses commodes.

Il y avait beaucoup de meubles dans sa grande chambre familiale aux murs ivoire et parme, tapissés de miroirs, de photographies vintages ou de peintures soigneusement encadrées. Un peu chargée, sans être étouffante, cette pièce pourrait figurer dans un magazine de décoration romantique et féminine.

Keir aimait particulièrement sa coiffeuse de grande dame, sa penderie et son mannequin de couture décoratif, disposé dans une encoignure de la chambre et auquel était accrochée une immense capeline de paille.

Quand elle sortit quatre bougies pour les allumer à l'aide d'une allumette, il se leva et alla s'asseoir sur le matelas moelleux où il avait déjà dormi la veille.

Si la chambre était agréable, il regrettait un peu de devoir faire l'amour dans un lit à baldaquin aux draps mauve. Mais ce n'était qu'un détail de couleur.

— Tu as besoin d'aide ? demanda-t-il en la voyant porter deux bougies à l'autre bout de la pièce quand les deux autres restaient sur la commode.

— Non merci.

Le parfum d'iris poudrée commençait déjà à se répandre. Il trouvait cela doux, plutôt apaisant, même s'il s'en serait aussi bien passé.

Un truc de femme.

— Tu as fini, Scarlett ?

Elle venait de disposer la dernière bougie sur un autre meuble et s'était retournée vers lui, le peignoir à moitié ouvert sur son corps, le visage un peu rouge par la chaleur, la situation, l'empressement de son amant.

— Oui.

D'un geste de la main, il la convia à le rejoindre au bord du lit et elle obéit avec une joie secrète, révélant à chaque pas un peu plus de chair tendre. Keir ne quittait pas ses hanches des yeux, savourant déjà le goût de sa peau sous sa langue.

— Je crois que tu ne mesures pas ton pouvoir, belle rouquine...

Mais lui connaissait parfaitement le sien.

Le moment était venu de se jeter à l'eau. Un froissement de tissu résonna dans la chambre et le peignoir chuta aux pieds de la jeune femme quand elle s'arrêta face au militaire.

— Ça va faire mal ? lui demanda-t-elle comme il la saisissait à la taille pour l'installer sur le lit, avec une préciosité qui lui donna l'impression d'être en porcelaine. Les femmes que je connais disent que c'est douloureux...

— La première fois, un peu. Après, ce n'est que plaisir.

— Tu avais quel âge au moment de ton dépucelage ?

— Dix-huit ans. C'était la veille de mon intégration chez les U.S. marines.

— Dix-huit ans ? Tu es moins précoce que je le croyais !

Elle eut un ricanement pour masquer sa nervosité et s'étendit en se retenant sur les coudes lorsqu'il se pencha dans sa direction, la flamme du prédateur au fond de ses pupilles dilatées.

— C'était une expérience traumatisante. Elle était aussi vierge que moi et on a dû attendre plusieurs semaines avant de remettre le couvert.

— Tu ne me rassures pas…

— J'ai eu seize ans pour me perfectionner, *mo chridhe*. Avec toi, ça va être le Nirvana.

Un sourire languide joua sur les lèvres de la jeune femme, qui s'allongea complètement et se permit de le flatter de caresses au dos, au torse, sur tous les muscles qui lui étaient accessibles.

— Et toi, tu vas te révéler bien moins farouche qu'on ne le pense. Tu es le genre d'amante qui aime vraiment le sexe.

Scarlett rougit à l'intonation suave de ses paroles.

— Comment tu sais ça ?

— Ça se sent. Tu es très réceptive, assura-t-il avant de la flatter d'un baiser langoureux. On va y aller en douceur. Dès que tu as un problème, tu me le fais savoir.

— Qu'est-ce que je dois faire ?

— Tu te contentes de me caresser et de crier que je suis le dieu du sexe jusqu'à l'orgasme, dit-il en lui arrachant un rire sonore et vibrant, qui alla se répercuter jusqu'à la moelle de Keir.

Pendant qu'il poursuivait ses caresses, il glissa une main dans la poche de son short.

— Merde… j'ai laissé le préservatif dans la chambre d'amis. Accorde-moi une minute et ne t'échappe pas.

Scarlett le rattrapa quand il voulut se redresser et lui confia, sans savoir pourquoi elle faisait cela alors que la base d'une relation sexuelle était de la protéger, même s'ils jouissaient tous les deux d'une santé parfaite :

— Je prends la pilule pour réguler mes règles.

Un nerf tressauta à la tempe du capitaine, ses pupilles se dilatèrent davantage, si étroitement que ses iris n'étaient presque plus perceptibles. Il avait le regard quasiment noir. Noir d'un appétit qui atteignait la hune du désir.

Il la voulait avec férocité.

— Bordel...

— Qu'est-ce qu'il y a, Keir ?

— Ça va être meilleur que je le pensais. Te prendre à cru...

Une expérience encore jamais tentée avec une autre avant elle, même au temps où il entretenait des rapports réguliers avec sa première maîtresse. Coucher sans préservatif était une interdiction à laquelle il ne dérogeait jamais, sauf dans ce cas présent.

Scarlett était une magicienne. Avec elle, ce devait être différent. Et il ignorait pourquoi.

Fébrile, le marine continua les préliminaires avec un soin jaloux, la rassura de mots doux, parfois comiques, et quand elle fut assez ruisselante pour l'accueillir, il s'allégea de son short en révélant une érection monumentale. La jolie rousse en couina de surprise.

— Je pensais que tu avais l'habitude d'en voir à l'hôpital.

— Celles d'hommes âgés ou malades, toujours au repos. Pas celles d'hommes solidement bâtis, prêts à m'assaillir comme un château fort ! s'exclama-t-elle, hypnotisée par cette épée de chair qui lui promettait toutes les merveilles.

Keir émit son rire franc et rauque.

— Il va falloir que tu t'y habitues, feu follet.

Il s'assura qu'elle était bien installée sur le matelas, la tête et le buste surélevés par deux gros coussins, puis écarta fermement ses cuisses pour se placer entre elles et les enrouler autour de ses hanches. À aucun moment elle n'avait feint un geste de refus ou d'indocilité.

Scarlett paraissait aussi déterminée que lui à faire l'amour.

— Prête ?

La jeune femme l'observa entre ses cils auburn, si longs et fournis qu'ils donnaient l'impression de pouvoir éventer, grâce à un seul battement, la flamme d'un cierge. À la faveur des lampes de chevet, des triangles d'or miroitaient dans ses yeux assombris par l'instinct sexuel, alors que ses cheveux interminables brillaient de mille reflets d'ambre et de bronze, si chauds que les regarder était comme admirer la danse hypnotique d'un feu de cheminée.

Scarlett dégageait un charme relatif à toutes les merveilles créées par la Nature. La goûter était comme boire à la rive même d'un ruisseau, la sentir donnait l'impression de humer un iris fraîchement éclos, alors que son âme brillait d'un l'éclat similaire à celui de la Grande Ourse.

— Oui, je suis prête.

Il n'en attendait pas moins de cette prêtresse de l'amour et, tout en se penchant pour capturer ses lèvres, l'investit étape par étape. Elle était tellement étroite qu'il avait peur de la traumatiser par une pénétration trop vive.

— Ça va ? C'est si serré que je suis obligé d'y aller lentement...

Le souffle un peu court, Scarlett le rassura d'un sourire et sursauta quand il fut à mi-chemin, déjà très encombrant en elle.

— Tu vas réussir à tout... mettre ? l'interrogea-t-elle, sincèrement perplexe.

Un tremblement s'éleva dans la poitrine de Keir, prisonnier d'un autre rire. Il dut s'immobiliser pour éviter de précipiter ses mouvements.

— Oui, je vais réussir.

Il se pencha de nouveau vers Scarlett, posséda ses lèvres en glissant encore dans son fourreau avec langueur, puis une fois assuré qu'elle ne se focalisait plus sur les fourmillements étranges au cœur de son bas-ventre, la pénétra d'un coup de reins intense, mais direct. La sensation de leurs deux sexes nus et emboîtés, et la déchirure de l'hymen sous sa virilité l'émurent autant que s'il venait de perdre sa propre virginité.

Incroyable !

Sous sa bouche, Keir accueillit le cri de douleur que son amante libéra.

— Je suis désolé, *mo chridhe*... le plus douloureux est passé... ça ira mieux...

Désireux de lui laisser un merveilleux souvenir, il la dorlota de caresses réconfortantes en demeurant immobile dans son vagin afin de l'habituer à sa présence.

— C'est une sensation bizarre. J'ai envie que tu sortes, mais d'un autre côté, je ne peux plus te lâcher...

— On va trouver notre rythme.

Une fois que Scarlett se détendit complètement, Keir continua ses mouvements, d'abord lents et doux, puis de plus en plus profonds et énergiques.

— Tout va bien ?

Le visage perlé de sueur, l'œil frétillant et le sourire leste, elle opina d'un mouvement de la tête, l'invitant à l'embrasser encore à mesure que la cadence de leur étreinte s'accélérait. Bientôt, elle se mit à onduler contre lui et eut bien vite l'impression que ses coups de reins la propulsaient chaque fois plus haut, vers des cimes sensorielles encore inexplorées.

C'était cent fois meilleur que le déferlement de sensations qu'il lui avait procuré le soir du mariage.

— Keir...

— Je suis là, mon cœur... mon feu follet..., exhala-t-il en crispant les traits à la montée irrépressible de l'orgasme.

Les halètements de plaisir se mêlèrent aux grincements du lit et quand le militaire écrasa sa bouche sur la sienne pour jouer avec sa langue, aspirer entre ses lèvres son souffle saccadé, il goûta à son cri d'extase pendant qu'elle le mordillait, totalement secouée par la jouissance renversante qui venait de la propulser dans une autre stratosphère.

Scarlett eut l'impression d'être émiettée de plaisir et le jaillissement puissant d'un fluide chaud et parfumé, dont son vagin fut brusquement comblé, finit de l'épanouir.

Quelle joie...

En proie à un spasme voluptueux, Keir venait de libérer sa semence. Scarlett l'étudia, envoûtée par le masque de béatitude qui surplombait son faciès. Ce fut à cet instant qu'elle prit la mesure de son pouvoir féminin et réalisa combien un homme pouvait se soumettre à une femme par plaisir.

— Tu m'as jeté un sortilège, murmura-t-il, essoufflé, son corps glissant involontairement à côté du sien, comme raide mort.

La jeune initiée était engourdie, incapable de bouger après une expérience aussi démentielle. Que s'était-il passé ? Avait-elle vraiment perdu sa virginité avec Keir Dalglish ?

Le liquide qu'elle sentait couler entre ses cuisses était on ne peut plus éloquent.

Oui, elle venait d'explorer le monde de l'érotisme en compagnie d'un amant taillé à sa mesure, si imprévisible et surprenant.

— Dis quelque chose, Scarlett.

Les yeux accrochés aux hélices du ventilateur mural, la jeune femme soupira d'épuisement et de délice mêlés. Ensuite, elle tourna la tête en direction de Keir, redressé sur un coude pour l'observer avec minutie, et à le voir soudain inquiet, un sourire de reconnaissance anima ses traits.

— J'ai envie de recommencer, avoua-t-elle d'une voix de velours, les paupières pourtant alourdies de fatigue.

Il inspira, puis expira, rasséréné par sa révélation.

— J'en meurs d'envie aussi, mais tu n'es pas encore habituée à ça. On devrait s'en tenir là pour ce soir. Demain, on recommencera. Et après-demain aussi.

— J'espère bien… tu as la réputation d'être insatiable.

— Et je ne démens jamais ma réputation.

Chapitre 13

Le lendemain

Attablée sur la terrasse de son jardin et en kimono d'intérieur japonais, Scarlett dégustait sa part de Dundee cake pendant que Keir cueillait des citrons dans les citronniers plantés au milieu de son oasis personnel, constitué à son image par un joyeux désordre floral. Tout autour d'eux, ce n'était qu'explosions de couleurs et d'essences sur un tapis d'herbe émeraude. Là, il y avait des campanules bleues, des iris, des lavandes et des myosotis. Plus loin s'épanouissaient des escadrons de roses et de dahlias rouges, côtoyés par les jonquilles, les tulipes et les renoncules aux pétales jaunes et oranges. Une clôture en bois délimitait l'espace et soutenait des buissons de pivoines et de rhododendrons roses et blancs, de lilas de Californie mauve, alors que des marguerites sauvages poussaient un peu partout en donnant aux lieux des airs de clairière champêtre.

— Tes arbres donnent de beaux fruits. Ça te dit de la limonade ? demanda Keir en revenant vers la table en fer forgé à laquelle ils prenaient leur brunch, les mains lourdes d'agrumes.

— Bonne idée.

Le capitaine disparut par les portes françaises donnant directement sur le salon, puis rejoignit la cuisine afin de leur concocter une limonade fraîche. Pendant son absence, Scarlett rêva de leurs étreintes passées. Ils venaient à peine de se réveiller, profitant de ce jour chômé pour s'accorder une grasse matinée et s'adonner à l'oisiveté.

Se réveillant de ses heureuses pensées, la jeune femme décocha un coup d'œil périphérique au voisinage et s'arrêta sur la maison de Hudson, au jardin tondu à ras. Une petite angoisse se nicha au creux de son ventre en imaginant la réaction de son meilleur ami si jamais il apprenait leur aventure…

Assurément, il serait en colère.

— Quelque chose te tracasse ?

Keir réapparut avec une carafe de limonade, irradiant de virilité dans son petit short noir qu'elle rêvait de lui ôter.

— Hudson va nous dégommer, lança-t-elle en toute simplicité.

— On n'est pas obligés de lui dire.

— Quand on le reverra, il sentira quelque chose entre nous. C'est un homme lucide.

— Oui, mais on sera plus malins que lui. On se comportera exactement comme autrefois en sa présence.

— Tu penses que ça suffira à brouiller les pistes ?

— Oui.

Il s'installa en face d'elle et commença à remplir leurs verres, un air serein peint sur le visage.

— De toute évidence, arrivera le jour où tu te mettras avec quelqu'un, peut-être ton pompier, et ce qu'il y aura eu entre nous ne sera plus qu'un souvenir. Notre jardin secret. Nos amis ne seront pas obligés de le savoir.

Scarlett planta sa fourchette dans le dernier morceau de cake, mais ne l'apporta pas à sa bouche, trop affairée à le dévisager. Il s'exprimait avec une légèreté déroutante, un peu froissante, mais elle ne s'attendait pas à plus de considération de la part de Keir. Il ne cherchait que le plaisir, partout où il rôdait. Elle n'était qu'une amante supplémentaire sur son tableau de chasse et ne pouvait pas lui en demander plus.

C'était la règle du jeu et elle l'avait acceptée sans condition. En l'occurrence, Keir n'était pas celui dont elle avait besoin dans sa vie pour construire un avenir. L'homme du tarot se faisait toujours désirer... ou alors, elle l'avait déjà rencontré, mais il ne s'était pas encore battu pour la conquérir ? Erik parviendrait-il un jour à lui pardonner cet élan de passion irrépressible avec Keir, assez pour vouloir tenter quelque chose avec elle par la suite ? Ou bien ce mystérieux prétendant était-il un étranger dont elle n'imaginait même pas l'existence ?

— Tu crois ça ?

— Oui. Tu n'as pas entendu Lex, tu vas bientôt entamer une relation avec l'homme de ta vie, lui rappela-t-il en apportant son verre de limonade à la bouche. J'espère que tu me le présenteras...

— Et si c'était toi ?

Un toussotement retentit dans le jardin ensoleillé. Keir avait manqué de s'étouffer avec son jus de citron et Scarlett en fut déridée, son rire aérien se mêlant à la brise de ce début d'après-midi.

— Détends-toi, je plaisantais.

— Tu n'es pas dans la merde si c'est vraiment moi, l'informa-t-il d'une voix éraillée. Je ne suis pas un cadeau.

— Tu as une piètre opinion de toi.

— Absolument pas. Je me connais trop bien pour savoir ce que je vaux.

— Mmm... je ne connais pas toutes tes facettes et même si tu m'en as fait baver par le passé avec tes remarques et tes plaisanteries à la con, j'ai découvert ces derniers jours un homme attentionné, protecteur et un amant plutôt… compétent.

— Seulement compétent ?

— Endurant et particulièrement doué. Ne prends pas la grosse tête, mais je crois que je n'aurais jamais imaginé mieux pour ma première fois…

— Atteindre ton lit a été l'un de mes plus grands exploits, argua-t-il en cachant son sérieux derrière une expression espiègle.

— J'aurais dû te faire courir plus longtemps, tu aurais encore mieux apprécié…

— J'attends depuis notre baiser à l'aéroport… presque un an !

— Ce n'est pas si long.

— Un supplice pour moi.

— Afin de soulager cette longue attente, je veux bien t'accorder encore de mon temps et de ma personne pour quelques jours…, proposa-t-elle avec un sourire de connivence.

— Approche.

Keir écarta sa chaise de la table et lui ouvrit les bras afin de l'accueillir sur ses genoux. Sans tarder, Scarlett quitta son siège et alla se blottir à califourchon contre lui, tellement accro à sa chaleur et à son parfum depuis les deux jours qu'ils dormaient dans le même lit.

Une fois enlacés l'un à l'autre, ils s'embrassèrent avec langueur, se palpèrent délicatement, désireux de rallumer les cendres du désir. La jeune femme faisait montre d'une avidité qui n'était pas pour déplaire au capitaine. Elle était gourmande, ardente, comme il le voulait.

— J'adore te toucher et te contempler, Scarlett. Tu ne ressembles pas à toutes les autres femmes. Tu as quelque chose de spécial qui me rend vulnérable...

Il paraissait honnête.

— Tu veux parler de mes rondeurs ?

— Elles sont parfaites. Si tu étais maigre et grande à l'image de ces top-modèles qu'on nous montre comme l'essence même de la Beauté, tu ne serais pas aussi féminine à mes yeux. Une femme doit avoir de quoi nourrir et éclairer un homme, poursuivit-il avec une pression délicieuse sur ses fesses et sa poitrine.

Elle émit un rire léger.

— Je suis bien contente de t'apporter tout ça...

— Tu te sens d'attaque pour une autre partie de jambes en l'air ?

Son envie urgente se perçut au renflement qu'elle sentit entre ses cuisses.

— Tu es très réactif.

— Plutôt, oui. Alors ?

Les seins de Scarlett se tendaient sous le coton de son débardeur alors qu'une moiteur naissait progressivement dans sa féminité.

Oui, elle était en train de se préparer à l'accueillir.

— Je vais prendre feu d'une minute à l'autre, lui susurra-t-elle en possédant sa bouche dans un baiser fiévreux, estampillé d'un goût de limonade.

— J'ai l'impression que tous tes voisins sont sortis..., observa-t-il entre deux baisers. On peut tester la douceur de ton gazon.

— Dans le jardin ?

— Ça a l'air confortable. On n'aura que les oiseaux et les abeilles pour témoins.

Keir se redressa de sa chaise en la portant dans ses bras, les jambes de Scarlett enroulées autour de sa taille, et sans jamais lâcher ses lèvres, commença à marcher vers le cœur du jardin. Ils se perdirent dans la délectation l'un de l'autre, allant même jusqu'à s'allonger par terre. Le désir écrouait si bien la jeune femme qu'elle ne réalisa pas tout de suite l'audace de la situation, roulant sur l'herbe avec un rire argentin quand son amant la domina de tout son corps et commença à lui picorer le corps de baisers voraces.

— Dites-moi que je rêve ! Dalglish !

Une voix usée, écorchée par les exercices vocaux qu'elle endurait chaque jour, détona dans la sérénité de cette journée estivale en les mettant sur le qui-vive.

Cette voix, ils la connaissaient aussi bien l'un que l'autre.

Comme s'il avait eu un supérieur hiérarchique dans son dos, Keir se redressa sur ses jambes, aussi raide qu'un piquet, et perdit son regard au-delà de la clôture. Une petite allée séparait les maisons de Hudson et Scarlett en permettant aux gens d'y circuler. Et visiblement, Lex avait décidé d'emprunter cette voie. Le haut de son corps dépassait le rebord de la clôture et ses yeux d'instructeur militaire numérisaient scrupuleusement les amants pris en flagrant délit d'exhibitionnisme.

— Lenkov ! Qu'est-ce que tu fous ici ? En tenue de fonction ?

En effet, Lex portait son uniforme et sa casquette treillis, signes qu'il venait tout droit de Parris Island.

— Rowe m'a demandé de vérifier que Scarlett ne manquait de rien depuis le cambriolage et que vous n'étiez pas en train de vous crêper le chignon. J'ai profité de ma pause pour faire un petit tour par ici. On dirait que les choses s'arrangent entre vous.

Quand Scarlett avait des ennuis, la moitié de la population était au courant et s'empressait de lui porter secours. D'ordinaire, c'était John et Lex qui lui donnaient un coup de main lorsque Hudson était dans l'impossibilité de le faire lui-même. Il adorait jouer au grand-frère empressé et protecteur, même à distance. Ses amis étaient une extension de sa personne.

— Pourquoi tu n'as pas sonné à la porte ?

— J'ai sonné, mais vous étiez trop occupés à vous bécoter pour m'entendre, leur reprocha-t-il.

Scarlett se redressa en époussetant son kimono, puis darda sur le nouvel arrivant un sourire amical, quoique gêné.

— C'est gentil de ta part d'être venu, Lex. Tu te joins à nous ?

Sans plus attendre, le sergent-chef escalada avec grâce et aisance la paroi boisée, puis se retrouva dans le jardin, immense figurine militaire parmi les nains et les animaux en terre cuite qui peuplaient les lieux.

— J'ai trente minutes devant moi pour que vous m'expliquiez ce qu'il se passe, annonça-t-il en marchant dans leur direction.

Le contraste était humoristique entre les deux militaires. L'un ressemblait à un soldat de plomb avec son uniforme et son allure despotique, tandis que l'autre incarnait l'indiscipline dans son petit short noir et recouvert de ses tatouages celtiques.

— Qu'est-ce que tu veux d'autre comme explication ? C'est clair, non ?

— Vous êtes ensemble ?

— Pas vraiment. On couche ensemble, rectifia Keir pendant que Scarlett se réfugiait dans la cuisine afin d'y chercher un verre.

Lex fronça ses sourcils bruns sous la visière de sa casquette.

— Putain, mec, t'es irrécupérable ! Rowe va te faire la peau.

— Scarlett est majeure et consentante.

— Et toi, t'es un connard. On sait comment tu traites les femmes. Tu les utilises, puis tu les jettes.

— Tu n'es pas un saint non plus.

— Peut-être, mais au moins je ne couche pas avec Scarlett. Je te rappelle qu'on est censés la considérer comme notre petite sœur. C'est la règle numéro un.

— Je ne la considérerai jamais comme ma petite sœur, désolé.

La concernée refit son apparition à la fin de cette phrase et rejoignit la table pour remplir le verre vide de limonade, sa présence ayant instauré un silence chargé, qu'elle comprit et entreprit de briser par cette phrase :

— Lex, j'ai vingt-trois ans aujourd'hui, je ne suis plus une gamine. Je sais ce que je veux.

— Je suis sûr que c'est lui qui t'a amadouée pour te prendre dans ses filets. Je te préviens, il n'est pas sérieux avec les femmes, l'avertit-il en acceptant le verre qu'elle lui présentait. Merci.

— Je sais comment est Keir et il sait en retour comment je suis.

— Mais pourquoi lui ? Où sont passés ton romantisme suranné et ton béguin pour Erik, Scarlett ? Il y a encore deux jours, vous vous disputiez comme chien et chat !

— Et ça sera toujours comme ça, seulement on a passé un autre cap, affirma-t-elle en s'asseyant sur une chaise, avant de les inviter à l'imiter.

— Tu lui as jeté un sort, Dalglish, ce n'est pas possible !

— Non, je n'ai pas tes aptitudes de cartomancien-hypnotiseur-magnétiseur, répliqua Keir avec une teinte de moquerie dans la voix, attisant par là même l'amusement de son amante.

Toujours sérieux, Lex les jaugea de son regard d'ambre, incisif et intelligent. Cela dura plusieurs secondes, mais ce fut suffisant pour lui. Car, un éclair de lucidité fila bientôt dans son esprit et s'imposa comme la clef de leur énigme.

C'était flagrant maintenant qu'il y faisait attention. Hudson finirait par le voir aussi.

— Tu as d'autres remontrances à faire, Lex ? l'interrogea Keir, intrigué par l'introspection fugitive de son ami, lequel répondit d'un mouvement négatif de la tête.

Ce qu'il avait lu dans les cartes était en train de se réaliser, mais avec un homme que personne n'aurait imaginé pour Scarlett.

Il y avait plus que du désir entre eux. On aurait dit qu'un sentiment fort, étouffé ou dissimulé depuis un certain temps, cherchait désormais à s'émanciper de la négligence à laquelle ils l'avaient voué. Mutuellement, sans se concerter.

— Lex, tu ne dois rien dire à Hudson, ni même à John ou à quiconque, reprit Keir, désormais solennel. On aimerait que notre aventure demeure secrète.

— Je ne dirai rien puisque la vérité finira par se révéler elle-même.

Chapitre 14

Le soir

— Je crois que mon personnage historique préféré est Robert de Bruce. C'est une figure de l'indépendance écossaise, de sa nature indomptable et brave. Pour montrer leur amour de la liberté, trente-neuf nobles écossais ont adressé au Pape, en 1320, la Déclaration d'Albroath dont on retient ce passage…

Keir se racla la gorge comme il cherchait dans sa mémoire ledit passage, puis récita avec la ferveur d'un roi, désireux de remonter le moral des troupes :

— « Tant que cent de nous resteront en vie, jamais sous aucune condition nous ne nous soumettrons au joug anglais. Ce n'est pas pour la gloire, ni pour la richesse, ni pour les honneurs que nous nous battons, mais pour la liberté — uniquement pour elle, qu'aucun homme honnête ne cède, ne fusse qu'au prix de sa propre vie.3 »

Scarlett l'écouta avec émerveillement, assise sur le tapis persan de son salon et accoudée à la table basse par-delà laquelle son amant lui faisait face. À sa demande, il lui racontait des contes et des faits historiques sur l'histoire de l'Écosse, l'étonnant par ses connaissances précises et ses talents de conteur.

Les Écossais avaient depuis longtemps la réputation d'être d'excellents narrateurs. C'était ce que son père lui avait dit un jour. Et leur terre était pareille au Single

---

3. Extrait de la Déclaration d'Albroath, 1320.

Malt. Unique et racée. L'histoire qui l'avait façonnée y fut vivace, coriace et opiniâtre, à l'image des highlanders qu'on s'imaginait.

— Tu es un vrai passionné de ton pays natal, nota-t-elle avec de l'admiration dans le regard.

— J'essaie de me nourrir de mes racines. Il paraît que cette déclaration aurait inspiré celle des États-Unis.

— Comment dis-tu « liberté » en gaélique écossais ?

— *Saoirse* ou *saorsainn*.

La voix de Keir lui donna l'impression de survoler les landes sauvages et les lochs mystérieux des Highlands.

— « Taches de rousseur » ?

— *Breacadh-seunain*. Pour « ma rouquine » ou « ma femme aux cheveux rouges », c'est *mo bhoireannach ruadh*.

Un tendre rosissement teinta le haut de ses pommettes. Scarlett adora ce surnom et se sentit soudain privilégiée d'être rousse. Si par le passé, ses camarades se moquaient de cette particularité physique, le regard que Keir posait présentement sur elle lui donna l'impression d'être la plus belle femme du monde.

— Maintenant une injure…, demanda-t-elle en réfléchissant à celle qui lui serait le plus utile.

— *A mhic an uilc* ou *mac nac dunaidh*.

— Qu'est-ce que ça veut dire ?

— « Sale bâtard », répliqua-t-il avec un rictus canaille.

— Et pour insulter une femme par exemple ?

— *A nighean na galla*. Ça veut dire « pute ». Mets une droite à un Écossais si jamais tu l'entends te dire ça.

— C'est enregistré. Tu as encore quelque chose de grossier à m'apprendre ?

— *Clipeachd*.

Scarlett haussa un sourcil.

— Qu'est-ce que ça veut dire ?

— Si j'en crois notre nuit d'hier et notre matinée, ça désigne la partie anatomique que tu préfères chez moi.

Comprenant aussitôt son sous-entendu, la jeune femme sentit ses oreilles prendre la teinte des coquelicots.

— Je ne vois pas pourquoi ça ne m'étonne pas de ta part.

— C'est toi qui m'as demandé quelque chose de grossier.

— Revenons à des choses plus poétiques... comment dis-tu... « amour de ma vie » par exemple ?

— *Luaidh mo chéile.*

Dans le dictionnaire, les mots *gràdh* ou *mùirn* désignaient « amour » et souvent, *mo rùin* ou *mo gràdh* étaient d'usage pour appeler quelqu'un « mon amour ».

Scarlett répéta chaque mot avec un accent identique, guttural, qui lui vint spontanément, par instinct, mais aussi pour l'avoir travaillé par le passé avec son père durant leurs rares moments d'étude des langues gaéliques. Ces mots, elle les sculpta au ciseau imaginaire dans son esprit, prête à s'en souvenir au cas où un homme lui murmurerait ces paroles druidiques un jour. Encore fallait-il que l'amour de sa vie pratique le gaélique écossais avec autant de fluidité que Keir Dalglish...

Ce dernier écrivait au fur et à mesure les mots qu'il évoquait sur un bloc-notes, afin d'en dévoiler l'orthographe et la prononciation.

— Il faut vraiment connaître les différentes prononciations pour pouvoir lire correctement et se faire comprendre. Normalement, il y a tout ça dans les dictionnaires, mais le meilleur serait d'aller là-bas en immersion linguistique.

— Je n'attends que ça.

Ils continuèrent à bavarder autour du gaélique écossais et de l'histoire de ce pays, que Keir accompagnait de moult anecdotes amusantes.

— D'ailleurs, il y a une légende sur l'adoption du chardon écossais comme symbole national. On évoque souvent l'histoire de guerriers écossais, prévenus d'une invasion surprise des Vikings par les hurlements de douleur qu'ils auraient poussés en parcourant un champ de chardons... Je ne sais pas si c'est vrai, mais j'aime bien cette origine.

— Il faut toujours faire attention à ce qui paraît petit et négligeable.

— C'est vrai. Au fait, Scarlett, je ne t'en ai pas encore parlé, mais dans quelques jours, il y a les Scottish Games de Greenville. Tu y as déjà assisté ?

— Jamais eu l'occasion encore.

— Ça tombe bien, j'ai des potes écossais qui m'ont contacté pour que j'y participe avec eux. J'ai prévu de partir le samedi matin, de dormir sur place et de rentrer le dimanche soir. Ça te dirait de m'accompagner ?

— Vraiment ?

Le ravissement qui se peignit sur le visage de Scarlett l'attendrit.

— Ça me ferait plaisir.

— J'ai huit jours de congés à poser avant la fin de l'année. Je suis libre ce week-end.

Il étendit son bras sur la table et attrapa sa main pour en caresser le dos, geste qui révélait son enthousiasme.

— J'ai vu des vidéos de ce genre de rassemblements sur YouTube... les épreuves sont carrément dingues. Quand tu dis que tu vas y participer, tu entends par-là que tu vas soulever des troncs d'arbres, jeter de grosses pierres, porter des poids et te battre à la lutte avec d'autres types ?

— *Tha.*

« Oui » en gaélique écossais. Mais contrairement à l'écriture, le mot se prononçait « hay ».

— Tu penses être en forme ? Ce serait idiot de te blesser alors que tu es en pleine rémission physique... tes chefs ne vont pas aimer.

L'infirmière prévenante qui sommeillait en elle se réveillait et ce n'était pas pour déplaire au casse-cou qu'il était.

— Il n'y a pas meilleurs exercices pour refaire un homme, assura-t-il. Et puis, si jamais je venais à me blesser, j'aurais mon infirmière personnelle à mes côtés...

Sous la table basse, Scarlett sentit l'un de ses pieds se frayer un chemin le long de ses cuisses, les forçant à s'écarter de manière à ce qu'il atteigne sa féminité du bout de ses orteils. En réponse, elle comprima le rebord boisé du meuble de ses poings crispés, gagnée par une faim purement sexuelle. Il ne faisait aucun doute qu'ils s'adonneraient au sexe dans quelques instants.

— Tu sais quoi ?

— Quoi ? hoqueta-t-elle quand il marqua une pression sur son intimité avec son pied.

— J'ai envie d'un autre dessert...

Scarlett comprit où il voulait en venir dès qu'elle le vit bouger pour disparaître sous la table basse, avec une facilité étonnante de la part d'un homme de son gabarit. Là, elle sentit ses mains se raccrocher à ses jambes étendues sur le tapis et son corps ramper sur elles. Comment parvenait-il à se glisser aussi aisément sous cette table plutôt étroite ? L'armée lui avait-elle aussi donné une agilité de reptile ?

Scarlett sentit sa peau griller sous le souffle tiède de son amant, qu'elle perçut à quelques centimètres de son jardin secret.

Il allait la soumettre au supplice.

Complètement à ses ordres sur le plan charnel, elle avait accepté de ne rien mettre sous le large t-shirt gris qu'il lui avait prêté en guise de robe de chambre et pouvait donc sentir sa respiration sur ses poils pubiens.

— Keir ?

Sa voix exprima un mélange d'appréhension et d'impatience.

— Allonge-toi et laisse-toi faire, décréta-t-il.

On aurait dit qu'un démon celtique lui parlait depuis l'antre de la grotte de Fingal.

Sans résistance, Scarlett s'étendit de tout son long sur le tapis persan et apprécia la rugosité des doigts invisibles sur sa chair, la manière dont ses lèvres parcouraient chaque contour de son intimité en jouant avec sa petite toison auburn.

Oh !

Des gouttes de sueur perlèrent le front et la lèvre supérieure de Scarlett, sa respiration se hacha. Elle anticipait ses caresses et pantelait déjà au plaisir qu'elles lui procureraient.

— Dis-moi, connais-tu l'*each uisge* ? demanda-t-il et son souffle vint une fois encore taquiner ses replis intimes.

Elle baissa la tête pour le regarder sous la table, néanmoins, l'obscurité favorisée par le bois du meuble, l'éclairage tamisé du salon et le voile du désir sur ses yeux l'empêchèrent de le voir.

Il était complètement invisible. Pareil à un fantasme.

L'*each uisge*? Elle connaissait le nom qu'il venait de prononcer, mais la passion rendait ses pensées cahoteuses.

— Je ne me souviens plus…

— C'est le cheval de l'eau, un être maléfique, affamé de chair fraîche, qui attire les femmes imprudentes en se présentant à elles sous l'apparence d'un magnifique étalon… souvent, elles sont charmées par son aspect, grimpent sur son dos et se retrouvent bien vite entraînées dans les profondeurs des lochs… et tu sais pourquoi?

Le ton grave, bas, terriblement suave de Keir, soutenu par le mouvement qu'il effectua pour enfouir son visage au creux de ses jambes, incendia le corps de Scarlett.

Il le faisait exprès.

— Pourquoi…?

— Pour les dévorer toutes crues, bien sûr.

Cette sentence la fit gémir de plaisir en même temps que son baiser sur son clitoris. Par réflexe, elle voulut se dégager, mais il la prit aux hanches et continua son assaut passionné, désormais poussé par une gourmandise qu'il ne chercha plus à museler.

— Keir!

Scarlett cria son nom en se cambrant contre ses lèvres quand elles butinèrent goulument son bourgeon hypersensible, sa langue redessinant les pourtours de sa grotte mystérieuse… la rousse n'eut même pas le temps de l'implorer qu'il se frayait déjà un chemin lingual dans son fourreau en la léchant sans répit, totalement intoxiqué par la sapidité de son miel intime, par la jouissance qu'il sentait imminente et dont il voulait adoucir l'aridité de son gosier.

Scarlett eut un hurlement d'extase et s'arqua contre le tapis, prisonnière et secouée de plaisir. L'orgasme vint rapidement soulager son corps, mais alors qu'elle pensait s'en remettre pas à pas, la langue de son amant continuait ses investigations et lui procura bientôt une seconde houle de spasmes.

Il ne l'épargnait pas.

— Je t'en prie, Keir...

— Je n'ai pas fini mon dessert.

Chapitre 15

Greenville, Caroline du Sud, quatre jours plus tard

— Les Scottish Games de Greenville sont vraiment à ton image, Keir !

Scarlett ne pouvait être plus juste dans son observation. Cet évènement transférait la culture de l'Écosse en pleine Caroline du Sud. On voyait l'étendard de St. Andrew claquer dans le vent aux côtés du drapeau américain et si les kilts et les tartans étaient légion à cette assemblée festive et virile, où la démonstration de sa force était symbole de gloire, les États-Unis s'incarnaient martialement avec la présence de U.S. marines en uniformes de cérémonie.

Sous le large bord de sa grande capeline, agrémentée de faux fruits décoratifs, Scarlett admirait, le cœur ricochant comme un caillou sur l'eau d'un lac, le défilé spectaculaire auquel participaient des joueurs de cornemuse, des hommes en tenue militaire écossaise, des marines et d'autres soldats issus des autres branches de l'armée américaine. Tous les éléments évoquaient Keir — les Highlands, les marines — et nourrissaient en elle le sentiment véritable d'être chez elle, intégrée à une communauté mixte où ses origines étaient fièrement représentées. D'un côté, l'Écosse, le pays de ses ancêtres, de l'autre, les États-Unis et son faste qu'elle affectionnait tant.

— C'est vrai, je me sens tellement bien quand je suis ici. Tout ce que j'aime y est représenté.

Scarlett décocha un coup d'œil à Keir, ému de voir les marines défiler au son d'une musique traditionnelle écossaise, jouée par le chœur de cornemuses qui les précédait.

Dans la matinée, ils avaient quitté Beaufort et traversé la région durant quatre heures afin d'atteindre Greenville, une charmante ville bien plus grande et peuplée où les maisons historiques côtoyaient avec harmonie les gratte-ciel modernes. Cette commune était une jonction entre le Vieux Sud et le Nouveau Sud des États-Unis.

Scarlett fit ensuite glisser son regard sur la mise de son amant. S'il avait conduit en jeans, il étrennait désormais un kilt à rayures et à dominante verte, associé à un t-shirt noir, des chaussettes hautes aussi sombres et des *ghillies*, ces chaussures traditionnelles que l'on ficelait à la cheville.

Il ne manquait plus qu'à grimer son visage du drapeau de St. Andrew pour lui donner l'air guerrier d'un highlander.

— Tu sais que tu es sexy en kilt ?

Le capitaine considéra son amante, lui décocha un sourire mutin, puis ceignit sa taille de son bras solide. Là, elle sentit la caresse du tartan sur ses cuisses nues, seulement revêtues d'un short en lin kaki, et celle de sa main tiède sur son ventre, qu'il touchait par-dessus son débardeur caramel.

— Dis-moi, tu portes quelque chose en dessous ?

— Ouais. Je ne veux pas avoir les couilles à l'air pendant les épreuves.

Sa vulgarité lui soutira un sourire narquois.

— Bien sûr, ce serait dommage si elles prenaient froid.

— Tu serais la première peinée, lui glissa-t-il sur un ton provocant qui lui valut cette fois-ci un rire en réponse.

— Je pourrais m'en passer, tu sais.

— Je n'en suis pas aussi sûr que toi, chérie.

Scarlett fit mine de lever les yeux au ciel, sans cesser de sourire pour autant.

— Laisse-moi regarder la parade.

Ils l'admirèrent ensemble jusqu'à la fin, toujours enlacés. Quand il n'y eut plus de musique et un peu d'éparpillement autour d'eux, un tonnerre de voix graves vrilla subitement leurs tympans en interpellant le capitaine.

— Keir !

Une bande de quatre gaillards en kilts de diverses couleurs, aux barbes fournies, pour certains chauves, pour d'autres abondamment chevelus, s'érigèrent en face des amants avec des sourires avenants.

— Keir Dalglish ! On te cherchait partout depuis tout à l'heure ! s'exclama l'un d'entre eux en soulevant le dénommé au niveau des genoux, l'écrasant aussitôt contre son torse gigantesque. Tu nous as manqué, tête de mule !

Le rire de Keir se tissa à celui de ses compagnons quand il se retrouva à un mètre du sol.

— Quelle gueule de barbare tu as, Malcolm !

Trop accoutumé aux coupes militaires, Keir ne parvenait plus à apprécier d'autres styles capillaires pour les hommes.

De sa position, Scarlett ne sut où donner de la tête parmi ces quatre gars à la masse corporelle étonnante, pareils aux monuments mégalithiques du cercle de Brodgar. Si la jeune femme se sentait petite entre les bras de Keir, qu'elle trouvait déjà très costaud et grand du haut de son mètre quatre-vingt-quatre, elle eut le sentiment d'être aussi minuscule qu'une souris face à ces étrangers. Deux d'entre eux dépassaient les deux mètres et ne semblaient pas lésiner sur la consommation de protéines et de whisky, arborant des embonpoints peu sculptés, mais des bras exercés à soulever des pierres et des troncs d'arbres.

— Hé, Keir, qui est cette ravissante créature ? le pressa un grand rouquin, au visage joufflu et rougi par le soleil.

Des œillades égrillardes s'égarèrent en direction de Scarlett. Il fallait dire qu'elle était à son avantage dans sa tenue d'aventurière glamour, chaussée de petites tennis blanches et coiffée d'une capeline qui recouvrait ses longs cheveux lâchés. Ses courbes généreuses semblaient plaire aux types environnants et allécher les compagnons de son amant.

Keir reporta son attention sur elle et une fois les pieds au sol, il s'établit à ses côtés et la saisit par le bras afin de la rapprocher d'eux. Jusqu'à présent, elle était sagement restée à son emplacement, un peu stupéfaite par la découverte de ses amis écossais.

Elle ne s'était pas attendue à ce qu'ils soient aussi... intimidants ? Les regarder offrait une impression de dépaysement, un peu comme si l'Écosse s'était déplacée jusqu'à elle pour son pur plaisir.

— Les mecs, je vous présente Scarlett. C'est la première fois qu'elle assiste à l'évènement.

— Scarlett ? Quel beau prénom ! la complimenta le géant à la tignasse rousse, d'une nuance plus claire que la sienne. Je suis Duncan et voici Malcolm, Brian et Gordon.

Les dénommés la saluèrent d'une même voix de cuivre et leurs accents vibrèrent comme autant de petits tintements caillouteux.

— Je suis ravie de faire votre connaissance. Keir m'a dit que vous veniez d'Écosse, uniquement pour participer aux épreuves.

— Oui, ça fait deux ans qu'on vient ici pour participer aux jeux. On aime bien l'ambiance de la Caroline du Sud.

Puis, sans plus de cérémonie, Duncan la porta à son tour dans ses bras comme si elle n'avait été qu'un sac de plumes et l'écrasa contre son torse pour l'embrasser à la joue.

— Elle est toute légère et regardez-moi ces jolies taches de rousseur !

Scarlett ne trouva rien d'autre à faire que de rire avec gaîté, contaminée par la bonhomie de ces hommes qui l'environnaient.

— Fais attention de ne pas la briser, Duncan ! l'avertit Keir en aidant Scarlett à remettre sa capeline sur sa tête lorsque son compagnon la redéposa au sol.

— Maintenant qu'on a Keir et une autre supportrice à nos côtés, je pense qu'on a toutes nos chances de gagner !

— Ouais, c'est sûr, dit Malcolm. Aisling, ma femme, est déjà installée sur le terrain des compétitions. Vous venez ?

Keir opina et reprit Scarlett par la main pour l'entraîner à la suite des quatre gaillards.

— Tu vas voir, on va bien s'amuser, assura-t-il en soulignant son affirmation d'un clin d'œil.

Les jeux se tenaient dans le domaine de l'université Furman et Aisling, l'épouse de Malcolm, attendait leur retour et le commencement des épreuves sur une nappe en tartan rouge. C'était une trentenaire brune, un peu ronde, qui resplendissait par son sourire avenant. Elle aussi était d'origine écossaise et aimait suivre son mari dans toutes ses compétitions sportives.

Les présentations entre les deux femmes se firent dans une égale amitié.

— Scarlett, viens te joindre à moi, lança Aisling au bout d'un quart d'heure, sa main tapotant la nappe qu'elle occupait dans une invite à s'asseoir.

La rousse vint auprès de la trentenaire et ensemble, elles regardèrent les cinq compagnons se distancer en direction d'un terrain aménagé pour les épreuves sportives. Bien entendu, Keir avait pris le soin de se ressourcer à la bouche de son amante avant et lui avait susurré, l'air chevaleresque :

— Me feriez-vous l'honneur de porter vos couleurs, dame Scarlett ?

Avec l'impression de vivre un rêve, elle s'était mise à rire à gorge déployée, puis avait sorti de son sac en bandoulière un petit foulard en soie vert pistache, pris au cas où une brise se lèverait dans la journée. Elle s'était enfin amusée à l'attacher autour de son poignet.

— Bon courage, mon champion, lui avait-elle soufflé en retour, recevant une fois de plus un baiser chargé de promesses.

Keir pouvait se montrer très affectueux.

Désormais, il se trouvait à plusieurs mètres de distance. La première épreuve était celle du *caber*, un tronc d'arbre de 5 à 6,5 mètres et pesant près de soixante kilos, qu'il est d'usage de lancer en lui faisant faire un demi-tour complet.

Concentrée sur son amant, qui était hissé au centre du terrain avec un tronc d'arbre entre les bras, Scarlett l'épia en écarquillant les yeux. C'était de l'ordre du prodige. Elle était épatée par la tension de ses muscles bandés, la saillie de ses veines et l'effort qui colorait son visage sous le poids du tronc d'arbre. Il fallait le maintenir en équilibre et l'immense bâton de bois menaçait de basculer sur les côtés à tout moment.

Le souffle court, elle pria tacitement pour qu'il n'échoue pas à ce jeu et sentit son cœur caracoler dans son estomac dès qu'il lança le tronc, avec un cri de guerre et une précision épatante.

Le bois fendilla l'air en effectuant un demi-tour parfait, puis se planta dans la terre en appelant les applaudissements. Il dégringola lentement vers l'avant et s'étala ensuite de tout son poids au sol. Keir avait réussi l'épreuve.

Scarlett siffla d'admiration, puis se tourna vers Aisling avec un sourire radieux. Cette dernière lui proposa un sachet de friandises et commenta gentiment :

— Je n'ai jamais vu Keir emmener une femme à tous les Highland Games qu'on a faits ensemble, pourtant je le connais depuis dix ans. Tu es importante à ses yeux. Vous êtes en couple depuis longtemps ?

— Eh bien... nous nous connaissons depuis sept ans et nous ne sommes pas vraiment ensemble.

— Vraiment ? C'est du sexe entre amis alors ? Avec Malcolm, ça a commencé de cette manière. Puis, on s'est séparés, on a trouvé d'autres personnes, avant de réaliser qu'on était faits pour être ensemble.

Aisling la surprit un peu par sa réponse.

— Je doute que ça arrive avec Keir... il ne veut pas se poser.

— Et toi ?

— Oui.

— La plupart des hommes disent ça, mais ils finissent toujours par se poser. J'ai attendu Malcolm quatre ans et aujourd'hui, on est particulièrement heureux ensemble. Parfois, il faut les laisser venir tout seul...

— Vous êtes mariés depuis longtemps ?

— Trois ans. Cette année, on a décidé de traverser les États-Unis à moto avant de rentrer en Écosse pour avoir notre premier bébé.

— J'adore votre projet de voyage.

Scarlett continuait à glaner des informations sur la vie de Malcolm, d'Aisling et sur le groupe que les cinq compagnons formaient. Elle avait ainsi appris que son amant et ses amis avaient l'habitude de prendre un bain de minuit dans le Loch Ness, d'entrer par effraction dans les châteaux abandonnés pour y chasser les poltergeists, ainsi que de se soûler jusqu'à l'aube dans les landes.

— *Dinna fash, Malcolm!* le consola Keir devant son incapacité à faire passer la lourde pierre de 25 kilos au-dessus d'une barre haut placée.

« Ne t'inquiète pas, Malcolm ! »

Voilà ce que venait de dire son amant.

Vint le tour où Keir devait déployer sa force et son endurance dans une épreuve d'apparence simple, mais plutôt ardue. Elle consistait à soulever six pierres naturelles de tailles et poids divers sur des pneus, eux-mêmes disposés sur des tonneaux de bière, et tout cela en un temps limité.

Keir se prépara aux côtés de ses compagnons, assécha ses mains à l'aide de magnésie, puis s'échauffa rapidement les articulations. Quand il tourna la tête en direction de Scarlett, il la vit le contempler et son sourire encourageant lui donna l'envie de porter une montagne sur ses épaules, rien que pour l'impressionner.

Une femme était toujours une excellente motivation.

Au début de l'épreuve, Keir excella et transporta avec plus ou moins de facilité les cinq premières pierres, pesant respectivement 8, 16, 37, 44 et 51 kilos.

Scarlett était sans voix devant sa performance, sa force de héros préhistorique, des âges oubliés. Certes, il était rouge comme un piment, ahanant et transpirant, mais ses muscles brûlaient d'une puissance tellurique.

Quand arriva le moment de porter la dernière pierre, lourde de 84 kilos, Keir manqua fléchir. Il devait peser une dizaine de kilos de plus que son fardeau et ses bras humides de sueur ne l'aidaient pas à maintenir solidement ce tas rocheux contre son torse, d'autant plus qu'il menaçait de rouler sur ses jambes à n'importe quel moment.

— Allez, Keir ! hurla Scarlett depuis sa position, son encouragement se mêlant à ceux de ses compagnons de jeu.

À son teint rouge préoccupant, à la contraction de ses veines sur sa figure, elle crut qu'il allait finir par se pâmer. Mais c'était mal connaître cette tête d'acier à la détermination infaillible.

On ne brisait pas aussi facilement le métal.

Après s'être accroupi avec la pierre dans les bras, sans jamais lui faire toucher le sol au risque de faillir à l'épreuve, Keir reprit une profonde inspiration, puis se redressa tel un menhir qui sortirait par surprise de la terre. Et dans un cri rauque, il souleva son poids énorme jusqu'à le dresser au niveau de son visage avant de le lâcher sur le pneu prévu à cet effet.

Keir avait réussi son épreuve en 00'49 secondes.

— Bravo !

Il y eut des applaudissements de la part du public, parmi lequel Scarlett trépignait de fierté. C'était quelque chose de transporter un poids lourd, mais c'était encore plus laborieux après avoir épuisé ses bras au préalable avec un compteur qui tournait dans votre tête.

Une pause s'imposa dans le parcours des participants et Aisling entraîna Scarlett à sa suite pour les rejoindre. Celle-ci présenta une bouteille d'eau à son amant, puis sortit de son sac en bandoulière un mouchoir en papier, dont elle s'aida pour tapoter son front en sueur.

— Je ne savais pas que tu étais aussi fort qu'un yak, lui souffla-t-elle, l'admiration au fond des yeux.

— J'ai cru que j'allais me briser le dos en deux.

Il la remercia d'un vif baiser au front quand il prit la bouteille, dont il vida le contenu d'un seul trait. Des gouttelettes d'eau s'échappèrent de son gosier et allèrent se perdre dans son cou en glissant avec sensualité sur sa peau.

Scarlett ne perdit aucune miette du spectacle qu'il lui offrait et attendit qu'il finisse de se désaltérer pour se hisser sur la pointe des pieds et lui offrir un baiser d'encouragement.

— Tu es épatant. Où puises-tu toute cette force ?

— Dans ton regard, souffla-t-il contre sa bouche.

— Flatteur.

— Un homme veut toujours épater la femme qu'il convoite, non ?

— Je serai définitivement conquise si tu parvenais à retourner une voiture.

— Le défi semble surmontable.

Sur un dernier baiser coquin, Keir rejoignit à nouveau ses compagnons pour d'autres activités, entre autres le tir à la corde, la lutte écossaise et les courses de vitesse et de demi-fond.

Ces jeux étaient une pure expression de virilité. Un régal pour les spectateurs en général.

Scarlett ne regarderait plus jamais Keir sans l'associer aux troncs d'arbres et aux menhirs.

Sans l'associer à toutes les émotions torrides qu'il lui inspirait.

Seigneur, elle mourrait d'envie de lui ôter son kilt !

Chapitre 16

Le soir

Il régnait dans le pub celtique de la ville une ambiance festive et folklorique, qui n'était pas sans rappeler la soirée dansante de la troisième classe, représentée dans le film *Titanic*. Un orchestre de musiciens occupait l'estrade du bar et faisait danser au son de leurs instruments frénétiques tout un contingent de clients un peu éméchés.

L'atmosphère y était vivace et enfumée. Scarlett s'en grisa à défaut de consommer plus de whisky qu'il ne lui était permis de boire. Keir était présent pour s'assurer qu'elle ne finirait pas la tête dans la cuvette des toilettes et ingérait la liqueur à sa place. Dorénavant, il était assez imbibé de bière et de Single Malt pour s'amuser à déclamer l'indépendance américaine à une assemblée d'ivrognes joyeux depuis le comptoir du bar. Les braillements de ce George Washington ressuscité trouvèrent leur écho parmi des patriotes enfiévrés, qui s'empressèrent de décrocher un drapeau américain du mur pour l'en draper telle une toge.

Keir était un sketch à lui tout seul. Le regarder ne pouvait que susciter hilarité et embarras. Pour le moment, Scarlett se contenta seulement de rigoler.

Elle l'écoutait de loin, isolée dans une encoignure de l'établissement aux côtés d'Aisling, cette nouvelle connaissance dont l'humour simple, la sincérité et la gentillesse séduisaient.

— On va danser ?

Scarlett ne refusait jamais une invitation pareille. Les pieds endiablés, les deux femmes se frayèrent un chemin vers les danseurs, puis agrandirent la ronde tourbillonnante qu'ils animaient. Ce ne fut qu'éclats de rire et mouvements étourdissants.

Bientôt, il fut question de danser une valse écossaise en couple et Scarlett se retrouva prisonnière dans les bras d'un excellent cavalier. Ils ne cherchèrent même pas à connaître leurs prénoms, mais seulement à vibrer ensemble sur la même mélodie.

Tout en pressant le drapeau américain entre ses mains, Keir remarqua sur la piste de danse les balancements d'une longue chevelure rousse. Il n'y avait qu'une femme pour avoir ces cheveux et se repérer à trois kilomètres de distance.

Un peu fatigué par ses discours emphatiques, il descendit du comptoir et s'y appuya en silence, l'œil accaparé par la vision druidique qu'il semblait voir. Il ne manquait plus qu'une robe médiévale pour faire de son amante une vraie fée maléfique, habituée à ensorceler les hommes aux déhanchements langoureux de son corps.

— Ça a l'air d'être une vraie chaudasse…, commenta un camarade de beuverie à ses côtés, dont il ne connaissait même pas le nom.

Le type était grand, costaud, avec un nez busqué et de petits yeux.

Keir jeta un regard oblique à son interlocuteur, un autre verre de whisky dans les mains, qu'il sirotait avec lenteur.

— Qui ?

— La rouquine. T'as vu ses fesses rondes et ses seins ? Je lui brouterais bien l'abricot... tu crois que sa chatte est aussi rousse ?

L'alcool donna à Keir l'impression qu'une lave chauffée à blanc léchait son gosier. Hallucination ou réalité, il lui sembla ensuite qu'un tonnerre frappa son esprit. Cette réaction zébra toute notion rationnelle.

D'un mouvement incontrôlable, il balança son verre encore plein sur la face du type qui reluquait Scarlett. Sa maîtresse.

Le choc du verre et du whisky sur la peau fit beugler le gars, totalement hébété et titubant.

— Sale petit connard de mes deux ! Tu poses encore un regard sur elle et je t'arrache les yeux !

La rugosité de son cri et l'éclat du verre qui se brise au sol alertèrent les personnes alentour, mais pas encore le pub entier.

— T'es malade ou quoi ?! contrecarra le type en touchant son front meurtri, là où il venait de recevoir la consommation de Keir.

Une lueur patibulaire passa dans le regard sombre du type. Il était du genre bagarreur, qui vrillait comme une toupie une fois qu'on le provoquait.

L'instant d'après, Keir recevait un beau crochet qui le propulsa à terre. Un sourire machiavélique se dessina sur son visage balafré. Ça tombait bien, il était aussi d'humeur agressive et la manière dont l'autre homme avait parlé de Scarlett l'avait embrasé aussi prestement que s'il avait été une allumette-tempête.

Les choses sérieuses allaient commencer.

Agile malgré l'ivresse, le militaire se redressa sur ses deux jambes et ni une ni deux, fonça tête baissée vers le bassin du type en le projetant avec lui au sol dans une étreinte brutale. Ses compagnons écossais s'écrièrent et se joignirent à eux. Même les danseurs et les musiciens finirent par remarquer la rumeur à proximité du bar.

Scarlett s'arrêta net de danser et remarqua, les yeux exorbités, son amant et un autre homme s'empoigner avec fougue. Les coups résonnaient comme autant de martèlements mats et des grognements de bêtes sauvages, tissés d'interjections en anglais et gaélique écossais, ricochaient contre les murs.

— Dites-moi que c'est une blague…

Mais alors que Scarlett pensait que cette lutte allait être neutralisée par les autres hommes du bar, elle se rendit compte de l'effet domino qu'une telle scène provoquait. C'était comme la danse.

D'autres hommes prirent exemple sur les belliqueux et déversèrent leur soif de violence en se bondissant dessus pour une empoignade musclée.

Keir avait engendré un conflit généralisé, au milieu de ce petit pub tranquille, où la plupart des joueurs d'Highland Games s'étaient réunis.

Des tables roulèrent au sol, des verres d'alcool se brisèrent, la piste de danse fut envahie par des lutteurs passionnés, faisant fuir les danseurs et l'orchestre, et tout cela fut cadencé au son d'insultes qui fusaient de part et d'autre de l'établissement.

On était passé de la soirée dansante aux écarts romanesques et brutaux d'un saloon de western.

— Je crois que ces mecs n'ont pas fini de se comporter comme des fauves ! railla Aisling, moins offusquée que ne l'était Scarlett.

Elle paraissait même blasée.

— Il faut arrêter ce grabuge ! Ils vont saccager tout le restaurant !

— Keir est champion pour ouvrir ce genre d'offensive.

Scarlett cloua son regard à la silhouette gesticulante de son amant, qui se débattait désormais entre les bras de deux étrangers aussi robustes que lui pendant que son premier adversaire lui assenait un direct au ventre. Keir se plia en deux en grognant de douleur, mais un sourire persistait sur sa bouche quand il se redressa pour reconsidérer son agresseur. Cela semblait un divertissement enfantin pour lui.

Une vraie tête brûlée.

Scarlett roula des yeux, plutôt révoltée par la brusquerie animale des hommes et le brouhaha assourdissant qui cognait jusque dans son cerveau. Ce spectacle était vraiment grotesque. Elle devait absolument ramener Keir dans la chambre de leur hôtel, le pousser sous une douche froide et dégourdir ce corps endolori par un massage thérapeutique.

— Les policiers vont arriver, on devrait sortir le temps qu'ils rafraîchissent leurs élans, décréta Aisling en voulant tirer Scarlett par le bras, mais cette dernière se dégagea de son emprise et marchait déjà entre les meubles renversés pour atteindre l'emplacement où Keir était tenu à la merci de ses trois adversaires.

La jeune femme n'avait pas peur de ces types. Hudson lui avait inculqué les bases d'autodéfense et ses compétences étaient suffisantes pour désarçonner un grand gaillard, surtout quand ses sens étaient émoussés par des verres en trop dans le nez.

Lorsque la rousse arriva à la hauteur du groupe, elle tapota sur l'épaule du gars qui continuait à frapper Keir au torse, ce qui le fit se retourner, puis lui adressa un rictus indescriptible.

— Vous n'avez pas fini de le prendre pour un punching-ball ?

— Occupe-toi de tes oignons !

— Justement, je m'occupe de mes oignons.

L'inconnu était imposant, autant que l'était Keir. Sur l'instant, elle se sentit vraiment défavorisée, mais le mythe de David et Goliath lui revint en mémoire. Il fallait profiter de sa griserie et frapper avec vélocité, juste le temps de brouiller ses perceptions pour traîner Keir jusqu'à la sortie du pub.

Le gars eut un sourire mauvais. L'alcool devait faire ressurgir ses bas instincts. La manière dont il la reluqua avait un je-ne-sais-quoi d'insultant.

— Tu veux qu'on fasse joujou, toi et moi ? la provoqua-t-il.

L'heure n'était plus à la réflexion, mais à l'action.

Dans un mouvement prompt et maîtrisé, elle leva la jambe et administra un coup bien axé dans les parties génitales du type, qui se courba en mugissant de douleur.

— La salope !

L'insulte agaça Scarlett et encouragée par sa fierté de femme, elle brandit cette fois-ci la main pour lui administrer un soufflet à la figure. Il y eut un bruit de craquements d'os. La douleur dut être aussi vive pour le visage de l'étranger que pour ses phalanges désormais en feu.

Nom d'un chien !

Afin de ne pas gémir, elle se mordit la langue, mais grimaça à la floraison de petits picotements autour de ses articulations.

— Scarlett !

Keir grogna. Ses deux geôliers le relâchèrent comme s'il n'était qu'un vulgaire sac de grains et il dut se rattraper à la jeune femme, qu'il manqua de faire tomber sous son poids. Elle le maintint toutefois contre elle en exploitant ses forces, l'aida ensuite à se redresser sur sa paire de jambes engourdies.

L'énergie sollicitée pour les jeux de highlanders et l'abus d'alcool l'ankylosaient. Il n'était bon qu'à aller au lit.

— *Mo chridhe...*, susurra-t-il en humant le parfum de ses cheveux, alors qu'elle le repoussait un peu en arrière afin qu'il retrouve une dégaine soulignée de prestance. Tu sens tellement bon. Huile de ricin, érable... whisky.

— Et toi, tu empestes l'alcool et le tabac. Pourquoi as-tu commencé cette bagarre ?

Son ton était moralisateur. Keir renâcla et se laissa faire quand elle glissa un bras autour de sa taille. Il avait reçu des coups qui lui laisseraient de jolis hématomes et un cocard à l'œil gauche. Rien de grave.

— Un enfoiré m'a dit que tu avais l'air d'une chaudasse et qu'il voulait manger ton abricot. J'ai seulement voulu défendre ton honneur.

Elle dévora son visage de son regard contrarié, puis poussa un soupir.

— Ce n'était pas une raison de le frapper. Regarde les dégâts.

Heureusement, il y avait plus de désordre que de casse. Le pub n'aurait besoin que d'un nettoyage intensif pour retrouver son apparence conviviale et ordonnée.

Keir balaya les lieux d'un œil circulaire. Il haussa les épaules, mi-coupable, mi-satisfait, avant de ronronner :

— J'aime pas quand on parle de toi comme si t'étais une garce. Ce bâtard méritait sa correction.

— Je vois… je crois que je suis supposée remercier le champion fracassant que tu es.

Elle se fit cuisante dans le timbre de sa voix, mais paradoxalement douce dans ses gestes quand elle leva la main pour lui caresser la joue et la cicatrice.

— Avoue que c'était excitant…

Keir recouvra son air fripon. Si Scarlett s'était imposée comme une béquille les premières secondes, elle devint son ancre au moment où il glissait ses mains sur ses hanches pour la plaquer contre lui.

— De te voir charger comme un dinosaure sur tout ce qui portait un kilt et de te prendre des pains ? Moyen, pour tout avouer, ironisa-t-elle.

— Un dinosaure ? Comment tu sais que je chargeais comme un dinosaure alors que tu n'en as jamais vu ?

— Je suppose.

Keir s'esclaffa. Il n'y avait rien de franchement drôle dans la situation, du moins, pas aux yeux de Scarlett. Mais l'ivresse de l'alcool le désinhibait complètement.

Scarlett ravala ses remarques vives et continua à le guider jusqu'à la sortie. En chemin, ils retrouvèrent Aisling et les quatre compagnons de son amant.

— Sacré spectacle, Keir ! Rien de mieux qu'une petite bastonnade avant de dormir, nota Malcolm, que sa femme tançait du regard.

— *Tha !*

— Vous n'êtes que des brutes…, chuchota Scarlett, qui reçut en retour un baiser alcoolisé.

Chapitre 17

Charleston, Caroline du Sud, une semaine plus tard

Scarlett devenait folle quand elle passait devant une vitrine de Victoria's Secret. Comme la plupart des femmes, elle rêvait d'avoir de beaux sous-vêtements, glamour et sexy, à faire fléchir le plus insensible des mâles. Mais à chaque fois, elle désespérait de ne pas avoir la plastique impeccable de Miranda Kerr ou Adriana Lima, et rebroussait chemin, désemparée.

— Tu veux entrer ?

La voix de Keir s'éleva dans son dos et aussitôt, elle cessa de lécher la glace à la cerise qu'elle venait d'acheter au glacier du centre commercial où ils se baladaient, tout à coup soucieuse de sa ligne.

— Je ressors souvent les mains vides. Ça me désespère, parce qu'à chaque fois que je rentre dans ce magasin, je me jure de perdre cinq kilos et de revenir m'acheter l'ensemble de mes rêves, mais j'échoue toujours.

— Qu'est-ce que tu ne sors pas comme conneries parfois, soupira-t-il en levant les yeux au ciel. Je suis sûr que cette guêpière noire t'irait à merveille.

Il désigna un modèle sublime, dentelé, exposé en pleine vitrine, et Scarlett s'en rapprocha, la glace dégoulinant désormais sur ses doigts. Elle ne s'en aperçut pas tout de suite, trop absorbée par la contemplation de la pièce évoquée, s'imaginant la porter avec des talons aiguilles.

— Si je t'offre cette guêpière, tu la mettras pour moi ce soir ? Je suis certain qu'il y a aussi des masques vénitiens à l'intérieur...

Keir s'était matérialisé à ses côtés et venait de lui ôter la glace des mains, qu'il remplaça par un mouchoir afin qu'elle puisse essuyer ses doigts. En attendant sa réponse, il goûta à sa nouvelle douceur, nullement préoccupé pour son IMC.

Scarlett glissa un coup d'œil dans sa direction, soudain convaincue par ses mots et charmée à la perspective de lui faire plaisir en jouant les déesses de podium. Elle s'attarda également sur le jeu sensuel de sa langue autour de la glace à la cerise et eut l'envie irrépressible qu'il l'embrasse ici, au milieu de ce grand corridor.

— Je porterai tout ce que tu voudras, à part du latex et un costume de poulet ou de homard géant, répliqua-t-elle, l'œil reluisant de connivence.

En deux semaines de cohabitation, la relation des deux amants s'était spontanément équilibrée grâce à leur sens de l'humour et leurs complémentarités cachées. Sans surprise, ils continuaient à se quereller sur des broutilles, à se provoquer de façon chronique, mais c'était leur manière habituelle de se découvrir et de mieux s'apprécier à mesure que les jours s'écoulaient.

Lorsque Scarlett travaillait à l'hôpital, Keir en profitait pour réparer ou rénover des choses chez elle, passant aussi son temps à faire du sport et poursuivre ses séances de réadaptations avec les soignants de l'hôpital militaire de Beaufort. Séjourner chez la jeune femme facilitait sa reprise physique et lui donnait l'opportunité de voir plus régulièrement John et Lex, qu'il rejoignait de temps à autre dans les deux bases militaires de la petite ville.

Mais si le marine restait plus longtemps chez Scarlett, ce n'était plus uniquement pour la surveiller et faciliter sa rémission physique. C'était désormais une question de pur plaisir. Ni l'un ni l'autre ne voulait prendre ses distances et lorsqu'ils se retrouvaient, plus rien d'autre n'existait pour eux que leur désir mutuel. Pendant les temps libres, ils se consacraient entièrement à l'amour et aimaient paresser au lit.

Contre toute attente, Scarlett se révélait la partenaire dont Keir avait toujours rêvée, autant sur le plan physique que sur celui de la personnalité. Elle pouvait se révéler docile et rebelle en même temps, candide et audacieuse, tendre et passionnée.

Plus elle apprenait à ses côtés, plus elle gagnait en maturité et plus son charme l'asservissait.

Elle devenait dangereusement irrésistible.

— OK. Précède-moi, je vais jeter la glace.

Scarlett l'observa s'éloigner en direction d'une poubelle. Des passantes se tournèrent avec discrétion sur la carnation de Keir, particulièrement bien ciselé grâce aux entraînements militaires et à ses activités ancestrales. Le jeu de ses muscles sous la barrière de son jeans et son t-shirt blanc avait quelque chose d'injuste tant il était attractif.

Ce type était un réservoir de testostérones ambulant et Scarlett s'étonnait toujours de savoir qu'il était son amant, depuis plusieurs jours qui plus est. Un record pour un homme qui avait la réputation de partir avec l'aube à chaque fois qu'il couchait avec une femme.

Un vrai dieu sauvage.

Scarlett s'administra une gifle mentale. L'état végétatif auquel il la réduisait ne devait pas triompher de sa force de raisonnement. Elle s'exhorta à plus de sang-froid et s'empressa de pénétrer dans la boutique Victoria's Secret. Là, se trouvaient des femmes d'âges et de silhouettes variés. Certaines étaient mûres aux formes épanouies, d'autres resplendissaient de jeunesse et semblaient aussi sculpturales que la ribambelle de mannequins exposée sur des posters muraux.

Scarlett se perdit vers un rayon de strings polychromes, osés et de couleurs si vives qu'elles en piquaient les yeux.

— Que dirais-tu d'un string rose fluo ?

Elle virevolta sur ses talons et découvrit Keir, attentif aux pièces qui se présentaient à son regard.

— Le rose fluo irait parfaitement à une blonde... ou un blond, répliqua-t-elle, taquine.

— Vert, alors ?

— Trop flashy.

— Rouge. Ça passe partout, pour toutes les femmes.

— Pourquoi pas...

— Sinon, tu as le motif tigré, remarqua-t-il sans dissimuler son amusement. Il n'y a pas une petite queue pour donner du relief au string ?

— Tu devrais soumettre l'idée aux stylistes.

— Ça t'irait à ravir.

— Je te retourne le compliment.

— Bonjour, madame, monsieur, intervint une vendeuse au sourire professionnel, qui s'était rapprochée d'eux pour leur présenter un panier. Je peux vous aider ?

— Vous n'auriez pas ce string tigré en 38 et la guêpière noire de la vitrine à la même taille, s'il vous plaît ? Avec un bonnet de 95 C. Cette femme a besoin de faire ressortir la déesse qui est en elle.

Le teint de Scarlett tourna au rouge écrevisse sous les sourires de son amant et la vendeuse.

— Bien sûr, je vais vous chercher ça.

Une fois la vendeuse partie, elle se retourna vers Keir et observa :

— Tu as l'air de t'y connaître en sous-vêtements.

— J'ai seulement remarqué tes mensurations sur les étiquettes de tes vêtements.

— J'aurais presque pensé que tu faisais ce genre de shopping avec tes autres maîtresses.

— Aucune n'a jamais eu ce privilège avant toi.

— Prétentieux, plaisanta-t-elle en s'éloignant vers un comptoir où des accessoires sexy, tels des masques vénitiens, des foulards, des parfums aphrodisiaques et des gels parfumés, étaient exposés.

Dans un geste délicat, elle saisit un loup en dentelle noire, le porta à ses yeux et se regarda à travers une psyché érigée à proximité. L'objet glamour lui donna sitôt un air de courtisane italienne et la fit sourire de délice.

— On le prend, c'est impératif, vibra la voix de Keir en apparaissant dans le miroir, derrière elle.

— Je pensais la même chose.

Des étoiles d'or ennoblissaient le vert clair de ses yeux en amandes, bordés de ce ravissant masque érotique, qui nourrirait ses fantasmes pendant qu'il la prendrait fervemment cette nuit.

Quand la vendeuse revint vers eux avec les articles désirés, Keir régla leurs achats, puis entraîna Scarlett dans une autre partie du centre commercial. Ils s'y attardèrent encore deux heures et la jeune femme fut intriguée par le sac en papier qu'il tenait en la rejoignant, après avoir fait des emplettes dans une boutique où elle ne l'avait pas suivi. Cependant, elle ne lui posa aucune question.

Ensemble, ils regagnèrent Blue Coco garée sur le parking et s'y installèrent. Keir fit pencher l'automobile sous son poids et se trouva terriblement à l'étroit dans son habitacle. Scarlett avait insisté pour la prendre, désireuse de lui prouver qu'une petite Coccinelle était autant capable de parcourir des miles que son pick-up bestial.

— J'ai l'impression de glisser dans un tonneau de rhum, grogna-t-il en bouclant sa ceinture de sécurité.

— De toute façon, aucune voiture ne vaut la tienne pour toi.

Scarlett mit le contact et démarra.

— Ne pleure pas si on tombe en panne.

— Blue Coco est robuste.

Et très peu assortie à Keir. C'en était presque désopilant de le voir se tortiller sur son siège en occupant la moitié de l'espace.

— Je suis sûr que si on baise à l'arrière, ses pneus finiraient par dégonfler.

— On ne tentera pas l'expérience.

Keir tiqua et se permit de tripoter le poste de radio.

— Qu'est-ce que tu veux écouter ?

— Quelque chose d'apaisant.

Après avoir fait défiler plusieurs extraits de musiques, il s'arrêta sur la chanson *Knockin' on Heaven's Door* de Bob Dylan.

Chapitre 18

Craven street, Beaufort, le soir

Un vinyle de morceaux joués au saxophone tournait dans le gramophone vintage de Scarlett. C'était idéal pour instaurer dans son salon une ambiance propice à l'érotisme, soulignée par le voile de lumière ambrée, plutôt tamisée, que diffusaient deux lampes de chevet.

— Approche.

La jeune femme obéit à Keir et pénétra dans la pièce au rythme langoureux d'*Ain't no Sunshine*. À peine fit-elle son apparition qu'un sifflement admiratif accompagna les notes musicales. Son accoutrement inhabituel était la raison de ce désir vorace qui miroitait dans les pupilles dilatées de son amant.

Escarpins rouge sang, guêpière glamour et bas noirs transparents attachés aux porte-jarretelles, sans omettre le masque vénitien qui dentelait avec séduction un visage aux lèvres carmins, Scarlett avait la sensation d'être un aphrodisiaque vivant, pareille à Sophia Loren sur le point de faire son strip-tease dans *Ieri, Oggi, Domani*.

— Tu aimes ? lui demanda-t-elle d'une voix agui-cheuse, qu'elle s'était entraînée à adopter sous la douche pour paraître plus fatale.

— Tu es la reine des Enfers.

Keir lui avait acheté des escarpins en secret et les lui avait laissés au pied du lit pendant qu'elle se préparait à le rejoindre sous ses atours les plus audacieux.

— Je suis ta créature, ajouta-t-elle en arrivant à sa hauteur.

Déjà nu comme un ver, il se trouvait au centre de la pièce et l'admirait dans sa démarche, l'œil sombre de désir. Les yeux de Scarlett ressortaient merveilleusement bien entre les dentelles du masque noir et semblaient briller telles deux gemmes vertes dans la roche d'une mine. Il voulait rester cloué à cette place et les contempler jusqu'à la fin de la nuit, mais quand elle battit ses longs cils auburn, le signal pour l'embrasser résonna dans son corps tout entier. Il avait besoin de la goûter.

Dans un élan énergique, il prit son visage en coupes entre ses mains et posséda sa bouche rouge sans concession. Leur baiser se fit charnel et âpre. Scarlett dut se retenir à ses épaules dès qu'il glissa ses bras autour de son corps pour la soulever contre lui, sans jamais interrompre leur exploration buccale.

Ce moment sembla durer indéfiniment...

— J'ai des surprises pour toi, chuchota-t-il ensuite en se dirigeant vers le fauteuil grenouille rose poudré du salon, en accord avec la méridienne pourpre.

L'instant d'après, Keir l'installait dessus, lui ôtait sa petite culotte noire, le seul vêtement dont il voulut se débarrasser, puis plaça ses chevilles sur les accoudoirs du siège matelassé, écartant ainsi généreusement ses cuisses sur sa féminité brûlante, déjà reluisante de son essence, de cette ambroisie dont il voulait s'abreuver avec ivresse. Mais pour l'instant, place aux préliminaires, au spectacle érotique dont elle devait être la protagoniste et l'inspiratrice.

— Qu'est-ce que tu me réserves, Keir ?

Elle le regarda, les yeux embués d'excitation quand il fit quelques pas vers la table basse et sortit d'un sac en papier, tel un magicien de son chapeau abracadabrantesque, deux objets exotiques, qu'elle n'avait jamais vus ou touchés de toute sa vie ; en premier, elle reconnut un vibromasseur à la forme d'un pénis bleu ciel, plutôt réaliste, puis s'intéressa à la gaine rose translucide, semblable à un préservatif très solide et muni de reliefs étranges, dont elle ne connaissait absolument pas la fonctionnalité.

Comme elle regardait l'objet rose avec étonnement, il l'informa :

— Il s'agit d'un doigt chinois, une gaine qui s'adapte aussi bien à un doigt qu'à un pénis. Il est muni de picots et de reliefs pour stimuler encore plus le clitoris et le vagin. C'est un accessoire simple et parfait pour pimenter encore plus les rapports. D'ordinaire, je ne suis pas un grand adepte des joujoux, mais celui-là me plaît bien.

— Et le vibromasseur ?

— C'est pour que tu te masturbes devant moi et que tu ne t'ennuies pas lorsque tu seras seule.

Scarlett ne put s'empêcher de pouffer de rire, tiraillée par le plaisir croissant et l'hilarité.

— C'est généreux de ta part de penser à mes futurs moments de solitude.

— Au cas où ton pompier ne serait pas à la hauteur, le vibromasseur est une valeur sûre.

— Plus sûre que la tienne ?

— Il ne faut pas abuser.

Un autre rire la saisit tandis qu'il lui adressait un sourire en coin, actionnant en même temps le vibromasseur avant de le lui tendre. Elle l'attrapa d'une main ferme, sentit l'objet vibrer entre ses paumes et l'approcha un peu plus de son visage afin de mieux l'étudier.

— Je veux que tu le mettes en toi et que tu te donnes du plaisir, tout en me regardant.

Elle rosit sous son masque et arqua l'un de ses sourcils, l'expression à la fois impressionnée et taquine.

— Tu aimes regarder une femme se... masturber ?

— Tu peux pas savoir combien c'est excitant. Ça l'est autant pour une femme qui reluque un homme pendant qu'il se touche. Je veux qu'on commence étape par étape ce soir, qu'on se donne du plaisir visuellement avant de s'emboîter.

— Je vois... c'est tellement intime.

— Le masque est là pour te désinhiber un peu, mon cœur. Fais ressortir la femme extrêmement sensuelle que tu es...

— C'est le même principe qu'avec toi ? murmura-t-elle en rapprochant dangereusement le vibromasseur de son vagin exposé, plus fascinée qu'elle ne l'aurait pensé par cet objet.

— Même principe.

Elle consentit d'une approbation de la tête, l'air de dire que cela semblait facile, puis enfouit le bout vibrant à l'orée de son intimité, gémissant ainsi de surprise et de délices sous la sensation nouvelle que cela provoquait. Elle ne s'était pas attendue à ce que l'engin soit réglé aussi fort.

— Ça provoque des chatouilles... j'ai envie de rire.

— Mets-le plus profondément.

Keir alla se poster à un mètre de là, sur la méridienne d'en face, son sexe soumis à une semi-érection devant le spectacle de ce corps merveilleux, docile, offert, qui se tendait déjà vers le plaisir.

— Vas-y, *mo chridhe*.

Scarlett baissa les yeux vers le vibromasseur, puis bougea son bras pour l'introduire plus profondément dans sa féminité. Un sanglot de félicité échappa à ses lèvres durant toute la longue pénétration, alors que ses cuisses se crispaient en essayant de rester parfaitement écartées.

— Regarde-moi, ordonna Keir, les pupilles dilatées et la voix enrouée par le désir qui grossissait à vue d'œil.

Scarlett obtempéra en levant son visage devenu rose, un peu tendu par les spasmes qui assaillaient délicieusement son ventre. Elle aussi avait les yeux obscurcis par le plaisir. Sa bouche rouge s'ouvrait même sur des gémissements sonores à mesure que sa main imprimait des va-et-vient langoureux.

— Keir... ah... oui... c'est trop bon...

Ses hanches se calquaient aux pénétrations qu'elle imprimait avec plus de vivacité, dirigeant tantôt son regard sur la verge électrique qui la fouillait de l'intérieur, tantôt sur le visage moite de son amant, lequel s'était emparé de son sexe raide, dur, vibrant, rien que pour se masturber en la contemplant.

Lui aussi exhalait des soupirs éloquents, des grognements qui la firent trembler.

— Scarlett... tu es magnifique... imagine que c'est moi... je te possède, sauvagement...

Il la vit se tordre sous l'émergence du premier orgasme de la soirée, qui s'épancha autour du gadget magique, le long de ses cuisses et même sur ses doigts pendant qu'elle hurlait son nom. Ensuite, il l'observa retirer le vibromasseur reluisant de son essence et plaquer sa main sur son sexe, comme pour jauger l'étendue de son plaisir. Un sourire de béatitude habilla ses lèvres quand la jeune femme constata le niveau de son humidité.

Alors qu'elle refermait lentement ses cuisses cotonneuses sans jamais le quitter des yeux, Keir abandonna son sexe puissamment dressé, puis saisit la gaine rose aux picots pour la glisser sur son index. Il la rejoignit en quelques pas, rigide, sur le point de rompre la barrière de ses plaisirs à son tour.

— Mets-toi debout et penche-toi vers l'avant en te retenant au dossier du fauteuil.

Scarlett ne se fit pas prier pour exécuter ses ordres et l'attendit dans la position souhaitée, lui offrant désormais une vue splendide sur sa croupe charnue, toute laiteuse, tandis que l'intérieur de ses cuisses disparaissait sous la protection des bas sensuels, retenus par des jarretelles qu'il rêvait de faire exploser. Mais que dire de son buste recouvert de la guêpière Victoria's Secret ?

— Tu ne sais pas combien tu me rends fou… tes fesses sont tellement belles. J'ai envie de les croquer.

Et Keir de s'agenouiller entre ses cuisses pour planter ses dents dans la chair ferme de son postérieur, avec une douceur érotique, avant d'explorer l'intérieur de sa vulve du bout de sa langue.

— Keir ! hurla-t-elle en demeurant à grande peine immobile.

La jeune femme se cambra davantage sous les vibrations que provoquait cet assaut lingual, lui offrant ainsi un meilleur angle d'exploration.

— Mmm… délicieuse…, susurra-t-il en la pénétrant de toute sa langue, provoquant un bruit de succion si voluptueux qu'il la sentit se contracter. Je pourrais te dévorer des heures entières...

— Aaah... oui... tout ça est à toi...

— J'espère bien.

Après l'avoir butinée une minute, un temps suffisant pour qu'elle pense réatteindre l'orgasme, il finit par se redresser de toute sa hauteur et se poster derrière elle pour lui écarter les cuisses et placer sa verge à l'entrée de sa féminité.

— Prends-moi dans ta main et guide-moi jusqu'à ta fente.

Elle détacha un bras du fauteuil, le tordit dans son dos et avec l'aide de son amant, empoigna l'épaisse hampe de chair avant de l'introduire elle-même dans son intimité. Le contact de leurs deux sexes leur arracha des gémissements, de plus en plus étirés selon la façon dont elle l'aspirait tout entier.

Impatient, Keir s'ancra en elle avec un vigoureux coup de reins, s'agrippant à ses hanches pour ne pas chavirer alors que Scarlett reprenait fermement appui sur le dossier du fauteuil.

— C'est la fournaise chez toi, *mo chridhe*...

En guise de réponse, elle effectua un lent va-et-vient qui les fit frémir jusqu'à la plante des pieds.

— Vilaine... tu veux me faire jouir maintenant ?

— J'ai envie de perdre le contrôle, de te sentir au plus profond de moi...

La belle amante se cambra davantage en creusant la colonne vertébrale et il la posséda jusqu'à la garde, en même temps que son index gainé s'aventurait sur son clitoris pour le flatter de caresses. Elle cria à la griffure légère des chatouillis nerveux et se trémoussa en même temps, donnant ainsi le ton aux pénétrations intenses de leur étreinte.

Plus les secondes défilaient, plus les frottis clitoridiens se faisaient frénétiques et plus les coups de boutoir devenaient intenses, terriblement délicieux.

Dans une pause, Keir trouva le courage de rassembler les longs cheveux de Scarlett, de les enrouler autour de son poing et de l'inciter à se redresser en tirant dessus, sans trop de force, avec assez de fermeté pour la maintenir solidement contre lui. Ils reprirent la cadence de leur étreinte et y mirent davantage d'énergie.

— Ah, putain ! hurla-t-il au moment où leurs deux corps basculèrent en avant, Scarlett totalement plaquée contre le fauteuil, sa poitrine écrasée sur le dossier, tandis que Keir abandonnait son clitoris pour s'appuyer sur un accoudoir et continuer les allers-retours.

Néanmoins, la position devint vite inconfortable et Keir dut attraper Scarlett à la taille, la soulever en les séparant une poignée de secondes, le temps pour lui de s'affaler sur le siège pendant qu'il plaçait la jeune femme sur son pénis, assise dos à lui et libre de le chevaucher à son rythme.

— J'ai envie de voir ton visage, le supplia-t-elle en se redressant, flageolante et courbaturée, son sexe quittant celui de Keir quand elle se retourna pour lui faire face et s'installer à califourchon sur ses jambes.

Il l'aida à réintroduire sa verge dans son fourreau de chair tendre, puis maintint fermement ses cuisses surélevées et écartées tandis qu'elle basculait un peu en arrière, ses mains agrippant ses jambes à lui, au-dessus de ses genoux, afin d'y prendre appui.

Là, les yeux dans les yeux, profondément ancrés l'un dans l'autre, ils reprirent leur danse sensuelle et se délectèrent du spectacle érotique de leurs deux sexes à chaque fois qu'ils s'emboîtaient.

— Keir... plus fort !

Mais il ne pouvait pas se permettre de la fourrager plus rapidement, au risque de briser le fauteuil sur lequel ils faisaient l'amour. Déjà qu'il entendait les pieds du siège grincer sous leur poids...

— J'adore voir ton corps rosir à l'approche de l'orgasme...

Scarlett s'imposait comme une déesse de l'Amour, rose de délice, les yeux émerillonnés et les cheveux si longs qu'ils tombaient dans son dos à la façon d'un voile de soie fauve. Le masque cachait malheureusement ses éphélides, si vivantes et lumineuses sur son visage de poupée celtique, mais lui conférait en même temps une part de mystère excitante. Comme si elle avait été quelqu'un d'autre.

Quant à sa bouche rougie par la morsure des baisers, elle s'épanouissait telle une rose à chaque gémissement exhalé.

— Ça arrive...

Scarlett déployait une énergie et une générosité incroyables dans le domaine sexuel, troquant sa nature un peu farouche pour une créature de feu et de volupté, ardente, investie, qui promettait souvent la plus belle des récompenses amoureuses.

Sans jamais décliner, elle continuait à creuser les hanches, à répondre éperdument aux coups de reins magistraux qu'il lui infligeait sans répit.

— Ma diablesse...

Finalement, Scarlett hoqueta sous l'intensité de l'orgasme qui la propulsa vers une brume sensorielle dont elle revint morcelée, en même temps que Keir gémissait et libérait dans une giclée puissante la plus grisante des sèves... sa semence explosa dans l'abri de son vagin, atteignit le cœur de son ventre avec une virulence et une chaleur qu'elle n'avait pas anticipées jusque-là, toujours en l'inondant de plaisir.

Même Keir s'étonna encore du touché de sa peau la plus intime contre celle d'une femme, de leurs deux semences mêlées, de la sacralité de cette union bestiale, originelle.

C'était tellement délicieux de pouvoir se répandre dans un écrin aussi beau que Scarlett, de l'aimer sans barrière.

Bon sang, c'était aussi dangereux de se laisser aller à tant de félicité...

Harassée par le ressac de sensations qu'il venait de lui infliger, Scarlett se redressa en parvenant à resserrer ses cuisses autour de lui, son torse se plaquant contre le sien quand il l'attira dans ses bras pour lui imposer un baiser torride et empreint de reconnaissance.

— Je n'ai jamais rien connu d'aussi bon... Je me sens tellement bien.

— J'ai plus envie de sortir, grogna-t-il contre sa bouche avec sincérité. J'ai envie de rester là, en toi, et de ne plus compter les jours qui passent.

— Mmm... je ne sais pas si je vais réussir à te supporter aussi longtemps, le nargua-t-elle en feignant de se retirer, mais il la fit se rasseoir sur son sexe encore érigé. Eh bien, tu ne voulais pas qu'on fasse le 69 ?

Époumoné, également rouge d'effort et recouvert de sueur, il la couva d'un œil espiègle et lui demanda, tout en enfonçant délicieusement ses ongles dans la courbe de ses fesses.

— Dis-moi, qu'est-ce que tu prends comme vitamines à l'hôpital pour être toujours en forme ?

Chapitre 19

Deux jours plus tard, en pleine nuit

Le visage de Scarlett bascula sur le côté sous l'âpreté d'une gifle. Un peu désarçonnée par ce coup et la douleur piquante qui fourmillait sous sa joue, l'infirmière n'en demeura pas moins professionnelle et ferme.

— En voilà une manière de se comporter en société, ironisa-t-elle à l'adresse d'une femme que des policiers venaient de ramasser dans les rues de Beaufort, en état d'ébriété.

— Va te faire foutre, espèce de petite merdeuse ! M'en fous de comment je dois me comporter en société !

La nouvelle patiente était une quadragénaire au sang échauffé par son abus d'alcool, qui se démenait comme une possédée entre les bras de Heather et Scarlett pendant que le docteur Nicole Cusack tentait de l'examiner au milieu d'un box de soins.

— Elle est à 4,16 g/l dans le sang. On va devoir l'hydrater et lui administrer un tranquillisant.

— Je crois qu'elle s'est droguée. Madame, vous consommez des stupéfiants ? demanda Heather, qui reçut en réponse un coup de poing en pleine poitrine.

La seconde infirmière en eut le souffle coupé et lâcha sa prise en même temps que Scarlett recevait un coup de coude aux côtes. La patiente était de corpulence musclée, grande, et ne se montra pas moins violente avec Nicole, qu'elle dépassait d'une tête et envoya au tapis en une bousculade.

— Il faut la rattraper ! hurla Nicole en voyant la dame se précipiter vers la porte du box, bientôt talonnée par Scarlett et Heather.

— Mais quelle furie ! Je crois qu'elle est sous l'emprise d'un stupéfiant... maintenant, à savoir lequel ! lâcha Scarlett en sortant dans le couloir au pas de course, ameutant sur son passage d'autres soignants pour leur venir en renfort.

Malgré son ivresse, la quadragénaire courait vite et rossait toute personne qui tentait de la rattraper. Sur son passage, elle renversa un charriot de soins, fit trébucher un autre patient, qui en perdit sa poche de perfusion dans la chute, puis déboula comme une fusée dans les escaliers menant aux étages supérieurs de l'hôpital.

— Elle monte dans les étages ! Prévenez les autres services ! ordonna Scarlett à ses collègues, carburant autant que le lui permettaient ses crocs.

À plusieurs reprises, la jeune femme avait manqué trébucher, mais elle n'en démordait pas. La course poursuite semblait devenir l'un de ses passe-temps favoris en l'espace de quelques semaines et ce n'était pas ce qui lui déplaisait le plus. L'adrénaline qui affluait dans son sang à chaque fois qu'elle se retrouvait dans ce genre de situations était tellement exaltante. Cela cassait la monotonie du quotidien et c'était bien pour des imprévus pareils qu'elle avait choisi de travailler aux urgences.

Une fois que Scarlett atteignit l'étage supérieur, la silhouette trapue de la patiente réapparut dans son champ de vision.

— Arrêtez-vous !

Son injonction avisa des soignants et des patients, dont la plupart sortirent des pièces où ils se trouvaient afin d'observer, les regards écartés de stupeur, le spectacle qui se jouait en direct dans les corridors aseptisés.

Bientôt, trois hommes firent barrage devant la femme démenée et parvinrent à la capturer dans leurs bras solides. Scarlett ralentit la cadence, soulagée de découvrir, à quelques mètres d'elle, Erik et deux de ses collègues. Instantanément, leurs yeux se soudèrent et la jeune femme fut prise par l'envie irrésistible de lui sauter au cou, par amitié et tendresse. Toutefois, elle n'osa pas. Ce n'était ni le moment ni le lieu.

— Ôtez vos sales pattes ! tempêta la dame, mais la sentinelle de pompiers s'avérait plus compacte que celle des infirmières.

La quadragénaire se débattit encore en poussant des vociférations assourdissantes, puis finit par s'épuiser elle-même.

— Merci d'être là, les gars, lança Scarlett au moment où d'autres infirmiers et des policiers les rejoignaient.

— On va être obligés de vous remettre les menottes, madame, menaça un policier.

Pendant que d'autres personnes prenaient en charge la patiente, Scarlett en profita pour se rapprocher d'Erik, un peu timide, mais vaillante.

— Salut. Ça fait longtemps que je ne t'ai pas vu.

Depuis le soir où elle lui avait avoué son attirance pour Keir.

Les yeux bleus se posèrent sur son visage rosi par l'effort et une étincelle de douceur se mêla au ressentiment qui le tenaillait toujours.

Ils se décalèrent un peu sur le côté, désireux de ne pas être entendus par des oreilles indiscrètes.

— Normal, je t'évite.

— Je n'aime pas être en froid avec toi.

— Pourquoi tu ne m'as pas appelé depuis tout ce temps, alors ? Keir t'a laissée, donc tu essaies de combler le vide ?

Scarlett fut lardée par son venin, toutefois elle ne put lui en vouloir réellement d'être aussi désagréable.

— Je n'essaie pas de combler le vide. Tu es mon ami.

— Ça fait deux semaines que tu me délaisses pour lui. Si tu voulais vraiment passer du temps avec moi, tu m'aurais contacté toi-même. Mais il a l'air d'accaparer toute ton attention.

Puis, sans permettre à son interlocutrice de se défendre, il enchaîna avant de s'éloigner :

— On est en service. Ce n'est pas le moment d'en parler.

Keir était assoupi dans la chambre de Scarlett quand il sentit la caresse d'une bouche sur sa nuque, là où apparaissait la petite cicatrice de leur première rencontre.

— J'adore te retrouver dans mon lit, tout nu et prêt à assouvir tous mes fantasmes de femme en rentrant à la maison.

Ce chuchotis sensuel glissa dans son oreille en lui administrant une décharge de désir. Une érection commença à poindre contre le matelas alors que les muscles de son dos se tendirent. Il était allongé sur le ventre, les draps tirés jusqu'aux fesses et la tête à moitié enfoncée dans le confort d'un coussin.

— Je suis devenu ton esclave sexuel, marmonna-t-il.

Le corps de la jeune femme coulissa sur le sien comme elle s'installait à califourchon sur son dos et au contact de sa chaleur la plus intime, il devina sa nudité. Scarlett était aussi brûlante qu'un fer chauffé à blanc et pour cause, cela faisait quelques jours qu'ils n'avaient pas pu s'adonner à leur hobby préféré en raison de sa période de menstruations. Cette continence forcée n'avait fait que décupler leur appétit.

— Tu m'as entendue rentrer ?

— Oui.

Quand l'infirmière était d'astreinte la nuit, elle rentrait aux alentours de 8 heures du matin, mangeait son petit-déjeuner et fonçait se doucher avant de dormir. Mais depuis qu'il occupait sa demeure, le repos se décalait volontiers pour une parenthèse de luxure.

— J'ai eu une nuit épouvantable. Heureusement que j'ai posé cinq jours.

— Cinq jours ? C'est idéal pour faire une petite escapade.

— Oui... mais avant ça, j'ai besoin d'une étreinte réconfortante, tendre..., minauda-t-elle en parsemant d'autres baisers sur sa nuque, particulièrement sur cette balafre dont elle était honteuse.

Il ferma les yeux de délice et soupira d'aise en enfonçant davantage son visage dans l'oreiller, imprimant au burin le souvenir de cette sublime déférence.

— Tu es la seule femme à avoir marqué ma peau de son sceau. Tu avais déjà de la poigne, feu follet.

— Disons que je suis capable de me défendre toute seule, susurra-t-elle contre sa peau en même temps que ses doigts glissaient sur ses cheveux blonds, si doux et courts sous sa paume.

— J'adore quand tu es câline, ça me change des coups.

Scarlett continua à parsemer sa tête de baisers jusqu'à descendre sur la face de son visage exposée à sa bouche, baisant sa paupière close, sa pommette, la ligne de son nez, la fossette frémissante qui apparaissait sous l'étirement d'un sourire que ses yeux voyaient à moitié, puis sur la commissure de ses lèvres.

— Tu n'es pas épuisée ?

— Non.

— Mon Dieu, je commence à me faire vieux, grogna-t-il avant de bâiller à s'en décrocher la mâchoire. Tu ne veux pas qu'on dorme un peu avant ?

— Quel fainéant... je suis sûre que tu bandes déjà comme un bouc.

Un rire tonique roula dans la poitrine de Keir en la secouant un peu.

— Tu veux voir ?

— Je veux surtout sentir.

Cette fois-ci, les brumes du sommeil se dissipèrent définitivement. D'un mouvement leste, il se retourna en la faisant basculer sur le matelas, lui arrachant ainsi un rire excité, et la domina de tout son corps.

Elle avait des yeux lourds de fatigue, mais tenait absolument à faire l'amour. C'était tout Scarlett. Inépuisable, ardente.

— Petite dévergondée...

Leurs lèvres se magnétisèrent, leurs intimités se frottèrent et Scarlett écarta largement ses cuisses afin qu'ils puissent s'emboîter, un soupir de bien-être et de soulagement au bout des lèvres.

— Ça faisait longtemps, *mo chridhe*..., souffla-t-il, sa bouche sillonnant sa peau de baisers en même temps qu'il la besognait avec lenteur.

— Ah... en effet...

Scarlett se raccrocha à tous ses muscles en l'aspirant profondément en elle et oublia dans ses bras les contrariétés et la tension accumulées au travail.

Chapitre 20

Le lendemain

L'aube s'élançait dans le ciel en semant sur son passage des voiles de lumières mauves, orangées et dorées. Ces couleurs chaudes et douces s'infiltrèrent dans la chambre de Scarlett en nimbant la pièce de clarté tamisée. Leurs reflets s'accrochèrent aux courbes des deux corps étendus sur le lit à baldaquin, silencieux et étroitement enlacés.

Alanguie sur le torse de Keir, ses jambes entremêlées aux siennes, sa tête lovée contre sa poitrine, Scarlett évoquait une druidesse donnée en sacrifice à une divinité païenne, repue de plaisir et merveilleusement tentante. Le masque de candeur qui habillait son visage paisible n'était qu'un leurre pour mieux attraper son amant dans ses rets.

Les paupières paresseuses, Keir n'en admira pas moins la beauté de son amante, la paix qui reluisait sur son teint de pêche en irradiant tous ses traits. Comment cette créature fraîchement déniaisée parvenait-elle à se transformer en diablesse indomptable pendant l'amour ?

Keir glissa ses mains dans le champ de mèches rousses en fermant les yeux pour savourer ce moment de plénitude et l'imprimer dans son esprit. En retour, il la sentit se remuer, les sourcils froncés, comme si son sommeil était troublé par un mauvais rêve.

— Keir ?

— Salut, *mo chridhe,* ronronna-t-il en rouvrant les paupières pour l'admirer se redresser et croiser son regard brumeux. Bien dormi ?

— Peu dormi, mais de beaux rêves, souffla-t-elle avant de bâiller derrière sa main et se rallonger sur lui, visiblement déterminée à se prélasser encore des heures.

— Scarlett, il va falloir se lever.

— Il est 6 heures du matin...

— Il faut qu'on sorte tôt aujourd'hui, car j'ai réservé un dîner pour 21 heures à Key West et comme c'est à plus de dix heures de route d'ici...

Scarlett se redressa dans un bond et battit plusieurs fois des paupières, un peu hébétée par ce qu'elle venait d'entendre.

— Un dîner à Key West ? C'est une plaisanterie ?

— C'est une info sérieuse.

— Mais... je ne me suis pas préparée à faire de voyage...

— Pas de panique, tout est déjà réglé, la rassura-t-il avec douceur. Toi, tu n'as qu'à jouir du petit séjour que je nous ai concocté. Maintenant, si tu le veux bien, tu vas courir prendre un petit-déjeuner et te préparer. On partira d'ici à 7 heures pétantes.

Le cœur en liesse, Scarlett émit un petit cri de joie hystérique, puis se pencha vers lui pour prendre son visage à pleines mains et le gratifier d'un baiser intense.

— Je t'ai déjà dit que tu étais l'homme le plus surprenant et romantique que je connaisse ?

— Je ne suis pas romantique, réfuta-t-il en égarant ses lèvres sur le dessin de sa mâchoire, avant d'atteindre sa jugulaire, qu'il palpa sous sa langue. Je suis romanesque.

Elle s'esclaffa en ployant son cou sous l'instance des baisers qu'il faisait désormais pleuvoir sur sa peau, jusqu'à son épaule.

— Tu prépares ça depuis combien de temps ?

— Depuis hier, quand tu m'as dit que tu avais posé cinq jours. On part pour quatre jours d'aventures et trois nuits de débauche intense.

— Qu'est-ce que j'ai fait d'aussi formidable pour mériter une telle récompense, mon capitaine ?

— Tu m'as tellement fait pitié hier que je me suis dit qu'il te fallait un peu d'évasion.

— Quelle magnanimité, capitaine Dalglish ! lança-t-elle, théâtrale. Je ne sais pas ce que je vais faire pour vous remercier...

Scarlett sentit contre sa cuisse le renflement naissant de son sexe et soupira d'excitation.

— Moi, j'ai une petite idée, mais ce n'est pas le moment d'en parler. File manger, je m'occupe de préparer ta valise. Je sais exactement ce qu'il te faut pour là-bas.

Les heures suivantes, les deux amants sillonnaient à bord de la Dodge-Ram SRT 10 l'autoroute menant à Key West. Leur itinéraire leur permit de traverser la Géorgie et la Floride, dont ils parcoururent les plus belles villes : Savannah, Jacksonville et Miami entre autres. Autant de destinations qu'ils durent admirer en coup de vent, au son de musiques diversifiées et de discussions comiques.

— Keir ! On y est !

Après avoir traversé l'interminable Overseas Highway qui reliait l'archipel des Keys à la Floride continentale, ils arrivèrent sur l'île de Key West et découvrirent son atmosphère estivale et pittoresque. L'architecture ne se démarquait pas vraiment des villes de Caroline du Sud, puisqu'on y retrouvait les ravissantes maisons en bois, colorées, au style épuré et colonial, où les influences victorienne, néo-classique et caraïbéenne s'y percevaient dans un écrin de végétation tropicale. Mais contrairement à Beaufort ou Charleston, Key West semblait totalement voué au *farniente*.

Assise sur son siège, Scarlett frétillait d'impatience à la vue des rues animées, des hôtels charmants et de l'ambiance festive qui régnait sur l'île.

— J'y suis venue quand j'avais onze ans et je me souviens de la maison de Hemingway comme si je l'avais visitée hier ! poursuivit-elle comme ils passaient devant ladite demeure, blanche aux volets jaune moutarde, bâtie à l'exemple des villas coloniales franco-espagnoles. Tu savais que c'était ici qu'il avait écrit la plupart de ses œuvres ? Même Tennessee Williams aurait trouvé l'inspiration à Key West.

— Moi aussi, je vais finir par composer des œuvres avec une muse comme toi à mes côtés. J'ai hâte de te voir étendue sur le sable chaud.

— Que tu es bête ! rit-elle en se penchant vers lui pour l'embrasser à la joue. Mais je veux bien jouer les muses pour un artiste en herbe comme toi !

Quelques instants plus tard, ils stationnèrent la voiture devant Simonton Court Historic Inn & Cottages, un complexe hôtelier composé de maisons historiques et de cottages restaurés, aux façades vives, pareilles à des nids douillets plantés au milieu d'une frondaison prospère, entre les palmiers et les fleurs exotiques.

Après s'être enregistrés auprès de l'accueil de l'hôtel, ils s'aventurèrent dans les corridors végétaux de la résidence, découvrant quatre piscines quasi privatives, aux abords desquelles s'érigeaient les cottages. Celui que Keir avait loué était rose pastel et à moitié dissimulé derrière les feuillages des arbres, donnant un aspect de cabane à la Robinson Crusoé, avec une touche de fantaisie féminine.

— Mais c'est une oasis ! s'écria Scarlett en gravissant les escaliers menant au petit perron pour atteindre la porte d'entrée, qu'elle ouvrit aussitôt. Oh, Keir ! J'ai l'impression de vivre dans la maison de Barbie et Ken en expédition dans la jungle !

L'engouement qui dansait sur le visage de la jeune femme l'atteignit de plein fouet et le rendit simplement heureux.

— Elle est plutôt sympa cette jungle pour ce que j'en sais, plaisanta Keir en pénétrant dans le cottage à son tour.

L'endroit était minimaliste et cosy, d'un charme fou avec sa petite pièce de séjour, décorée de meubles anciens, sa salle de bains et sa chambre dans la mezzanine, au toit mansardé et atteignable par un escalier droit.

Scarlett arpenta les trois pièces d'une démarche hâtive — totalement ragaillardie après une sieste sur la route — et monta sur la mezzanine pour occuper le lit avec un soupir d'aise.

— Keir, minauda-t-elle avec espièglerie, je n'ai pas envie de saper ton moral, mais ce lieu est romantique.

— Romanesque, dit-il en gravissant l'escalier, les mains chargées des deux sacs de voyage.

Il la trouva couchée sur le flanc, délicieuse dans son short et son débardeur indécent, les cheveux lâchés autour d'elle comme une invite à la rejoindre *illico presto*.

— C'est pas le moment de traîner, Scarlett. Promis, on fera l'amour en rentrant, mais pour l'instant, on a un dîner dans cinquante-deux minutes. Va te doucher.

— Oui, mon capitaine !

La jeune femme sauta du lit, passa à côté de son amant pour égarer une caresse sur son dos musculeux, jusqu'à se permettre une petite tape coquine sur ses fesses, puis s'élança dans les escaliers avec un rire vaporeux.

— Ce n'est pas le moment de m'exciter !

L'instant d'après, elle s'enfermait dans la salle de bains et se rafraîchissait après un périple de douze heures, séquencées par de brèves pauses. Pressée par le temps et les rappels militaires de Keir, elle sortit rapidement de la douche, prit le soin de se brosser les dents, puis quitta la salle embuée de vapeur et saturée de parfum à l'huile de ricin et de sève d'érable.

— Une tenue t'attend là-haut, lança Keir, non sans une pointe de séduction mystérieuse.

— Depuis ce matin, je suis ta poupée vivante. Bientôt, tu te mettras à me maquiller et me coiffer.

— Ne me mets pas au défi de le faire.

Ils échangèrent un baiser quand elle passa près de lui, enroulée dans une serviette, afin de lui céder la place.

Une fois la mezzanine atteinte, Scarlett aperçut sur le matelas une robe rouge Bordeaux qu'elle n'avait jamais vue dans son dressing, en polyester élasthanne, simple avec des bretelles spaghettis, un décolleté avantageux et une forme qui épousait les courbes en cintrant la taille. Elle s'arrêtait au milieu des mollets, mais remontait jusqu'au genou gauche par une échancrure subtile et aguicheuse. Un soutien-gorge et une culotte en dentelle de la même teinte reposaient sur le lit, au pied duquel apparaissaient des chaussures compensées couleur chair.

Keir savait qu'elle supportait mal les escarpins. Il était également fou de lui avoir acheté ces nouveaux habits, surtout après la surprise de ce séjour.

C'était le genre d'hommes à ne jamais compter pour ses coups de tête ou ses fantasmes. Un dépensier dans l'âme, comme tous ses frères d'armes. Chaque permission était une opportunité pour faire exploser leurs cartes bleues en voyages, nouvelles acquisitions ou excursions extraordinaires.

Depuis qu'elle fréquentait Keir, son portefeuille s'amincissait à mesure qu'il lui achetait de nouveaux vêtements ou des chaussures qu'elle n'aurait peut-être jamais l'occasion de porter en son absence.

Reconnaissante, Scarlett enfila l'ensemble qu'il lui avait choisi, puis descendit dans la salle de séjour pour s'inspecter dans le grand miroir épinglé au-dessus d'une console. Son allure fatale la troubla et elle s'observa d'un air perplexe au premier abord. La robe lui allait comme un gant et révélait sa silhouette en forme de huit équilibré et pulpeux.

— Ne te regarde pas de travers, tu ressembles à Rita Hayworth en plus sexy.

À la faveur du miroir, Keir lui apparut dans l'entrebâillement de la salle de bain, la taille cachée par une serviette et le corps encore mouillé.

— Depuis quand tu te montres aussi flatteur ?

— Depuis que je t'ai vue nue.

— Bien sûr, ça vous dérègle toute la pensée d'un homme.

La jeune femme quitta son emplacement et le rejoignit en quelques pas, avec un déhanché alléchant qui condensa la vapeur autour de lui. Une fois à ses côtés, elle se hissa sur ses compensés et le baisa à la bouche.

— Finalement, j'aime bien être ta poupée. Merci pour ces cadeaux… tu vas me dire pourquoi tu me gâtes comme ça ?

— Parce que j'en ai simplement envie.

— Chaque jour qui passe me montre combien tu as de qualités.

— Je t'en prie, pas de compliments, je vais me sentir gêné !

Son air pince-sans-rire égaya la jeune femme, qui le dorlota d'une caresse sur la joue, là où la balafre apparaissait.

— Mets du rouge à lèvres, pare-toi de boucles d'oreilles et défais cette natte de mormone. Je veux que tout le monde se retourne sur la bombe atomique que tu es et se dise que je suis un homme chanceux.

— Et le seul à pouvoir me désamorcer, c'est ça ?

— C'est l'idée.

Chapitre 21

Le *Latitudes Key West Restaurant* s'ouvrait aux clients dans un espace paradisiaque, entre terrasse chic au sein d'une demeure de caractère et sable chaud en bordure de mer, gardé par de solides palmiers et illuminé par une myriade de torches en bambou. Le soleil du soir déclinait à l'horizon en éclairant l'île de ses derniers feux, alors qu'une brise rafraîchissait les gens autant que les grands crus servis dans du cristal les réchauffaient.

— Keir, je crois que je vais tomber amoureuse de toi.

Le concerné releva la tête en direction de Scarlett, à la pointe du glamour avec sa robe et sa bouche joliment fardée de rouge, auréolée de sa chevelure incendiaire, dont la rousseur s'intensifiait à la lueur du soleil couchant. Des étincelles semblaient crépiter autour d'elle et il sentit son cœur prêt à exploser devant le portrait qu'elle lui renvoyait.

Quelle femme...

Keir resserra ses poings autour des accoudoirs de sa chaise. Il devait neutraliser le sentiment diabolique qui menaçait d'assujettir son corps, si ce n'était son âme.

Cela faisait une demi-heure qu'ils étaient assis à une table ancrée au sable, entre deux palmiers, face au spectacle magique qui se déployait à leurs yeux. Keir était d'une élégance toute masculine dans son pantalon de ville café, sa chemise blanche ouverte au col et sa barbe de quelques jours. Il avait supplanté son look de marine tatoué et parfaitement rasé pour un style d'aventurier chic.

Simplement irrésistible.

— C'est à éviter.

Il n'avait pas voulu dire ça de manière aussi froide, mais sa langue avait devancé sa réflexion. Ni Scarlett ni lui ne devaient tomber amoureux l'un de l'autre. Cela n'entrait pas dans les clauses de leur contrat imaginaire, celui d'être des amis-amants sans sentiments subversifs et tralalas mièvres.

Keir avait peur de l'amour. Son frère s'était détruit par amour et en était mort.

L'amour rendait fou, désespéré.

Très peu pour lui.

Scarlett saisit son verre de Cosmopolitan et l'apporta à ses lèvres pendant qu'il la scannait de son regard métallique, soudain en proie à des interrogations incongrues. Est-ce qu'il pourrait se marier un jour et jouir d'un cadre pareil avec une femme qu'il aimerait plus que son propre salut ?

— Est-ce que tu penses tomber amoureux et te marier parfois ?

Bon sang ! Qu'avait-elle avec l'amour ce soir ?

— Pourquoi ? Tu veux me demander en mariage ? lui retourna-t-il, daubeur.

— On finirait par divorcer le lendemain matin.

Keir eut un léger doute sur son affirmation.

— Je te rappelle qu'on est tous les jours ensemble depuis dix-neuf jours. Jusqu'à présent, on ne s'est pas entretués.

— Parce que nous savons que nous pouvons partir quand bon nous semble. Il n'y a pas d'attache, répliqua Scarlett.

La fin de cette phrase sonna creux, comme si la jeune femme ne pensait pas vraiment ce qu'elle disait. Irrépressiblement, Keir tendit l'un de ses bras vers son visage, puis glissa une mèche derrière son oreille en révélant un anneau d'or, au bout duquel pendait une poire en grenat. En réponse, elle lui darda un sourire en coin, d'une douceur foudroyante.

— Presque trois semaines que nous partageons le même lit sans être liés l'un à l'autre…

— Où tu veux en venir, feu follet ? Tu veux plus ?

— Non.

Scarlett répondit sans réfléchir, sachant que la négation était l'attitude à adopter avec un ennemi de l'engagement. Mais au fond, leur aventure avait toujours eu des faux airs de couple, qui n'était pas pour déplaire à la jeune femme. Elle se complaisait dans cette situation, en compagnie d'un homme fort, à la fois amant passionné et compagnon attentif et surprenant. Sans compter l'ambiance terriblement romantique de cette soirée au bord de la plage, dans un lieu idyllique, au cœur d'un restaurant haut de gamme, avec des fleurs et des chandelles pour décorer leur table.

Un cadre adapté pour une lune de miel, par exemple.

— Pourquoi as-tu si peur de l'amour ?

Keir s'empara de ses couverts, qu'il planta dans son steak de bœuf pour le couper et apporter à sa bouche un morceau de viande. Il mastiqua en silence, instaurant volontairement un suspens qui tendit Scarlett.

— Les trucs fleur bleue, c'est pas mon truc. Tu le sais bien.

— L'amour est le commencement de la vie et sa consécration en même temps. Cela n'a rien de fleur bleue, puisque c'est le but originel de l'Homme, argua-t-elle avec des airs de vamp, l'étole en fourrure, le porte-cigarette et la cigarette en moins.

Une ébauche de sourire anima le visage de Keir.

— Tu sais que tu es terriblement sexy quand tu te mets à philosopher, *mo chridhe*?

Il piqua du bout de sa fourchette une rondelle de calamar frit dans le panier qu'ils partageaient ensemble, puis la dirigea vers la bouche de Scarlett, qui croqua dedans avec sensualité.

— Et encore plus quand tu manges en m'observant avec ton regard de panthère.

Cette fois-ci, il glissa son index sur la poire en grenat qui balançait au bout de son anneau d'or, tout en se rapprochant de son visage pour l'embrasser à la tempe et lui murmurer :

— Ça te dit un bain de minuit après le dessert ?

— Je n'ai pas envie de rencontrer un requin dans l'eau sombre, minauda-t-elle par jeu.

— Le seul requin que tu pourrais rencontrer, c'est moi.

Scarlett éclata de rire en perdant son regard vers le large, ses yeux accrochant la carcasse d'un bateau à voiles, qui naviguait en se rapprochant dangereusement de la jetée romantique du restaurant. Quelque chose clochait sur ce voilier, comme si le capitaine en avait perdu le contrôle. D'ailleurs, où était-il ?

— Keir, tu ne trouves pas que ce bateau s'approche un peu trop de la jetée ?

Le marine tourna la tête vers la direction qu'elle épiait et vit, l'ébahissement sur le visage, ledit voilier se heurter virulemment à la charpente de la jetée en la brisant sous le coup de l'impact.

— Oh merde !

Des interjections fusèrent dans le restaurant et sur la plage environnante. Tous les témoins étaient médusés par l'abordage fracassant du voilier, désormais empêtré dans un amas de bois brisé en menaçant de flancher sur le côté.

— Appelez les secours ! hurla une voix au moment où Keir bondissait de sa chaise en la faisant renverser au sol, imité par Scarlett.

Ensemble, ils quittèrent leur table pour serpenter entre celles des autres clients et se hâter vers la jetée à moitié écroulée, au bout de laquelle le bateau à voiles s'était encastré dans un bruit sourd. Keir s'en approcha le premier et remarqua un homme évanoui dans le cockpit, non réactif à ses appels.

— Il ne réagit pas quand on crie et est complètement inerte, nota Keir au moment où Scarlett arrivait dans son dos.

Paré d'un sang-froid de toute circonstance, Keir se hâta de grimper dans le voilier pour rejoindre le navigateur léthargique, palpa son pouls imperceptible et le chargea sur le dos afin de le tracter hors du bateau. Une fois sur la jetée, il allongea l'homme à terre et l'ausculta de plus près en compagnie de Scarlett.

— Il ne respirait déjà plus quand j'ai contrôlé son pouls sur le voilier.

— Il a dû faire un infarctus, on doit le masser ! Va voir s'il y a un défibrillateur dans le restaurant ! ordonna-t-elle à son amant, qui s'exécuta sur l'heure.

Scarlett était formée pour se parer d'une logique et d'une sérénité professionnelles face à l'urgence. Sans perdre ses moyens, elle déchira de ses mains la chemise que portait la victime, exposa son torse nu et immobile aux regards, puis se positionna de manière à pratiquer le massage cardiaque. Des gens s'étaient ameutés autour d'elle, la rumeur environnante aurait dû la déstabiliser, mais l'adrénaline était si puissante qu'elle les ignora.

Trop concentrée dans ses gestes de premiers secours, elle en perdit la notion du temps. Lorsque Keir revint enfin avec un défibrillateur automatisé externe, l'infirmière ne sut s'il s'était absenté trente secondes ou dix minutes. Elle l'aida à installer les électrodes sur le torse de l'homme, comme elle avait coutume de le faire sur les patients foudroyés par une crise cardiaque à l'hôpital, puis actionna l'appareil et suivit ses instructions. Désormais, c'était lui qui garantissait ou non la reprise du rythme cardiaque de la victime.

Le souffle suspendu, tous les témoins écoutaient la voix robotique de l'appareil et les décharges qu'il donnait au corps. Les instants parurent interminables. Scarlett ne parvenait plus à détourner son regard du visage fermé, mais à aucun moment ses espoirs ne s'effritèrent.

Allez, allez !

Ses prières muettes et l'efficacité du défibrillateur eurent bientôt raison de la mort, car dans un soubresaut inattendu, le torse de la victime se remit à se soulever.

— Monsieur ? l'appela-t-elle.

D'autres mouvements de torse.

Encore !

Keir et Scarlett s'occupèrent de tâter à nouveau son pouls. Il était faible, mais il reprenait.

— Il récupère !

Des éclats de voix bruissèrent dans leurs dos et très vite, une équipe de secouristes fendait l'attroupement pour prendre la relève.

— Mesdames et messieurs, vous pouvez retourner à vos activités. Nous nous occupons de cet homme.

Keir se redressa en entraînant Scarlett à sa suite et la laissa faire un résumé des évènements à l'un des secouristes :

— Nous l'avons trouvé il y a trois minutes ou un peu plus dans son voilier, totalement inerte et sans pouls. Il a dû faire sa crise moins d'une minute avant notre intervention. Nous avons commencé un massage manuel avant d'appliquer le défibrillateur. On a dû attendre sept décharges avant qu'il ne retrouve un rythme cardiaque.

— Merci de nous avoir précédés, leur adressa un secouriste. Vous avez fait du bon job. On va le transférer à l'hôpital.

— Prenez bien soin de lui, répondit Scarlett, soulagée.

Un peu en retrait, elle et Keir attendirent que les secouristes emportent le rescapé, avant de rejoindre en silence leur table au restaurant. Les autres clients leur adressèrent des salutations respectueuses, tandis que le serveur leur proposa de réchauffer leurs plats et des boissons gratuites.

— Volontiers, répondit Keir en aidant Scarlett à se rasseoir.

Bientôt, des policiers intervinrent pour mesurer les dégâts de l'accident sur la jetée, mais cela ne troubla plus les passants et les clients. Les choses reprirent leur cours et une atmosphère quiète se substitua à l'électricité ambiante qui avait saturé l'air.

— Tout va bien, Scarlett ?

Encore un peu sonnée par les évènements récents, elle fixait le lieu où se trouvait l'homme quelques minutes auparavant et réfléchissait au sens de la vie. Après chaque urgence, elle avait coutume de se laisser aller à quelque réflexion introspective, ce qui lui permettait souvent de relativiser sur son existence, de mieux apprécier la chance qu'elle avait d'être en excellente santé, à l'abri du dénuement, du besoin et de tout autre malheur.

— *Carpe diem...*, murmura-t-elle enfin, un sourire au coin des lèvres. Ce soir, nous avons eu l'exemple que la mort pouvait nous faucher à n'importe quel moment. Il faut vivre au jour le jour.

— Ne jamais attendre de réaliser ses rêves quand on en a les moyens.

— Jamais.

Elle reporta de nouveau son attention sur lui, vit sa mise un peu froissée par son intervention toute récente et fut touchée par cette manière inédite dont il l'étudiait. C'était un mélange d'admiration, de respect et d'un senti-ment plus doux... peut-être de la tendresse ?

Son cœur caracola comme sous l'impact d'une flèche acérée. La piqûre fut douloureuse, puis libéra un bien-être intense.

Pitié, ne me regarde pas comme ça...

— Scarlett, je veux que tu saches que je suis fier et heureux d'être avec toi ce soir. Tu es épatante.

Elle baissa les yeux par pudeur, les releva avec une lenteur spontanée, pas du tout calculée, mais naturellement destinée à faire fléchir le plus rude des hommes.

Keir en ressentit des démangeaisons au niveau de la poitrine.

Une merveille.

— Je te retourne le compliment, Keir.

Chapitre 22

Deux jours plus tard

— Tu me mets de la crème solaire, s'il te plaît ?

Avec une peau de rousse particulièrement délicate, il était d'usage de la tartiner de crème solaire, un acte qui ravissait Keir, car c'était une occasion bienvenue de la caresser comme il aimait le faire.

Allongée sur sa serviette de plage, protégée par un parasol et perdue entre les mains de son amant, Scarlett appréciait cette journée d'oisiveté. Quand il enduisit ses fesses de crème solaire, un léger rire lui échappa.

— Je ne voudrais pas que tu attrapes des coups de soleil ici.

Keir l'aida à se retourner sur le dos, l'admirant en même temps dans son délicieux maillot de bain deux pièces, couleur chocolat, puis glissa ses mains sur son ventre pour le masser avec délicatesse. À cause du soleil, de petites éphélides fleurissaient par endroit sur sa peau et cela donnait l'impression d'admirer une étendue d'étoiles sur un drap de soie ivoire. Par jeu, il aimait les compter pendant qu'ils paressaient ensemble, même si le total n'était jamais correct.

— J'ai repéré un tatoueur pas très loin de notre hôtel. J'ai bien envie de me tatouer une petite croix celtique sur le poignet gauche. Qu'est-ce tu en penses ?

— Beau projet. Tu me donnes envie de me faire tatouer aussi... même si je me suis jurée de ne jamais succomber à cette folie.

— Pourquoi pas ? Tu peux toujours faire quelque chose de discret. Sur la cheville, par exemple.

Keir ôta ses mains de son corps, récupéra sa paire de Ray-Ban accrochée au col de son t-shirt rouge et les mit sur son nez. Il fit ensuite tomber son haut pour s'étendre en short de bain noir sur sa serviette de plage, la poitrine face au soleil ardent.

— Tu as une idée de ce que tu voudrais comme tatouage ?

— Je n'aime que les fleurs.

— Alors, tu pourrais te faire tatouer un petit chardon écossais en couleurs pastels sur la cheville, à la manière d'un bracelet. Ce serait divin.

— Si Hudson savait…

— Hudson n'est pas ton père. Tu fais ce que tu veux de ta peau. Et s'il te fait la morale, tu me l'envoies.

— Très bien, je lui dirai que tu m'as convaincue avec tes magnifiques tatouages… il risquerait de te frapper, plaisanta-t-elle.

— Je sais encaisser et rendre les coups.

— Dis-moi, comment tu en es venu à te faire tatouer ?

— La plupart des hommes de ma famille le sont, je n'ai fait que copier. Et puis, je voulais que des éléments de mon identité ressortent sans avoir besoin de parler. En me voyant, les gens savent d'ordinaire d'où je viens, ce que je fais et comment je pense. J'aime affirmer mes origines et mes opinions.

— Je pense qu'une petite fleur me démarquerait des autres femmes.

— Tu te démarques déjà sans tatouage, feu follet. Tu n'es pas le genre de femme qui passe inaperçue. En même temps, tu es une vraie torche humaine. Difficile de se faire discrète avec des cheveux pareils. Sur le terrain, on serait vite repérés avec toi.

Il la taquinait et elle lui pinça gentiment le bras.

— Parce que le blond, c'est discret peut-être ?

— Dans un désert, je suis imperceptible. Je fais partie du décor.

— Eh bien, je me fondrais parfaitement dans les forêts du Vermont en période d'automne avec toutes les feuilles rousses des érables.

— Pas faux.

Scarlett se redressa sur un coude pour mieux l'observer en train de bronzer. Il lui faisait penser à un dieu maritime ou alors à un naufragé, un Tristan qu'Iseult se serait empressée de sauver et d'aimer à même ce sable, au risque de perdre toute notabilité.

— J'ai entendu une anecdote sur vous, capitaine Dalglish, flirta Scarlett, une note aguicheuse dans la voix. Il paraît que vous aimez retirer les culottes des femmes sous l'eau. Est-ce vrai ?

Coup de chance, en arrivant à la plage les deux amants avaient pu trouver un espace isolé, semblable à un bout de paradis où nul badaud ne troublerait leur sortie idyllique.

— Qui vous a dit ça, jeune fille ?

— Une source fiable.

— Je n'ai pas pour habitude de démentir les rumeurs qui circulent sur moi.

Au sourire fripon qui creusa ses fossettes, Scarlett sut qu'il était disposé à lui bondir dessus pour la soulever dans ses bras et la jeter à l'eau.

— Un, deux, trois…

Dans un rire enjoué, la jeune femme bondit d'un saut pour se lever et se précipita à la rencontre des vagues roulantes, s'immergeant à peine dans la mer lorsque Keir la rattrapa à la taille afin de l'entraîner avec lui sous l'étendue turquoise.

— Keir ! Ah !

Son hurlement se perdit dans l'eau.

Quelques secondes après, Scarlett remontait à la surface sur ses larges épaules, mais perdant l'équilibre, elle tomba à la renverse avec un cri strident qui le fit rire aux éclats.

Ils continuèrent à jouer et folâtrer dans les eaux translucides pendant une demi-heure, s'amusant à se couler ou à s'embrasser dans les profondeurs, allant jusqu'à nager plus loin vers le large et croiser sur leur chemin une tortue, qui s'empressa de s'enfuir à leur vue.

— Pauvre tortue ! Elle a dû te prendre pour un requin, plaisanta Scarlett pendant que Keir les redirigeait vers la plage en la remorquant sur son dos.

— Et toi pour un poulpe.

Les dents de son amante se plantèrent dans son épaule pour le mordiller et le punir sensuellement, mais alors que cette caresse lui fit de l'effet, une concentration douloureuse de piqûres se propagea à l'improviste sous la plante de son pied droit. En jurant de douleur, il sursauta sur le côté et découvrit l'oursin sur lequel il venait de marcher. Scarlett comprit l'incident et descendit de son échine pour l'aider à atteindre le rivage et l'inciter à s'asseoir sur le sable humide, là où les vaguelettes les atteignaient à moitié.

— Il faut toujours que ça m'arrive !

— Reste ici, j'ai ma trousse de soins dans le sac de plage. Il faut qu'on retire les épines tout de suite avant que ta peau s'infecte, ordonna-t-elle en trottinant vers leurs affaires, parmi lesquelles se trouvait ladite trousse.

Keir avait déjà ramené son pied vers lui et commencé à ôter les épines d'oursin de sa chair, mais ses doigts épais ne faisaient que les enfoncer davantage.

— Arrête de les toucher, Keir, on doit utiliser une pince à épiler !

— Quel merdier ces trucs ! Je vais me faire un plaisir de commander un plat d'oursins ce soir et de déguster tous les amis de cette petite saloperie…

— Ne ronchonne pas et laisse-moi faire.

Scarlett prit place à ses côtés et saisit son grand pied, qu'elle plaça sur ses genoux avant de se pencher pour y retirer, avec minutie et patience, la trentaine d'épines logées dans sa peau. Il saignait, mais heureusement pour lui, elles étaient toutes accessibles et ne laisseraient qu'une petite douleur piquante, qui ne durerait pas longtemps.

Aux bons soins de sa rouquine, Keir s'appuya en arrière sur ses avant-bras et la contempla agir. Elle déployait sa douceur d'infirmière et lui lançait par moment un regard estampillé de tendresse. Les rais solaires accroissaient le nombre de pépites dorées dans les eaux vertes de ses yeux et l'auréolaient d'un halo d'or, attribut de l'ange qui descend des Cieux pour soulager l'homme de tous les maux universels.

Il ne l'avait jamais trouvé aussi merveilleuse qu'en cet instant de contemplation muette.

De façon inopinée, les chaînes qui retenaient les élans de son cœur endurci semblèrent craquer devant cette vision. Un sentiment révolutionnaire prit d'assaut Keir en manquant de le faire suffoquer. Le militaire crut qu'il allait s'évanouir sur le sable, sous la chaleur, sous la bouffée d'émotions que faisait naître l'image de Scarlett.

— Keir ? Tu vas bien ? J'ai l'impression que tu vas t'évanouir...

Lui aussi avait cette sensation.

Cette femme devenait dangereuse pour lui, mais comment parviendrait-il à lui échapper ? Elle commençait à avoir un sacré ascendant sur sa pauvre personne !

— Non, mon amour, ça va. C'est juste qu'il fait chaud tout à coup...

Mon amour.

Une lumière de ravissement éclaira le visage de la jeune femme à l'entente de ce surnom affectueux. C'était bien la première fois qu'il l'appelait ainsi et l'état un peu second dans lequel il s'était glissé semblait dérailler sa langue. Peut-être ne s'était-il même pas rendu compte de ce qu'il venait de dire...

Habituellement, c'était toujours durant les étreintes charnelles qu'il se permettait quelque liberté de paroles. Mais plus les jours avançaient, plus Keir se révélait doux, tendre et l'enveloppait parfois d'un regard indicible, celui d'un prétendant enamouré, qui l'émouvait au-delà de ce qu'elle avait ressenti jusqu'à présent.

Ils se recueillirent encore dans leur propre silence, bercés par les ondoiements des vaguelettes.

— Voilà, je les ai toutes retirées, lança-t-elle enfin en l'invitant à plonger son pied sous l'eau de la mer pour le laver et le désinfecter de manière naturelle, avant de s'y reprendre avec l'antiseptique de sa trousse de toilette.

— Qu'est-ce que j'aurais fait sans toi, Scarlett ?

Keir se redressa et se rapprocha de la jeune femme pour l'enlacer à la taille et plaquer son front contre le sien, hypnotisé par la luminosité de son regard.

— Tu résistes aux balles en métal, tu n'as besoin de personne pour survivre à quelques épines d'oursin, s'amusa-t-elle en redressant la tête afin de poser un baiser sur son nez.

— Merci, ma rouquine.

Après une demi-journée passée à la plage, les deux amants se dirigèrent enfin vers la tatoueuse de Key West, impatients de se prêter à une séance artistique ensemble.

Keir ne ressentait presque plus de douleur au pied, étant de toute évidence trop accoutumé à des blessures bien plus cuisantes, et Scarlett peinait à tenir en place entre les mains de la femme qui dessinait, de la pointe de son aiguille, un petit chardon écossais sur le flanc de sa cheville droite. Les tiges et les feuilles délicates étaient peintes en plusieurs nuances de vert, alors que les pétales de la fleur arboraient une variété élégante de violet.

— Ça ne pique pas trop ?

Keir était assis aux côtés de Scarlett, le poignet gauche fraîchement tatoué de sa croix celtique, petite, mais puissante, aux entrelacs magnifiques.

— Non, ça va.

— Je vais finir par t'appeler Aíné, la déesse celtique de l'amour et de la fertilité. Tout fleurit grâce à elle.

— Sur votre peau, l'effet est magnifique. J'ai l'impression de peindre sur de la porcelaine anglaise, la complimenta la tatoueuse en achevant de colorier le dernier pétale du chardon écossais. Ça fait un joli contraste avec les tatouages très masculins de votre mari.

Même s'il ne faisait aucun doute qu'ils ressemblaient à un couple depuis trois semaines, c'était bien la première fois qu'une personne les prenait pour des époux. L'un comme l'autre voulut pouffer de rire face à cette méprise, mais ils ne firent rien pour corriger la tatoueuse et tacitement, décidèrent même de jouer le jeu.

— Il est vraiment splendide ! s'exclama Scarlett en admirant sous toutes les coutures le petit dessin sur sa cheville, que l'artiste venait de protéger à l'aide d'une crème cicatrisante et d'un pansement transparent. Merci infiniment.

— Oui. Je suis fière de cette œuvre. Vous avez commencé à vous tatouer il y a combien de temps, monsieur ?

— J'ai mes premiers tatouages depuis mes dix-huit ans.

— Je vois que vous êtes dans la U.S. Marine Corps, dit-elle avec un regard appuyé pour l'emblème qu'il arborait sur son torse dénudé.

— Ça va bientôt faire dix-sept ans.

— Impressionnant, répondit la tatoueuse. Ce n'est pas trop compliqué à concilier vie professionnelle et vie personnelle ? Avec tous les déploiements...

— On s'habitue.

— Heureusement, j'ai des amants pour combler le manque de mon mari à chaque fois qu'il part, renchérit Scarlett, imperturbable.

Keir dut se mordre l'intérieur de la joue pour ne pas s'esclaffer devant les yeux exorbités de la tatoueuse et adopter une attitude crédible.

— Des amants... ? Mais... vous n'êtes pas jaloux, monsieur ?

— On est plutôt libres et généreux dans l'amour. Ma femme doit s'habituer à d'autres hommes si jamais je ne revenais pas, s'empressa-t-il d'ajouter en aidant Scarlett à se redresser pour rejoindre le comptoir de l'établissement.

— Si tous les hommes pouvaient être comme vous, soupira la tatoueuse, rêveuse.

— Mon mari est exceptionnel. Je crois que je n'en trouverai jamais un autre comme lui.

— Je peux dire la même chose de toi, mon cœur.

— Et... ça fait longtemps que vous êtes mariés ?

Ils n'avaient pas d'alliances, mais leur interlocutrice ne parut pas le remarquer. Ou alors, elle avait été induite en erreur par la bague que portait Scarlett à l'annulaire gauche. Il s'agissait de la bague de fiançailles de sa grand-mère, un solitaire en saphir surmonté sur un anneau d'or qui ne la quittait jamais depuis des années.

— Sept ans, répliquèrent-ils en chœur, étonnés au fond d'eux par leur réelle synchronisation.

— Le coup de foudre total. Une semaine après la rencontre, je l'ai kidnappée de chez ses parents pour l'emmener à Las Vegas et l'épouser, fabula Keir en glissant une main dans la poche révolver de son short pour sortir son portefeuille.

— Avec Elvis comme marieur, bien sûr, souligna Scarlett en l'obligeant à ranger son argent. Après tout ce que tu m'offres, laisse-moi au moins le plaisir de payer ça.

Keir ne put insister et se laissa offrir une croix celtique, qu'il regarderait dorénavant en songeant à la beauté de son amante.

— Ma foi ! Quelle que soit la nature de votre amour, j'ai l'impression qu'il est très fort et qu'il peut résister à tout.

L'air pensif de l'artiste les troubla en instillant chez eux un embarra qui dépassait leur petite farce. La tatoueuse pensat réellement ce qu'elle disait et savoir qu'ils pouvaier paraître aussi complices et heureux ensemble les saxa.

Ce n'était u'un jeu, qu'une aventure.

Rien de us.

Chapitre 23

Le soir

À l'abri dans leur bungalow rose pastel et allongés sur leur lit d'emprunt, les deux amants s'adonnaient avec ivresse au plaisir. Après s'être délectés d'un dîner léger et de cocktails aussi corsés les uns que les autres, la jouissance physique était désormais la quête finale de leur soirée, l'apothéose d'une danse où les sentiments tendaient à une harmonie charnelle.

— Qu'est-ce que tu attends pour me prendre, Scarlett ? Tu es en train de me torturer !

Vulnérable dans sa nudité, coquine dans ses intentions, la jeune femme attrapa le pénis de Keir dans une main et, tout en admirant l'épaisseur et le réseau nerveux de ce membre glorieux, commença à le faire coulisser entre les lèvres extérieures de sa féminité. Chaque caresse en prodiguait d'autres sur son clitoris et lui arrachait des gémissements de bonheur pendant qu'il continuait à vibrer contre sa paume.

Par jeu et dévotion, elle se mit à dorloter les bourses gonflées de ses testicules, sans jamais cesser de se masturber avec sa virilité. Sa fente suinta d'une humidité éloquente, parfumée et tiède, qui la préparait à le recevoir en elle et s'écoulait de façon excitante sur le haut de ses cuisses.

— Scarlett…, la supplia-t-il.

En guise de réponse, la belle rousse lui destina un sourire langoureux et glissa furtivement le gland de son sexe dans son vagin. À ce contact, il put sentir combien elle était incandescente, prête à l'aspirer dans ce qu'elle possédait de plus intime et merveilleux.

Keir serra les dents en retenant son souffle, soumis et ligoté à ce lit dont il ne pouvait bouger.

— Laisse-moi jouer un peu..., dit l'infirmière d'une voix de velours.

Mais trop impatient, il l'empala sous l'impulsion d'un coup de reins hardi et imprévisible, se fichant jusqu'à la garde en elle avec un grommellement soulagé.

— Oh !

Scarlett en gémit de stupéfaction et de plaisir confondus, enserrant à nouveau ce glaive de chair dans le creux de ses jambes.

— Tu étais supposé attendre...

Le temps de quelques secondes, elle demeura immobile, l'esprit un peu embrumé. Il palpitait en elle et ses vibrations trouvaient leur résonance dans son ventre.

— J'en pouvais plus, mon cœur... la vache, qu'est-ce que tu es brûlante !

Elle débuta sa chevauchée par degré, s'adaptant progressivement à sa grosseur, puis se transforma en véritable Amazone une fois qu'elle fut assurée de l'accueillir sans douleur, hurlant et tremblant à mesure que ses coups de reins s'intensifiaient sous les encouragements et les râles de son amant.

— Ma déesse... ma Scarlett... baise-moi fort...

Tout en étant servie par un sourire qui aurait mis le feu au Monde entier, la jeune femme posa ses mains sur les bras surélevés de Keir, s'appuya sur eux et approfondit la cadence de ses mouvements. Grisée par le sexe, Scarlett imprima des déhanchés tantôt fougueux, tantôt indolents, et cette alternance de rythme créait une dynamique délicieuse, qui éperonnait et tempérait tout à la fois l'approche de l'orgasme. À chaque fois qu'ils étaient sur le point de jouir, ils se mettaient à ralentir pour calmer leurs spasmes, puis repartaient sur des charbons ardents.

— Détache-moi! siffla-t-il soudain, le torse tendu en avant, les abdominaux contractés, les poings fermés et retenus à la tête du lit en menaçant de faire exploser la charpente du meuble.

Fascinée par l'état de servitude où elle le réduisait, Scarlett réfuta d'un mouvement négatif de la tête, se pencha vers son corps en faisant glisser de manière ascendante ses doigts sur ses bras, jusqu'à les perdre sur son crâne, puis se plaqua contre sa poitrine massive et ruisselante de sueur. Là, front contre front, les yeux dans les yeux, ils accentuèrent les mouvements de leurs allées et venues, au bord du précipice orgasmique.

Ce n'était que litanies sensuelles, gémissements délectables, grincements de lit... un aria qui alourdissait l'atmosphère et la rendait plus tropicale qu'elle ne l'était déjà.

Keir grogna un juron en gaélique écossais dès l'instant où sa semence jaillit de sa verge pour s'égarer dans la grotte de Vénus.

— Oui... donne-moi tout, Keir...

Scarlett rejeta la tête en arrière et ses paupières se fermèrent totalement quand elle sentit l'essence de son amant se répandre en elle avec force, provoquant bientôt son propre orgasme. Mille milliards de petites étincelles dansèrent devant ses yeux et elle apprécia le morcèlement de ses sensations, les pulsations infernales dans ses temps, la libération grondante de son plaisir, puis enfin, la descente lente et lénifiante de son énergie.

— Bon sang que c'était... bon..., lança bientôt le militaire. Tu es une excellente cavalière...

Keir ponctua sa phrase en recouvrant ses lèvres des siennes et, toujours échauffés par les braises de leur étreinte, les deux amants s'embrassèrent à se priver de leurs propres souffles. En même temps, Scarlett s'empressa de défaire les liens en velours qui le bloquaient dans ses mouvements. L'instant d'après, elle se retrouvait plaquée sur le matelas, captive du corps immense qui l'investissait toujours de son vigoureux dard.

— Tu es encore dur... comment est-ce encore possible ?

— Je t'ai déjà montré à plusieurs reprises que j'étais insatiable, répliqua-t-il sur ce ton dont Casanova aurait pu abuser pour séduire ses proies.

— Tellement exigeant et gourmand... j'adore quand tu es en moi.

— Alors, sois rassurée, car on va passer notre nuit à faire l'amour... j'ai comme l'impression que l'idée t'enchante, poursuivit-il en plantant ses doigts dans ses cuisses.

Et comme s'il avait eu besoin d'un argument persuasif, il lui plia les jambes, les ramena contre ses seins en lui faisant adopter une position acrobatique, ce qui permit à son sexe d'être largement exposé, puis la combla d'une très lente pénétration.

Les cils de Scarlett papillotèrent pendant qu'elle se raccrochait avec fermeté à ses avant-bras en criant de plaisir.

— Aaaah...

Elle en voulait toujours plus après la première jouissance, persuadée que la seconde étreinte était la plus savoureuse.

— Prête ?

Elle obtempéra d'un dodelinement vif de la tête, tout en essayant de maintenir la position à laquelle il l'asservissait depuis quelques pénétrations déjà. C'était peu habituel, mais cela intensifiait les sensations et offrait un spectacle terriblement lascif, auquel elle tentait d'attacher son regard.

— Oh oui... j'en voudrai toujours encore avec toi...

Keir commença à imprimer des mouvements circulaires, frottant énergiquement sa vulve de ses testicules. Il haletait bruyamment et des perles de sueur tombaient de son front pour s'écraser telles des gouttes de cire sur le ventre de son amante. C'était follement grisant, autant que l'image excitante de son visage tiré de volupté et que les succions moites, si érotiques, de leurs deux chairs crémeuses à chaque fois qu'ils s'emboîtaient.

— Ne... t'arrête... jamais, l'implora-t-elle entre plusieurs souffles.

Keir était totalement hypnotisé par les mouvements de son sexe dans le sien. Il ralentit un peu la cadence jusqu'à s'immobiliser au plus profond de son intimité pour se mettre à caresser la toison auburn et le clitoris gonflé de plaisir avec amour.

— Tu es tellement belle... je n'ai jamais vu de femme aussi ensorcelante... avoue enfin que tu m'as jeté un sort...

Un rire de vamp se faufila parmi les longs gémissements et Keir refocalisa toute son attention sur elle. C'était une pécheresse dans un corps d'ange, avec ses longs cheveux rougeoyants, humides à la racine, qui se perdaient derrière le rebord du lit en révélant toute la finesse de son visage. Des taches rosées fleurissaient sur le lait de sa peau à force d'efforts fournis et sa bouche s'ouvrait telle une délicieuse cerise sur des onomatopées si lascives.

— Tu me transformes en bête, *mo chridhe*...

Et comme pour le lui prouver, Keir ôta ses mains de son corps et se retira d'elle en reculant un peu, assez pour que Scarlett puisse sentir son ventre se contracter à la vue de son phallus reluisant de leurs semences, rouge, gonflé et tellement raide qu'il ne paraissait plus de chair. C'était un vrai bâton de dynamite, enclin à exploser d'une minute à l'autre.

La jeune femme écarquilla spontanément les yeux, eux-mêmes dilatés d'un plaisir qui les rendait noirs, puis poussée par un instinct de possessivité, elle déplia ses cuisses et se redressa à son tour du matelas pour lui bondir dessus, sa bouche allant retrouver la sienne dans un baiser humide et bestial. Dans leurs mouvements, il l'installa à nouveau contre lui pour la pénétrer une fois de plus, comme si leurs vies ne tenaient plus qu'à la jonction de leurs deux corps.

— C'est toi qui m'a jeté un sort, lui murmura-t-elle avant de timbrer son cou d'un suçon diabolique.

— N'inverse pas les rôles, on sait tous que tu es la plus redoutable sorcière de la Caroline du Sud.

— Et toi un diable que toute femme sensée se garderait de fréquenter... Comment pourrais-je connaître d'autres hommes après toi, hein?

Elle divaguait, elle ne mesurait plus ses paroles ou alors laissait-elle la vérité rejaillir avec le plaisir? Quoi qu'il en soit, Keir fut si bouleversé par cette révélation qu'il se mit à divaguer dans la langue de leurs ancêtres en se gorgeant d'elle jusqu'à la moelle, répétant à l'envi :

— *Mo bhoireannach ruadh...*

« Ma femme aux cheveux rouges. »

Près d'une heure plus tard, repue de plaisir et étendue sur le matelas, les draps enroulés autour de son corps, Scarlett admirait le portrait marqué de son amant, lui-même assis en tailleur sur le lit, le torse criblé de marques de rouge à lèvres et un cigarillo entre les dents. Fumer était un plaisir qu'il s'accordait pendant une partie de cartes et après l'amour.

— Tu es très sexy quand tu fumes.

— Tu veux essayer ?

Scarlett agrandit les yeux, puis se redressa sur un coude, la bouche incurvée sur un sourire excité. S'il y avait bien un homme pour l'encanailler, ce dernier se nommait Keir Dalglish. Depuis qu'ils se connaissaient, il s'amusait toujours à lui faire goûter des saveurs que les autres voulaient soustraire à sa vue. Et à chaque fois, elle acceptait par curiosité et par audace. Bien sûr, à l'abri des regards de Hudson, Lex ou John.

— Tes mamans poules ne sont pas là, tu peux en profiter, l'encouragea Keir, comme s'il avait deviné ses pensées.

— Tu aimes dépraver les jeunes femmes innocentes, n'est-ce pas ?

— Je ne déprave pas. Je veux seulement qu'elles aient de l'expérience pour ne pas mourir bêtes. Nuance.

Scarlett lui décocha un regard malicieux, puis saisit le cigarillo quand il le lui tendit. Elle examina un moment ce petit bâton de tabac, fascinée par l'embout rougeoyant et cendré qui crépitait à l'une des extrémités.

— Tu n'inhales pas la fumée, tu dois la recracher, expliqua-t-il pendant qu'elle tirait sa première bouffée.

La chaleur et le parfum envahissant du tabac la saisirent brutalement à la gorge et elle expectora sous l'effet de la surprise. Une réaction à laquelle ils auraient dû s'attendre. Keir en ressentit un peu d'amusement et se rapprocha d'elle pour l'apaiser d'une caresse à la gorge et lui ôter le cigarillo des mains.

— Ça va ?

— Je n'ai pas l'habitude.

— Encore heureux.

Il tira une autre bouffée et s'amusa à expirer des ronds de fumée dans sa direction, ce qui lui valut en retour un rire gai et chaleureux. Après quelques minutes, il finit par éteindre son cigarillo dans le cendrier posé sur sa cuisse.

— Hudson m'a dit que tu avais un don pour imiter les bruitages d'animaux, lâcha-t-elle après réflexion.

— Les bruitages d'animaux, c'est pour mieux se fondre dans le paysage en mission de reconnaissance. Quand un ennemi flaire le danger et pense qu'un homme se cache dans les frondaisons, rien de mieux que d'imiter un animal. Tiens, ferme les yeux et imagine-toi en pleine nuit, dans un champ…

Un peu indolente, elle lui obéit et l'entendit aussitôt striduler tel un criquet, avec une perfection qui la cloua au matelas, avant d'ululer à la manière d'un hibou. Bientôt, ce fut le hurlement magistral d'un loup dangereux qui lui tira des frissons et dont elle sentit aussitôt la chaleur du corps lorsque Keir vint se dresser au-dessus d'elle.

— Comment fais-tu ça ? lui demanda-t-elle en rouvrant les yeux, sincèrement impressionnée.

— Dieu s'est dit que ce don me servirait. J'ai échappé deux fois à la mort en imitant une chèvre, révéla-t-il le plus sérieusement du monde, ce qui souligna la drôlerie de son aveu.

Scarlett ne put s'empêcher de glousser et plaqua ses mains sur ses omoplates afin de le rapprocher encore plus de son corps, jusqu'à frôler son visage du sien.

Son haleine était désormais parfumée de tabac, mais elle aimait cette odeur et s'en grisa avec avidité lorsqu'il captura sa bouche dans un baiser impérieux.

— Tes supérieurs sont au courant de ces talents ?

— Ouais. Il m'arrive d'amuser la galerie… Et maintenant, je vais m'amuser un peu avec la beauté qui s'offre à moi…

— Encore ?

— Oui et cette fois-ci, on va y aller *très* lentement…

— On est de vrais lapins, se gaussa-t-elle en l'accueillant en elle quand il s'insinua merveilleusement bien entre ses jambes.

— Non. Tu es le Petit Chaperon Rouge et moi, je suis le Grand Méchant Loup.

L'instant d'après, un rire voluptueux de femme se mêla à des hurlements de loup en intriguant les clients de l'hôtel qui passèrent devant leur bungalow rose.

Chapitre 24

Beaufort, Caroline du Sud, le lendemain soir

— On est d'accord que Sean Connery est le plus bel homme de tous les temps? lança Scarlett depuis la méridienne pourpre de son salon, les yeux fixés à la TV agencée dans un angle de la pièce.

— Normal, c'est un Écossais. Il en jette même quand il est sapé en moine.

Les deux amants étaient rentrés de leur périple floridien en fin d'après-midi. Après une douche rafraîchissante et un brunch copieux, ils avaient décidé de somnoler dans le salon et de consacrer leur soirée à regarder de vieux films, un loisir qu'ils avaient en commun. Pour l'heure, c'était *Le Nom de la rose* qui ouvrait le rallye cinématographique.

— Tu as lu le livre d'Umberto Eco?

— Les premiers chapitres, puis j'ai abandonné. Je ne suis pas un très grand lecteur. Par contre, j'ai visité l'abbaye d'Eberbach où les scènes d'intérieur ont été tournées. C'est en Allemagne. J'avais profité de ma mutation là-bas pour faire du tourisme.

— Quelle chance... Tu as vu combien de pays jusqu'à présent?

— Soixante-trois si on compte aussi les quinze autres états américains que j'ai visités. La plupart des pays ont été sillonnés avec la U.S.M.C bien sûr.

— Tu t'es engagé pour voir le monde?

— En partie. Pour le reste, je ne savais pas quoi faire d'autre. Je n'étais pas bon à l'école, je ne voulais pas travailler dans le restaurant de mes parents et j'étais plutôt rebelle. La seule chose que je savais bien faire, c'était me battre, tricher aux jeux et créer des bombes artisanales. De peur de me voir un jour croupir en prison, mon vieux m'a traîné de force jusqu'à un centre de recrutement militaire en disant aux officiers que j'avais besoin qu'on me botte le cul. Il a fait ça pour mon bien et je lui en suis reconnaissant aujourd'hui.

— Pourquoi tu étais rebelle ?

— Longue histoire. Je te raconterai peut-être un jour. Et toi, pourquoi les soins infirmiers ?

La manière dont il se débarrassa de sa question ne fit que mettre sa curiosité aux aguet, mais elle n'osa pas insister et révéla :

— Le sentiment d'utilité, le contact humain et l'adrénaline constante.

— Tu aurais aimé faire ça à l'armée ?

— Je ne suis pas très sportive, je n'aurais jamais tenu le rythme et…

Sa réponse fut coupée par la sonnerie retentissante de l'entrée.

— Tu attends de la visite ?

Scarlett effectua un geste négatif de la tête et se redressa pour aller ouvrir.

— Oh mon Dieu, c'est Hudson et Livia ! lança-t-elle après les avoir vus à travers son judas haute définition.

— Ils sont déjà rentrés ?

— Oui. Et ils ont l'air en pleine forme.

Le temps aux côtés de Scarlett s'écoulait si vite que Keir ne voyait plus les jours s'enchaîner. Cela faisait trois semaines qu'il séjournait à Beaufort et il avait oublié que cette durée correspondait au voyage de noces de leurs amis... leur retour marquerait la fin d'une idylle insouciante dont il ne voulait plus sortir.

Brusquement, son regard se posa sur le boxer qu'il arborait en tout et pour tout.

— Je vais me changer.

Keir courut à l'étage pendant que Scarlett s'inspectait à travers le miroir de l'entrée. Là, elle remit de l'ordre dans son pyjama fleuri, composé d'un short et d'un débardeur, dompta quelques mèches indociles, puis se façonna un sourire candide.

L'instant d'après, la porte s'ouvrait sur Hudson et Livia.

— Scarlett !

Une bourrasque blonde en robe grise investit l'intérieur de la maison, fraîche et déroutante, manquant de décoiffer la rousse quand elle l'étreignit dans ses bras.

— Ma chérie, comment tu vas ? Tu m'as manquée pendant ces trois semaines. J'aurais aimé que tu sois avec nous pour découvrir les paysages magnifiques que nous avons visités.

— Vous aussi, vous m'avez manqué. Vous avez pris des couleurs.

— La voiture de Keir est toujours garée dans la rue, intervint Hudson en pénétrant à la suite de son épouse, les bras chargés de sacs. Je vois qu'il est resté jusqu'à notre retour.

Scarlett détesta la transparence de sa peau pour les émotions qui s'y trahissaient aisément. Un peu rose de honte, parce qu'elle était sur le point de mentir, elle détourna le visage afin de se soustraire à leurs regards et les invita à la suivre jusqu'au salon, dans un élan si naturel qu'ils n'y virent que du feu.

— En fait, il a fait pas mal d'allers-retours pendant ces trois semaines. Il est revenu hier pour finir quelques travaux ici et là. Avec le cambriolage, il y a eu des dégâts et comme tu le lui as demandé, il s'est chargé de s'occuper de moi... enfin, de la maison.

Scarlett mentait à moitié, mais avec moins d'aplomb que Livia du temps où cette dernière cachait à ses parents sa liaison avec Hudson. Il lui suffisait d'être naturelle et de retrouver cette impertinence qui attisait tant Keir, tout en masquant l'intimité qu'ils avaient brodée en l'absence de leurs proches.

— Je savais que les gars assureraient avec toi. Tu sais pas combien on était inquiets.

Hudson ne soupçonnait rien pour le moment.

— D'ailleurs, où est Dalglish ?

— Je suis là, Rowe ! J'arrive ! retentit brusquement la voix du concerné depuis les escaliers.

Celui-ci apparut dans le salon en jeans et chemise blanche, un sourire radieux sur le visage, qui faisait ressortir toutes ses fossettes, puis se hâta de saluer son meilleur ami et Livia. Il donna une vigoureuse accolade à Hudson, puis baisa les joues délicates de son épouse avec affection.

— Que vous êtes beaux ! Je n'aurais jamais cru le dire un jour, mais le mariage te va à ravir, Rowe ! Qu'est-ce que tu lui fais, Livia, pour que son teint soit plus lumineux ? Des masques à l'argile verte et des gommages ?

Le rire de Livia se mêla à celui de Scarlett.

— Non, je crois que c'est simplement l'amour, observa la rouquine. Vous voulez boire quelque chose ? Il y a de la bière, du thé glacé, de la limonade, du café ? Il y a aussi de la glace si vous préférez.

— Ne te dérange pas, on vient tout juste de manger, répliqua Hudson. Si on est venus aussi vite, c'est tout simplement parce qu'on n'a pas pu attendre pour vous visiter et vous donner vos cadeaux.

— Nos cadeaux ?

— Des trois pays qu'on a parcourus.

Scarlett éteignit la TV comme ils s'installaient sur la méridienne pourpre et alla s'asseoir sur un tabouret marocain, en face de celui qu'occupait déjà Keir.

— C'est généreux de votre part, lança ce dernier en voyant Hudson fouiller dans ses sacs en papier.

— Ça tombe bien que tu sois là, Dalglish, parce que j'avais peur que ça tourne jusqu'à notre prochaine rencontre.

Hudson déposa sur la table basse des boîtes de loukoums, de dattes marocaines, de *cuneesi* artisanaux et de nougats italiens, ainsi que des pots de crème à la noisette et des bouteilles de liqueurs achetés au cœur de Rome.

— Il y a du Prosecco, du Limoncello et du Marsala. Livia est comme un poisson dans l'eau à Rome. Elle connaît toutes les bonnes adresses. Un jour, il faudrait qu'on y retourne avec vous deux.

— Scarlett, tu vas adorer cette ville et la mentalité des Italiens. Toi qui aimes les dragueurs romantiques et passionnés, tu seras servie !

Hudson découvrit une boîte moyenne, empaquetée d'un papier cadeau aux symboles de Rome, puis le tendit à sa protégée, qui s'en empara en frétillant d'impatience.

— On a tout de suite pensé à toi quand on a vu cet objet. Attention, il est fragile.

Incapable de se tenir devant un cadeau, la jeune femme se mit à le déballer avec entrain, son sourire s'élargissant à mesure que le papier se déchirait pour révéler une boîte en carton où un objet était soigneusement enroulé dans du papier bulle.

— Oh!

Fascinée, Scarlett ôta du paquet la ravissante statuette de marbre qu'on venait de lui offrir.

— Il s'agit de Diane, la déesse de la Chasse et de la Chasteté. Ma préférée, personnellement, dit Livia.

— Elle est plutôt dénudée pour une divinité supposée représenter les vierges, se gaussa Keir avec un regard provocateur en direction de Scarlett. J'espère qu'en mettant cette statue dans ton salon, tu ne resteras pas vieille fille jusqu'à la fin de ton existence.

— Cette statue éloignera de mon secteur les vieux satyres comme toi.

Leur connivence tangible ne sembla pas alarmer les époux, qui continuaient à vider leurs sacs devant eux.

— En parlant de chasteté, Dalglish, on a un cadeau qui pourrait te plaire.

Keir ne masqua pas sa suspicion à l'instant où il vit Hudson lui tendre un paquet plat alors que Livia se retenait de rire.

— Qu'est-ce que vous me réservez, tous les deux?

— Ouvre et tu verras.

Pendant que Scarlett s'éloignait vers un meuble pour y exposer sa nouvelle pièce d'art, le capitaine découvrait son cadeau avec un petit juron de stupéfaction.

— Vous vous foutez de moi?

— Une tenue d'ecclésiastique achetée au pied du Vatican, afin que tu sois sur ton trente-et-un pour rencontrer le pape en personne, expliqua Hudson, faussement angélique. Qu'est-ce que tu en dis ?

— Très touchant de la part de protestants !

Peu à peu, Keir sortit de son état de surprise et libéra son côté boute-en-train.

— On a fait dans le simple. Les tenues d'évêques et de cardinaux étaient trop onéreuses. Donc, tu seras seulement prêtre, avec un beau chapelet en ambre cependant.

Scarlett revint vers eux et regarda par-dessus l'épaule de Keir le costume religieux avec amusement.

— Tu devrais l'enfiler maintenant. Je suis sûre que tu auras autant de charme que Sean Connery dans sa bure de moine.

— Vous êtes vraiment dingues ! Crois-moi, Rowe, la prochaine fois, je te forcerai à te costumer en Barbie géante.

— Enfile-le avant de recevoir ton autre cadeau.

— C'est du bizutage !

Keir leva ensuite les yeux vers Scarlett.

— Vous avez oublié la tenue de nonne pour ce feu follet. Pourquoi je dois toujours être le seul à me ridiculiser ?

— Parce qu'elle n'a pas besoin d'un costume pour paraître sainte.

— Croyez-moi, c'est loin d'être un ange, grognassa Keir pour la forme et des coquelicots semblèrent éclore sur les pommettes de son amante.

— N'importe quoi ! Je suis innocente comme un nourrisson qui vient de naître.

— Allez, monte te changer, frère Keir.

Ce dernier se leva, non sans un coup d'œil vif en direction de Hudson, puis s'adressa à Scarlett :

— Si tu te prends pour un enfant de chœur, tu veux bien m'aider à enfiler ça ?

Elle acquiesça sans éveiller le moindre soupçon chez le couple, puis disparut à sa suite à l'étage. Ils pénétrèrent bientôt dans la chambre où Keir avait posé ses affaires et refermèrent la porte derrière eux.

— Tu crois qu'ils sentent quelque chose entre nous ? demanda Scarlett.

— Je ne pense pas. On est discrets et naturels, comme avant. Et puis, ils sont trop noyés dans leur amour pour remarquer quoi que ce soit autour d'eux.

Pendant qu'il ôtait sa chemise et son jeans, elle déplia la soutane noire et l'aider à l'enfiler. Tout en boutonnant le haut de l'habit ecclésiastique, un rire roula dans sa gorge. La situation avait quelque chose de tellement irréaliste qu'elle ne pouvait qu'en tirer des larmes d'hilarité.

— L'habit ne fait vraiment pas le moine.

Scarlett se recula de quelques pas et étudia son amant dans le costume sobre et austère de prêtre. Elle venait de lui fixer le col romain et une croix pendait désormais sur sa poitrine, alors que son crâne était recouvert d'un chapeau en feutrine noir. Trois détails qui contrastaient avec ses airs de dur à cuire.

— On dirait un évadé de taule qui cherche à se planquer dans une église de province !

La crise de rire fut si forte qu'elle dut se retenir à la porte pour reprendre son souffle.

— Et toi, tu as la tête d'une pécheresse qui a besoin de se confesser.

Scarlett ouvrit la porte comme Keir fonçait sur elle pour la capturer dans ses bras et dévala les escaliers en riant à gorge déployée. Elle le vit soulever la soutane pour mieux courir et l'entendit pester à chaque marche descendue.

— Alors, il est où notre curé ? demanda Hudson en sortant deux paquets ficelés d'un large sac.

À ce moment précis, Keir entra en scène à la suite de Scarlett, totalement folklorique dans son costume de prêtre romain, et fit même grâce d'une révérence à ses amis quand ils l'accueillirent par des applaudissements.

— Je savais que ça t'irait à merveille, Dalglish.

— Il me faut de la bière. Les moines trappistes en étaient les maîtres. Scarlett, tu veux bien nous en chercher, s'il te plaît ?

— Mais bien sûr, monseigneur.

La jeune femme s'empressa de rejoindre la cuisine pour garnir un plateau de boissons et Keir s'installa sur le canapé entre les deux époux, l'air tellement impassible qu'ils en rirent bruyamment. Il était en train de s'imprégner de son rôle.

— Vous avez oublié de m'acheter un anneau pour la baiser à chaque fois que vous me saluez.

— Maintenant, tu sais dans quoi tu pourrais te reconvertir après les marines.

— Petit con.

— Il va finir par dévergonder toutes les bonnes sœurs, lança Scarlett en revenant dans la pièce, les bras chargés de breuvages.

— Ce serait prendre exemple sur les Borgia. Ils n'étaient pas très à cheval sur le vœu de chasteté. Je te jure, Rowe, je vais me venger un de ces quatre.

— En attendant, tu peux toujours faire le remake des *Oiseaux se cachent pour mourir*, souligna Scarlett avec un clin d'œil.

— Je me passerais volontiers de tes commentaires, rouquine.

Keir et Scarlett finirent par découvrir leurs autres cadeaux : une paire de gants en cuir très chic pour chacun, doublée de soie, et des babouches marocaines.

— Désolée, ma chérie, on a vraiment cherché à rencontrer Sophia Loren ou Gina Lollobrigida, mais c'était impossible. Il va falloir attendre le prochain voyage à Rome, s'excusa Livia avant d'enfouir un loukoum à la rose dans sa bouche.

— Pas grave. On ira les guetter à la prochaine Mostra de Venise.

— Je suis content de vous retrouver ensemble, poursuivit Hudson avec un œil scrutateur pour ses deux amis. Lex m'a dit que votre relation s'était améliorée et j'ai l'impression que c'est vrai.

— Lex t'a parlé ?

Keir se fit soudain méfiant.

— Ouais. Il m'a dit que tu t'occupais bien de Scarlett et qu'il n'y avait pas eu de tentative de meurtre.

— Je l'aide seulement pour des travaux et je meuble un peu le vide. Sinon, elle se débrouille très bien sans moi.

— Il m'a aussi pressé de revenir à Parris Island pour les semaines qu'il nous reste avant la reprise de nos fonctions. Le lieutenant-colonel Barnes tient à superviser notre rééducation militaire lui-même. Comme tu habites à Charleston, tu pourrais occuper une chambre à la base. Il nous conseille de reprendre dès lundi, donc dans deux jours.

— Si vite ?

— Je pensais que tu étais impatient de reprendre le rythme.

Keir se décoiffa du chapeau de prêtre, qu'il posa sur ses genoux en réfléchissant. Depuis qu'il séjournait chez Scarlett, le monde martial était à mille lieues de lui manquer.

— Oui, c'est vrai.

Scarlett croqua dans un loukoum afin de dissimuler son désespoir.

Savoir que Keir la quitterait bientôt avait un goût de morosité et faisait planer sur sa tête le spectre de la Solitude.

Chapitre 25

Sept jours plus tard

Un paquet de Maltesers dans les mains et assis dans les gradins d'un gymnase, Keir suivait le match de basketball auquel participaient Lex, Hudson et d'autres militaires. Il n'était plus vraiment capable de se concentrer sur les divertissements que lui proposaient ses amis depuis qu'il s'était éloigné de Scarlett. Les trois semaines passées à ses côtés l'avaient étrangement changé et asservi au charme de la jeune femme, si bien qu'il ne songeait plus qu'au désir de la rejoindre à chaque fois qu'il rentrait dans sa chambre à la Marine Corps Recruit Depot.

Sa rouquine lui manquait et cette éventualité commençait à l'effrayer.

Jamais une femme ne lui avait manqué de cette façon-là, avec une violence que seul un toxicomane pouvait ressentir quand il n'avait plus sa drogue.

Ça faisait mal et c'était plutôt étourdissant.

Keir devait relativiser et se cantonner à la nature primaire de leur relation : ce n'était que du sexe et c'était de cela qu'il avait envie. Cependant, au lieu d'aller courir les jupons en ville ou à la plage comme il en avait l'habitude à chaque fois que ses hormones étaient en ébullition, son esprit ne voyait plus que Scarlett et son corps lui demeurait farouchement fidèle.

Une torture.

Dans un élan irrépressible, il récupéra son smartphone dans la poche de son pantalon treillis et composa un SMS.

Feu follet,
J'ai faim de toi.
Dis-moi que tu seras là ce soir...
XOXO.

Il envoya le message à Scarlett et reçut une réponse dans la minute qui suivit.

Keir,
Je me sens seule la nuit depuis ton départ.
Oui, on vous attendra à Habersham avec Livia et le
général Arlington.

Keir fut soulagé d'apprendre qu'elle n'était pas de garde à l'hôpital cette nuit. En ce samedi soir, John avait invité ses amis à dîner à Habersham, une ravissante ville côtière située à une vingtaine de minutes de Beaufort. Son père adoptif, Graig Arlington, un général quatre étoiles connu pour ses actions pendant la guerre du Vietnam et sa contribution dans le développement technique de la U.S.M.C, y possédait une immense demeure du XIXe siècle où les réceptions allaient bon train.

Mon pauvre cœur...
Je me demande bien ce que tu fais lorsque tu es seule.

Keir sursauta quand Hudson cria victoire au panier qu'il venait de mettre avec l'assistance de Lex. De par leurs hautes tailles et leur agilité commune, ces deux-là avaient souvent l'avantage au basketball. Ils ressortaient toujours vainqueurs d'un match et semblaient si indétrônables que le capitaine balafré avait fini par ne plus vouloir jouer contre eux.

De toute façon, les sports de yankee l'attiraient bien moins que les divertissements écossais.

Je sors nos jouets et je pense à toi... très fort.

Les fossettes de Keir frémirent en imaginant Scarlett dans son lit à baldaquin, alanguie pendant qu'elle s'adonnait à des pratiques onanistes en soupirant son nom. Que ne donnerait-il pas pour quitter le gymnase, la base et la rejoindre séance tenante.

Bon sang, ça ne faisait qu'une semaine qu'ils ne s'étaient pas vus et voilà dans quel état il se confondait lui-même !

Je t'imagine parfaitement... ça m'excite.
J'ai une envie folle de m'occuper personnellement de ton désir.

Une autre réponse déchargea une vibration dans son bas-ventre et il sentit sa virilité enfler à l'abri de son pantalon.

Je porterai une robe ce soir, sans collants, avec une petite culotte noire que tu pourras aisément m'ôter pour me posséder à l'angle d'un couloir...

Fébrile, il pianota sur son clavier pour écrire :

Je suis déjà en toi en pensées et je ne te quitterai pas avant de t'avoir fait jouir trois fois de suite...

La réponse arriva aussi vite :

Trois fois de suite ? Quel ambitieux !

Son sourire s'agrandit, il envoya :

Sept jours que je n'ai pas baisé.
Tu ne sais pas combien je déborde d'énergie, mon
cœur.

Quelques heures plus tard, Keir, John, Lex et Hudson pénétraient dans le séjour spacieux du général Arlington. De nature impulsive et expressive, Scarlett dut se faire violence pour ne pas se précipiter dans les bras de son amant et calqua son attitude à celle de Livia, si accoutumée à se comporter comme une princesse en société. Elle demeura donc assise sur le canapé de cuir en attendant que les hommes finissent de se saluer.

— Ah, voilà mes fistons ! s'enthousiasma le général, un septuagénaire dynamique à la crinière de neige et au teint buriné par le soleil du Sud.

Graig était un homme d'un ancien temps, dont on admirait l'entregent, le raffinement et la bonhomie. Issu d'une riche famille d'officiers, il avait hérité de l'opulente demeure familiale, s'était marié à une femme radieuse, aussi belle que généreusement dotée, avait eu deux fils, l'un mort à la guerre, l'autre d'une maladie incurable, s'était retrouvé veuf en pleine cinquantaine et pensait finir sa vie en vieil orphelin quand son chemin avait croisé celui de John. À l'époque, ce dernier était jeune, à peine sorti de sa communauté amish, égaré dans un monde qu'il ne connaissait pas correctement. Le général avait vu en ce hère ambulant le fils qu'il n'aurait plus et l'avait adopté quelque temps plus tard.

— Quel plaisir de vous revoir, mon général, le salua Hudson, bientôt imité par Lex et Keir.

— Vous devriez venir plus souvent, les gars, je me sens seul ici ! Heureusement, j'avais de la charmante compagnie en attendant votre arrivée.

— Je vous envie, mon général. Moi, je dois me taper la présence de grosses brutes à longueur de journée, plaisanta Keir en se rapprochant des jeunes femmes pour leur faire un baise-main.

Si Livia était égale à elle-même dans une robe que Grace Kelly aurait pu porter à l'occasion d'un dîner aux chandelles à Monaco, Scarlett incitait à la sédition dans une robe couleur café, qui lui arrivait au-dessus des genoux et lui moulait magnifiquement les fesses en laissant deviner la beauté de ses seins sous un décolleté évasé, dans le style des robes gréco-romaines. L'habit était glamour, autant que le maquillage charbonneux de ses yeux et le chignon à l'espagnol qui épousait la courbe de sa nuque. Un peigne à cheveux ancien y était planté et apportait une réelle touche d'hispanité à ce visage celtique.

Keir la scruta sans lui dissimuler sa satisfaction, donnant l'air d'un gourmand sur le point de déguster sa pâtisserie préférée, puis se pencha dans sa direction quand elle se leva sur ses petits talons et lui chuchota :

— Tu me fais penser à une danseuse de flamenco.

Scarlett le reluqua à son tour, avec toutefois de la discrétion. Il était casual-chic, sobre, à l'image de ses frères d'armes. Le général aimait les gens élégants et détestait voir ses invités en jeans ou tenue de jogging quand il programmait un dîner. Ses réceptions, petites ou grandes, respectaient sempiternellement une étiquette vestimentaire qu'il était impossible de déroger, sous peine d'être recalé en toute diplomatie.

— Tu as presque l'air d'un type fréquentable, le taquina-t-elle au moment où Hudson passait près d'eux pour embrasser son amie à la joue.

Keir se recula un peu et laissa son amante discuter avec son frère spirituel. Il s'éloigna en direction de Livia, lui fit la conversation, avant de se mêler à celle qu'entretenaient le général et John.

Bientôt, un couple de sexagénaires se joignit au groupe et la gouvernante de la maison, Amalia, apparut dans le salon pour annoncer le repas. Philippine jusqu'au bout des ongles, rondelette, fidèle et particulièrement maternelle avec les marines de son patron, elle était la *nanay*4 dont tout le monde rêvait. En vingt ans de service, elle avait su gagner sa place dans la famille Arlington et avait suivi l'évolution des quatre frères d'armes au fil des rassemblements privés et officiels de la U.S.M.C. Douée de sa sensibilité de femme et de son expérience, la gouvernante les connaissait sur le bout des doigts et avait su percer le secret de leurs cœurs à la faveur de ses petits plats succulents.

Elle pensait qu'un homme se délestait de tout mystère une fois qu'il révélait à la femme son péché mignon.

— Scarlett, tu te mets en face de Keir ?

Cette dernière opina et adressa un petit sourire lumineux à son amant, lui-même assis entre Lex et la sexagénaire sophistiquée.

Ils étaient neuf au total, installés à une grande table ovale en bois précieux, au milieu d'un salon décoré d'objets onéreux et historiques. L'âme de la pièce n'avait pas évolué d'un pouce depuis le XIXe siècle.

---

4. « Mère » en tagalog, langue native des Philippines.

Entrer chez le général était comme investir l'antre d'un musée ou alors d'un manoir de légende, laissé à l'identique, où le temps semblait s'être suspendu pour toujours. Même les éléments modernes se fondaient dans le décor et ne parvenaient pas à rivaliser avec les meubles de grand seigneur.

Amalia disposa sur la table une profusion de plats régionaux et le repas put commencer dans une cacophonie animée et entraînante.

Scarlett se montrait loquace et attentive avec son voisin de table, le vieil ami du général qui avait été médecin chez les marines jusqu'à sa retraite, dix ans plus tôt. La jeune femme était une interlocutrice agréable, car elle avait une capacité d'écoute que beaucoup de gens n'avaient pas et montrait un intérêt qui flattait celui qui parlait. Keir était bien placé pour le savoir depuis le temps qu'ils passaient leurs soirées à deviser ensemble sur leurs souvenirs, leurs présents et tout ce qui les touchait.

Parfois occupé à converser avec la femme de l'ancien médecin, parfois avec Lex, Keir avait toujours un mot à la bouche, mais n'oubliait jamais de prêter une attention à Scarlett toutes les deux minutes.

Cette beauté sauvage se domestiquait et s'embellissait à mesure que le temps filait. Elle était comme un diamant brut qu'un lapidaire taillait amoureusement au jour le jour.

Distinguant l'intérêt suspect de Keir pour la rousse, Lex se pencha vers son ami et lui chuchota sur un ton sérieux :

— On dirait que tu es en train de tomber amoureux.

Keir se mordilla l'intérieur de la joue tandis qu'il mâchait sa bouchée de patate douce.

— C'est compréhensible. C'est une jeune femme en or. Et si tu veux mon avis, elle ressent les mêmes émotions que toi, poursuivit Lex.

— Qu'est-ce que tu es en train de me chanter ?

Keir venait de se rafraîchir d'une gorgée de vin blanc et scrutait désormais son ami, le regard étréci.

— Tu devrais ouvrir les yeux sur ce que ton cœur dit et ne pas jouer les idiots ou tu manqueras l'essentiel.

— Tu es un romantique refoulé, Lenkov. Je sais ce que je ressens et comment je dois agir.

— Tu te mens à toi-même et tu vas la faire souffrir.

— Qu'est-ce que tu en sais ?

— Je le sais, c'est tout.

Keir conclut leur aparté en choisissant de l'ignorer pour se tourner vers sa voisine et reprendre leur conversation sur la culture de champignons en cave, espérant ainsi effacer la petite voix doucereuse qui bruissait dans son esprit et semblait en accord avec les paroles perspicaces de son compagnon.

Maudit Lenkov !

Intriguée par la tension manifeste entre son amant et Lex, Scarlett orienta son regard vers l'instructeur militaire et l'interrogea tacitement. D'un geste de la main, ce dernier lui assura qu'il n'y avait pas lieu de s'inquiéter.

Elle n'y croyait qu'à moitié, son intuition lui soufflant qu'elle n'était pas vraiment étrangère à leur discussion. Toutefois, elle n'insista pas et continua de manger en écoutant les interventions médicales qu'avait pu faire son voisin de table au cours de ses missions passées.

Le dîner s'espaçait et atteignait déjà les 23 heures quand le général invita ses invités à le suivre dans son petit salon de curiosités, où il comptait leur servir du thé, du café ou des cocktails alcoolisés.

Animé d'une passion pour l'astronomie, qu'il avait transmise à son fils adoptif, Graig avait aménagé tout un observatoire d'astronome dilettante pour admirer l'espace et les nuits étoilées, étant même à la tête d'un club d'astronomie en Caroline du Sud.

— Dis-moi, tu es en froid avec Lex ?

L'œil glissé dans l'oculaire du télescope dirigé vers la voûte céleste, Keir sentit le souffle de Scarlett dans son oreille quand elle lui murmura sa question, l'air inquiet.

— Non.

— Alors pourquoi tu étais contrarié quand il te parlait ?

— Parce qu'il m'a dit des choses dont il ne sait rien.

— Lex sait toujours tout par avance.

Keir haussa les épaules.

— Peu importe. Tu veux regarder les étoiles ?

Il se redressa en tournant enfin son visage dans sa direction et se heurta à son regard fardé. L'ombre à paupières noire et constellée de paillettes évoquait la nuit qui surplombait leurs têtes, alors que ses yeux verts s'apparentaient à deux étoiles fixes dont il voulait suivre la lumière pour se guider dans l'obscurité.

Plus il la regardait, plus il la trouvait belle.

Scarlett ne fut pas satisfaite de sa réponse, mais n'était pas non plus d'humeur à creuser dans l'esprit complexe de son amant. Elle accepta donc avec plaisir sa proposition et se plaça derrière le télescope, son parfum d'iris poudré allant effleurer les narines du militaire.

Il se sentit raidir, rêvant d'envoyer leurs compagnons hors de la pièce pour pouvoir la posséder contre l'une des étagères fixées aux murs.

Et cette robe d'une indécence inouïe, qui le tentait aussi sûrement que cette pomme légendaire dans laquelle Adam avait croqué...

— Tu aimes ce que tu vois, Scarlett ? demanda soudain John.

Celui-ci se rapprocha d'eux et se positionna aux côtés de la jeune femme afin de l'aider à bien observer le ciel. Dans ses mouvements, ses grandes mains glissèrent sur ses hanches, sans obscénité, mais Keir le ressentit comme une offense à sa fierté d'homme, comme si son ami s'aventurait sur son territoire...

De la jalousie. Pure et dure.

Il détestait être en proie à ce sentiment fétide. Il l'était autrefois avec sa mère, quand un autre homme que son père osait flirter avec elle. Parfois, il ressentait un peu de morosité lorsque ses amis faisaient des choses sans lui, mais cette fois-ci, c'était différent : il était jaloux parce qu'on touchait à son amante, cette femme qui faisait palpiter son cœur tel le moteur d'une locomotive électrique.

Et si Lex avait raison ? S'il était vraiment en train de tomber amoureux ?

Non, c'était inimaginable. Son cœur était cadenassé et la clef pour l'ouvrir croupissait dans un endroit inatteignable.

Keir n'aimerait jamais une femme comme Stuart avait aimé Moïra. Il n'était pas romantique, encore moins sentimental. C'était seulement un jouisseur, un amateur de chair. Pas de sentiments. Pas d'abstrait, seulement du concret, du physique.

— Tu vois la constellation de l'Orion? Elle est en forme de sablier, expliqua John à Scarlett, sans ôter ses mains de ses hanches.

— Oh oui, je la vois! C'est magnifique, j'aimerais pouvoir l'admirer depuis le ciel. Tu m'emmèneras faire un tour en avion un jour?

— Si tu veux.

Peu désireux de se soumettre à la jalousie, Keir décida de reporter son attention sur d'autres objets de la pièce et se distança vers une étagère où des livres d'astronomie y étaient rangés par ordre alphabétique. Malgré cela, il ne pouvait se détourner réellement de Scarlett. Il entendit ses rires au loin, certainement provoqués par les blagues que John avait coutume de raconter, et s'en grisa à son corps défendant.

Ces rires, il voulait les boire à la source de ses lèvres.

Ces hanches, il souhaitait les pétrir entre ses doigts.

Il avait un besoin urgent de l'aimer, d'être en elle.

Tout de suite.

Après avoir fait mine de feuilleter deux ou trois bouquins, sans jamais oublier de lancer quelques remarques dans la conversation qu'entretenaient le général et les autres convives, Keir s'érigea de nouveau aux côtés de Scarlett. John était toujours près d'elle, mais son esprit se perdait déjà dans la contemplation du ciel à travers le télescope, si bien qu'il ne vit pas son ami se pencher vers la jeune femme pour lui murmurer, diaboliquement :

— Rejoins-moi dans cinq minutes dans le parc du domaine, sinon je me ferais une joie de revenir te chercher pour te prendre devant tout le monde, sur le tapis ou contre l'une de ces étagères.

L'audace de Keir échauffa tellement Scarlett qu'elle crut avaler un piment rouge avant d'en prendre la teinte.

Pitié! Pas de rougeur qui pourrait nous trahir, pria-t-elle en silence.

Keir s'éloigna de quelques pas, son inimitable sourire carnassier plaqué sur le visage, puis lança en direction des autres avec un naturel que la jeune femme lui enviait :

— Pardonnez-moi, mais j'ai un coup de fil important à passer. Je vous retrouve dans une quinzaine de minutes.

— Oui, prends ton temps !

Le moment d'après, Keir disparaissait de la pièce en laissant la porte entrouverte, une manière d'inciter Scarlett à le suivre au plus vite.

Stressée par l'état où il la mettait, par la peur d'être démasquée dans ses délits voluptueux, celle-ci triturait ses mains en attendant le moment propice pour annoncer :

— Je vais prendre un peu l'air et admirer votre serre, Graig. Je sais que vous avez de belles plantes.

— D'accord, ma fille, répliqua ce dernier avant de poursuivre ses explications doctes sur le phénomène des étoiles filantes.

Si le reste des convives ne nourrit aucun doute sur les deux départs subits, Lex subodora leur comédie et put saisir la raison pressante qui les encourageait à se retrouver en cachette. Mais loin d'être un délateur, il ne pipa mot et se contenta seulement de suivre la jeune femme des yeux quand elle se précipita hors du cabinet des curiosités.

Scarlett longea les corridors de l'étage à pas hâtifs, puis dévala les escaliers en direction du jardin assombri, faiblement éclairé par des lanternes extérieures. Par endroit, cette pénombre était si épaisse qu'il fut aisé pour Keir de la surprendre en chemin, étouffant contre sa bouche le petit cri de surprise qui lui échappa spontanément.

— J'en rêve depuis des heures..., murmura-t-il contre ses lèvres, en même temps qu'il la soulevait dans ses bras pour lui permettre d'enrouler ses jambes autour de sa taille.

La robe de Scarlett se retroussa sur ses cuisses comme elle lui ceignait les hanches fermement pour se maintenir en équilibre contre lui.

— J'ai l'impression d'être affamé depuis des jours...

Il effectua quelques pas vers un endroit isolé du vaste parc, là où il était certain que le télescope n'aurait aucune vue selon sa connaissance des lieux, puis la plaqua contre la paroi d'une petite cabine en bois. L'endroit était parfait. Stable, à l'abri de toutes les curiosités.

— Moi aussi, avoua-t-elle en appréciant l'infiltration d'une main baladeuse entre les vallées de ses cuisses, qui remonta nonchalamment jusqu'à son intimité en feu.

— La prochaine fois, ne mets rien sous ta robe... ça m'évitera de faire ça...

Et sans même lui fournir d'explication, il déchira d'un geste vif les coutures de sa petite culotte noire pour l'en débarrasser sans la faire bouger. Il rangea ensuite ce bout de dentelle dans la poche de son propre pantalon, puis s'assura de son état physique. Visiblement, elle était prête à le recevoir.

— Humide à souhait. Parfait.

— Je le suis depuis que je t'ai vu entrer dans le salon, confia-t-elle en l'aidant à défaire la boucle de sa ceinture, ses doigts trahissant son impatience.

Il fallut moins d'un quart de minute à Keir pour qu'il se décharge des dernières barrières vestimentaires et pour qu'il s'ancre en elle d'une pénétration fébrile.

Quel soulagement !

Scarlett manqua hurler dans la nuit sous cette heureuse sensation, mais endigua tout bruit suspect contre les lèvres exigeantes de son amant, grelottante de délices à chaque coup de boutoir.

— Ça faisait une éternité, soupira-t-il en prenant son visage à deux mains pour l'embrasser sur le bout du nez. Te posséder était devenu une urgence vitale.

Cette copulation secrète au léger parfum de scandale fut aussi intense que brève. L'un comme l'autre cédèrent à un orgasme sourd, déchaîné, qui les laissa muets de jouissance de longs instants.

Au bout d'une minute, Scarlett supplia, la voix câline :

— Passe la nuit avec moi, Keir... je n'ai pas envie de dormir toute seule.

— Je ne peux pas, je dois travailler demain matin. On commence tôt, tu le sais.

— C'est dimanche.

— Un militaire travaille même le dimanche, *mo chridhe*.

Elle soupira, étant bien placée pour savoir que leurs deux métiers requerraient parfois leur présence à l'heure où d'autres se prélassaient avec insouciance au lit.

— Quand est-ce qu'on se reverra alors ?

— Bientôt.

— Ce que je veux dire, c'est : quand est-ce qu'on pourra partager une nuit entière ensemble ?

— Je n'en sais rien non plus.

— Tu es capitaine, tu devrais avoir plus de liberté que les autres...

— J'ai plus de responsabilités, tu veux dire.

Scarlett soupira, puis se trémoussa dans ses bras quand il la libéra charnellement avec un sentiment vertigineux de vide. Là, il l'aida à remettre de l'ordre dans sa robe et à réintégrer dans son chignon, à la faible clarté des lueurs environnantes, les boucles qui s'en échappaient.

— Promis, je viendrai dormir avec toi dès que les circonstances nous seront favorables.

Et Keir d'accentuer sa réponse d'un baiser appuyé, satisfait par le plaisir qu'il venait de prendre et de donner conjointement, mais surtout contrarié d'avoir dû mettre un terme aussi rapide à leur étreinte.

Contrarié de devoir la quitter tout court.

Chapitre 26

Trois jours plus tard

Tu ne peux vraiment pas te libérer ce soir ?
Je peux toujours te rejoindre à l'un des bars qui bordent la base.
Ta chaleur me manque et je n'ai pas envie de passer ma soirée seule...

Keir tenait son téléphone portable et réfléchissait à la manière dont il pourrait rejoindre Scarlett dans la soirée quand, aussi sec, Hudson jaillit à ses côtés et le lui arracha des mains.

— Quel con ! clama Keir en bondissant de son siège pour récupérer son portable, mais Lex s'interposa entre eux et l'obligea à se rasseoir, l'air impassible.

— D'après Lex, tu fréquentes quelqu'un que je connais depuis quelque temps et tu sembles accro.

— Tu n'es qu'un mouchard, Lenkov.

— Je fais ce que je dois faire, Dalglish. Tu ne dois pas avoir de secret pour tes frères d'armes, surtout dans le cas de ta relation toute neuve.

Keir fusilla l'instructeur militaire des yeux, certain qu'il avait encouragé Hudson à lui subtiliser son portable, puis se réinstalla sur la chaise du bureau où le trio se tenait. Il se refaçonna un visage digne et dénué de culpabilité, puis s'obligea à une grande sérénité au moment où le teint de son ami vira au rouge tomate à la découverte du message et de l'identité de l'expéditrice.

— Scarlett ?

On aurait dit que Hudson crachait du feu à l'accent éraflé dont sa voix se para.

Keir se rencogna sur son siège et sans le quitter du regard, haussa les épaules en répliquant avec désinvolture, l'air de dire que cela n'avait rien de choquant au final :

— Oui, Scarlett.

— Mais… comment ça se fait ?

— Tu m'as demandé de rester à ses côtés à la suite du cambriolage. Ça nous a rapprochés.

Hudson fut frappé de stupeur.

— Tu veux dire que ça fait plus d'un mois que… que ça dure ?

— Tu as l'air étonné.

— Tu n'as jamais couché avec la même femme aussi longtemps.

— Ça marche bien entre nous, même si c'était mal parti pour…

— Tu n'es qu'un opportuniste sexuel ! coupa Hudson en faisant glisser les messages sur l'écran du portable, ce qui lui permit de découvrir des messages érotiques à le faire suffoquer d'indignation. Oh mon Dieu… Scarlett n'a pas pu écrire ça !

— Rowe ! Rends-moi mon téléphone !

En criant, Keir sauta de sa chaise dans le but de se ruer sur Hudson et récupérer ce qui lui appartenait, cependant il y resta cloué sous la contrainte de Lex.

— Je lis les messages que tu envoies à Livia, moi ? Tu n'as pas le droit de faire ça ! C'est une atteinte à ma vie privée !

Hudson ignora l'agacement de Keir et continua à mener son investigation téléphonique, surtout pour vérifier si son ami ne voyait pas plusieurs femmes concurremment.

— Tu ne sembles pas voir d'autres femmes.

— Non. Mais qu'est-ce que ça peut te faire ?

— Donc, tu vois seulement Scarlett depuis un mois ?

— Bonne déduction, persifla Keir.

— Tu n'as jamais fait ça auparavant.

— Et alors ?

— Elle te plaît donc beaucoup ?

— Oui. Et c'est réciproque.

— Tu as des sentiments à son égard ?

L'interrogé ouvrit la bouche pour réfuter, néanmoins, aucun son n'en sortit et il se confina dans un silence révélateur.

— Tu as des sentiments pour elle, oui ou non ?

— J'en sais rien, les mecs. Elle me plaît et me change de toutes les autres femmes que j'ai connues jusqu'à aujourd'hui. Mais vous le savez, je ne cherche rien de sérieux. On n'est pas ensemble.

— Connaissant Scarlett, elle doit déjà être amoureuse de toi..., répliqua Hudson sur un ton las. Si tu n'as rien d'autre à lui offrir que du sexe, arrête de la voir tout de suite ou tu vas finir par la faire souffrir. Vous n'êtes pas du même acabit. Une fois que tu auras pris ce que tu voudras, tu la briseras et je n'ai pas envie de la ramasser à la petite cuillère.

— Et si elle a envie de continuer, hein ?

— On va la raisonner tout de suite, assura Hudson.

— Qu'est-ce qui te donne le droit de gérer ses relations, Rowe ? Tu n'es pas son tuteur légal à ce que je sache !

— Je me suis juré de la protéger jusqu'à la fin de ma vie et je me sens obligé de l'écarter de toi. Tant que tu ne seras pas prêt à t'investir dans une relation avec une femme, tu resteras un débauché à fuir.

— Je ne me suis jamais mal comporté avec elle depuis qu'on se voit, se défendit Keir.

— Oh, mais tu peux être très charmant quand il s'agit de plaire à quelqu'un. Le problème, c'est qu'à un moment, tu vas jouer aux abrutis et que tu lui feras mal.

— Tu as une piètre estime de moi. C'est sympa de la part d'un meilleur ami.

— Disons que je connais tes défauts et tes qualités, Dalglish.

— Rowe, tu devrais contacter Scarlett et lui demander de venir ici pour qu'on ait une conversation sérieuse, intervint Lex en s'attirant un coup d'œil acéré comme l'embout d'une flèche de la part de Keir.

— Lenkov, ce n'est pas parce que tu es un frustré sexuel qu'il te faut bousiller ma relation ! Va tirer un coup et laisse-nous tranquilles, Scarlett et moi.

Lex se pencha vers son ami et lui souffla :

— Je ne sais pas comment ça se fait et comment ça se fera, mais tu es l'homme lié au destin de Scarlett. Ça a l'air impossible, pourtant, je le sens… Mais tu vas devoir t'éloigner un peu pour éprouver tes sentiments, Dalglish.

— Qu'est-ce que tu ne racontes pas comme conneries !

Toutefois, Keir était très perméable aux sciences ésotériques et à tout ce qui touchait au paranormal. En Écosse, quand il était petit et se rendait chez ses grands-parents, il avait coutume d'entendre des récits vieux comme des siècles et d'investir les forêts celtiques en compagnie de ses cousins, cherchant à trouver les fées, les spectres et toutes les autres créatures dont parlaient les contes. Ils aimaient recréer une ambiance mystique.

En grandissant, la raison n'avait pas complètement chassé ses croyances, si bien que la clairvoyance de Lex lui faisait toujours froid dans le dos.

— Si ce ne sont que des conneries et que tu ne cherches rien de sérieux avec elle, je peux l'appeler et lui dire d'arrêter de te voir, alors ? renchérit Hudson en appuyant sur le numéro de Scarlett pour lui expédier un message.

Keir voulut charger comme un taureau dans sa direction et récupérer son portable, malheureusement son corps resta englué sur le siège. Après tout, c'était l'occasion idéale de se sevrer de Scarlett, d'essayer de faire le point sur lui-même et de se focaliser sur autre chose qu'elle.

— Fais-le, j'en ai rien à battre, lâcha-t-il sur un ton mordant. Mais à toi de lui expliquer ce qu'il se passe.

Bien sûr, il mentait. C'était seulement une tentative de se convaincre du contraire.

Installée dans son salon avec un sachet de pop-corn dans les mains, Scarlett regardait le célèbre film *Géant* en récitant les répliques de James Dean quand son portable vibra près d'elle.

Rejoins-moi devant l'entrée de Parris Island dans une heure.
On doit se parler.

Le message de Keir l'intrigua. Elle ne savait pas s'il devait être interprété de manière positive ou négative. Quelle que soit la motivation de cette invitation, la jeune femme décida d'obéir à son ordre et arrêta le film afin de monter se pomponner. Elle enfila un jeans et un débardeur noir, recouvert d'une veste sans manches indienne, en daim et de teinte camel, puis coiffa ses cheveux en deux longues nattes. Scarlett pouvait passer pour une Cherokee moderne, son teint et sa rousseur ajoutant un peu d'exotisme au style.

Au bout d'une demi-heure, elle quitta sa demeure, se posa au volant de Blue Coco et sillonna le chemin menant à Parris Island. Au son de musique pop, la jeune femme voulut se convaincre de l'issue rassurante et joyeuse de cette prochaine entrevue, mais un mauvais pressentiment lui contractait le ventre.

En arrivant à destination, ses appréhensions s'empâtèrent et elle eut une affreuse envie de vomir.

Hudson, Lex et Keir l'attendaient tel un rempart à son bonheur devant l'entrée de la base. Et si son amant arborait l'air sombre de celui qui vient de perdre une bataille, les deux autres n'en demeuraient pas plus avenants avec leurs moues sévères.

Une évidence explosa devant ses yeux : Hudson était désormais au courant de leur liaison. Elle allait devoir subir ses récriminations.

Tout en se voulant aussi sereine qu'un moine bouddhiste — chose impossible —, Scarlett stationna sa Coccinelle vintage à quelques mètres de leur emplacement, coupa le moteur et en sortit avec lenteur. Après avoir claqué sa portière d'un mouvement sec, elle contourna son véhicule, puis s'appuya avec nonchalance sur le capot.

— Que me vaut l'honneur de cet accueil festif ? lança-t-elle, ironique.

— On est au courant pour Keir et toi.

Elle avait senti que Hudson le découvrirait plutôt vite. Le goût du secret avait épicé sa relation avec Keir, mais c'était aussi une bonne chose qu'ils ne se cachent plus.

— Et alors ?

— Vous devez arrêter cette relation qui ne mène à rien. Tu dois fréquenter quelqu'un d'autre.

Scarlett croisa ses bras contre sa poitrine en trahissant son irritation.

— Sauf ton respect, Hudson, j'ai vingt-trois ans et j'ai le droit de fréquenter qui je veux. N'est-ce pas, Keir ?

Elle appuya son regard sur son amant, comme pour quémander son soutien, mais à sa grande consternation, il se désolidarisa de leur cause et répliqua tel un bon petit soldat qui récite le code de discipline militaire :

— Il a raison. On doit arrêter de se fréquenter. Je n'ai pas envie de te faire perdre ton temps. On a assez joué, toi et moi.

Scarlett accusa sa réponse avec froideur, quoiqu'un peu estomaquée par sa réaction.

Vexée d'avoir été piégée par les trois amis et surtout, par la couardise de Keir, elle se détacha de sa voiture, avança dans sa direction et se posta à quelques centimètres de sa position. Ce dernier demeura aussi immobile que les gardes surveillant l'entrée de la base militaire et elle se sentit minuscule à ses côtés. L'uniforme treillis mettait en exergue son autorité et les bottes de combat le grandissaient un peu plus.

La tête légèrement penchée dans sa direction, Keir plongea dans ses yeux humides de ressentiment. Elle était en pétard et il aurait dû s'y attendre lorsqu'une gifle s'écrasa sur sa joue en propageant sous sa peau une centaine de picotements.

— Ça, c'est pour ta lâcheté et l'humiliation que tu es en train de m'infliger.

Malgré l'embarras qui commençait à teinter son visage, le capitaine encaissa le coup avec dignité et ravala un juron. Seuls ses yeux argentés reluisaient d'un éclat ombrageux en procurant de la satisfaction à Scarlett. Mais alors qu'il prévoyait une autre claque, Keir la vit se hisser sur la pointe des pieds pour capturer son visage entre ses mains, l'attirer vers le sien et l'embrasser langoureusement.

C'était fourbe. Elle savait qu'en faisant cela, il forgerait sa résistance avec grande peine.

Petite sorcière...

Tout en détestant sa faiblesse, Keir répondit malgré lui à cette caresse voluptueuse sous les regards tantôt plissés de leurs amis, tantôt écarquillés des gardes plantés derrière eux.

— Ça, chuchota-t-elle en libérant ses lèvres des siennes, c'est pour que tu te souviennes de ton corps dans le mien et de la joie que j'aurais eu à te sucer toute la nuit si tu ne m'avais pas tendu ce piège...

Scarlett se détacha l'instant d'après de son corps et fit quelques pas en arrière. Keir était aussi bandé qu'un arc et ses muscles semblaient fourmiller d'étincelles électriques.

S'ils avaient été tous seuls, il lui aurait déjà bondi dessus pour la posséder à même le bitume de la route. Comme une bête.

— Maintenant, tu peux retourner obéir à tes maîtres.

Et avec un coup d'œil fâché en direction de Hudson et Lex, elle rejoignit sa voiture et monta à l'intérieur pour disparaître dans un vrombissement de moteur colérique.

Chapitre 27

— Livia, je déteste ton mari !

Aussi nerveuse qu'un cheval de course, Scarlett pénétra en trombe dans la galerie d'art où sa cousine se tenait. Cette dernière avait accepté de poser en tant que modèle photo pour leurs amis communs, Raúl et Spencer, un couple d'artistes homosexuels exubérants, qui en plus d'être leurs voisins étaient d'excellents conseillers en matière d'esthétisme, de décoration et d'amour.

Debout devant un fond bleu marine et vêtue d'une longue robe blanche en dentelle, épurée et très romantique, Livia posait pour un portrait sans visage en se présentant de trois quarts devant l'objectif pendant qu'elle tenait un miroir ancien, dans lequel se reflétaient son collier de perles et sa bouche fardée de rouge. Ses cheveux blonds, ondulant au-dessus de ses épaules, étaient ornés de beaux accessoires en perles.

On aurait dit une jeune débutante qui s'inspectait une dernière fois dans le miroir avant de se rendre à son premier bal mondain.

Scarlett s'arrêta un instant, comme hypnotisée par le portrait de sa cousine, incapable de lui cacher son admiration à son égard.

— Ah bon ? Je pensais que tu l'idolâtrais, s'amusa Livia en bougeant d'un pouce, s'attirant ainsi un cri d'effroi de Raúl, posté derrière son appareil photo professionnel pendant que son compagnon jouait aux assistants pour l'éclairage.

— *Mi amor*, ne bouge pas ! Et toi, Scarlett, laisse-la tranquille ! Va te servir un peu de thé tibétain pour calmer la haine que je sens en toi !

Livia manqua rire sous ses injonctions coiffées d'intonations hispaniques. Mexicain d'origine, l'accent de Raúl ne faisait que rendre plus délicieux sa prose de dandy moderne, haut en couleur et farouchement séduisant avec sa moustache stylisée et ses longs cheveux noirs, toujours coiffés en catogan.

Scarlett n'osa pas insister et consentit à rejoindre en silence une table ronde où un service à thé avait été disposé. Au passage, elle salua de la main Spencer, ce grand nounours blond aux lunettes rondes qui soulageait ses peines à chaque fois qu'elle en avait.

Là, elle se servit une tasse, souffla sur le breuvage tiède et fortement parfumé, puis le but comme on viderait un verre de whisky.

Maudit sois-tu, Keir Dalglish !

Elle dut prendre son mal en patience pendant un quart d'heure, le temps pour Livia et les deux artistes de finir le shooting. Cela avait paru une éternité tant son besoin d'être entendue par des oreilles attentives était urgent.

— Bon, pourquoi es-tu aussi en rogne, Scarlett ? l'interrogea Raúl en délaissant son appareil photo pour la rejoindre autour de la table.

— En rogne contre Hudson, accentua Livia, mi-amusée, mi-intriguée.

Cette dernière, suivie par Spencer, imita le photographe et alla s'attabler près de sa cadette, désormais le centre d'intérêt du trio d'amis.

L'infirmière les regarda à tour de rôle, le front rouge de honte à cause de ce qu'elle s'apprêtait à leur avouer après des semaines de dissimulation.

— Avant toute chose, j'aimerais que vous ne me jugiez pas et que vous vous montriez compréhensifs. Surtout toi, Livia.

La belle blonde haussa les sourcils, cette fois-ci étonnée par cette entrée en matière, puis ébaucha un sourire bienveillant.

— Je ne te jugerai pas, mon chaton.

— Quant à nous, s'immisça Spencer au nom de son couple, nous sommes des artistes. Nous avons l'esprit large. Nous ne jugeons pas.

Scarlett savait que c'était faux, mais décida de passer outre. Elle devait la vérité à tout le monde et assumerait le regard qu'on porterait sur sa personne si jamais il était méprisant, déçu ou contrarié.

De toute évidence, on ne pouvait revenir en arrière.

— Bien. Je... j'ai eu une... aventure... oui, le terme paraît juste, avec Keir. Le capitaine Dalglish, souligna-t-elle à l'égard du couple gay, qui visualisa soudain mieux l'amant.

Comme elle avait pu s'y attendre, Livia poussa une interjection en se couvrant la bouche d'une main galante, profondément surprise. Quant à l'ahurissement des deux hommes, il n'en fut pas moindre, mais était dû à autre chose.

— Tu as couché avec Keir Dalglish ? répéta sa cousine.

— Tu as perdu ta virginité... ? continua Spencer, les yeux si grands ouverts qu'ils ressemblaient à deux boules de loto derrière ses verres de lunettes.

— Et tu ne nous as rien dit ?

Cette fois-ci, Raúl s'exprima avec une pointe de reproche dans la voix et Scarlett baissa ses yeux vers sa tasse de thé vide. Quand elle les releva, ils continuaient à l'observer comme trois juges en cour de justice, dont seul le verdict déterminerait son existence.

— Oui, oui et oui. Je sais, j'aurais dû vous le dire plus tôt, mais... c'était mon jardin secret. Et..., commença-t-elle en se tournant vers Livia, Hudson a découvert notre liaison et s'est arrangé pour nous séparer. Bien sûr, Keir a obtempéré avec la soumission d'un sous-fifre alors que moi, je n'ai même pas eu voix au chapitre ! Livia, ton mari n'a pas le droit de gérer mes affaires privées comme ça !

La concernée leva les mains en signe d'innocence.

— Je n'y suis pour rien ! Et crois-moi, j'en suis mortifiée. Je n'aurais pas permis que quelqu'un d'autre interfère dans ma vie sentimentale, mais... Keir ? Comment ça se fait ?

— Ça s'est fait tout seul, tout simplement, avoua Scarlett, le rose aux joues. Je n'ai pas su lui résister.

— Si on parle bien du grand blond à la cicatrice, je la comprends parfaitement. Il est tout à fait mon style, rêvassa Raúl avant d'être rappelé à l'ordre par Spencer, qui ne cachait jamais sa jalousie à l'évocation d'un autre homme. Mais tu aurais quand même dû nous le dire, Scarlett ! On aurait au moins pu fêter ensemble ton initiation à la sexualité...

L'air désappointé qu'il arbora manqua d'arracher un petit rire aux jeunes femmes.

— Ce n'est pas trop tard, renchérit Spencer. Il s'est au moins bien comporté avec toi ? C'était comment la première fois ? Il t'a appris des positions du Kâma-Sûtra ?

Vous allez quand même remettre le couvert malgré l'intervention de Hudson, n'est-ce pas ?

— Pitié, Spencer, une question à la fois !

À la tombée de la nuit, lorsque Hudson rentra chez lui, il retrouva Livia dans leur lit conjugal, une nuisette pêche sur le corps et un livre de langue latine entre les mains. Depuis son emménagement chez son mari, l'ancien bureau du militaire accueillait autant d'ouvrages pour construire une cabane de jardin avec, dont quelques-uns feraient frémir de convoitise la bibliothèque du Congrès de Washington. Livia l'épaterait toujours avec sa soif de connaissance et surtout, sa facilité à déchiffrer des langues anciennes.

— Bonsoir, mon amour.

La jeune femme leva les yeux de son ouvrage, le détailla de pied en cap dans son uniforme de service poussiéreux, puis lança, sans ambages :

— Je te savais protecteur, mais pas au point d'interdire Keir et Scarlett d'être ensemble.

Hudson aurait dû s'en douter. Scarlett s'était précipitée chez son épouse pour tout lui rapporter.

Bien, il n'avait qu'à assumer ce qu'il avait fait.

— Keir et Scarlett n'étaient pas ensemble, la corrigea-t-il en déboutonnant sa veste camouflage. Ils ne faisaient que coucher ensemble. Ce genre de relation doit cesser au plus vite si elle ne mène à rien, d'autant plus que nous les connaissons très bien. Keir est un opportuniste qui ne voit les femmes qu'en partenaires sexuelles, alors que Scarlett est une romantique invétérée, qui aurait fini par exiger plus... Crois-moi, j'ai été dans l'obligation d'intervenir.

Livia étrécit les yeux, peu convaincue par son argument.

— Et si tu sous-estimais les capacités sentimentales de ton meilleur ami ? Peut-être aurait-il fini par s'attacher à Scarlett, d'une affection bien plus forte que tu ne l'aurais imaginé ? Cet homme est tout aussi sensible que toi et si j'en crois la version de Scarlett, il s'est toujours très bien comporté avec elle pendant leur liaison. Elle a même ajouté que c'était très fort entre eux. Certes, l'évidence de leur attachement aurait été un peu plus difficile à accepter pour Keir, mais pourquoi ne leur as-tu pas laissé le choix de conduire leur relation comme ils l'entendaient ? Tu n'as pas le droit de t'occuper des affaires des autres.

— Je les considère tous les deux comme ma sœur et mon frère et c'est pourquoi je suis intervenu pour leur bien à chacun. Je sais d'avance ce qui se serait passé si jamais on les avait laissés régler leur affaire tous seuls. Crois-moi, Livia, je viens d'éviter la guerre, assura Hudson, imperturbable.

Livia arbora une moue dubitative. Pour une fois, elle n'était pas de l'avis de son époux.

Chapitre 28

Beaufort Memorial Hospital, quatre jours plus tard

— Sérieusement, Scarlett, tu devrais venir essayer le krav maga avec moi, lança Heather en touillant sa cuillère dans sa tasse de café. J'y vais après le travail pour décompresser et ça marche. C'est énergisant et ça te permet de gagner confiance en toi, surtout quand tu arrives à désarmer le coach. En plus, il y a de beaux mecs là-bas, des ex-marines.

— On verra. Quand j'aurai le temps, Heather.

— Ah oui, c'est vrai, toi tu l'as déjà ton militaire, la nargua sa collègue pendant qu'elle lisait une revue médicale spécialisée sur la maternité. Dis-moi, pourquoi tu te trimbales avec ce genre de lecture ? Tu n'es pas enceinte, par hasard ?

Scarlett écarquilla les yeux, comme si cette éventualité la choquait.

— Absolument pas ! objecta-t-elle en abaissant le journal pour le poser sur le plan de la table où elle était installée. Ça traînait dans les couloirs et je l'ai pris en pensant que ça m'apprendrait quelque chose.

— Tu aimerais avoir un bébé de ton capitaine ?

— Quoi ? Mais quelle question insensée ! Je te rappelle que nous ne sommes pas en couple.

D'autant plus qu'ils s'étaient quittés sur une note acide.

Au cours de ses quatre jours d'éloignement, Scarlett s'était donnée corps et âme à son travail en passant le reste de son temps avec Livia ou d'autres amis.

— Peut-être bien, mais il t'a initiée à l'art de la procréation et si tu le voulais, tu pourrais avoir un joli souvenir de lui, continua Heather après avoir bu une gorgée de café. Un bébé, ça te permettrait de combler le vide qu'il y a autour de toi. Maintenant que ta cousine est mariée et va fonder une famille, tu voudras trouver une autre personne à qui te dévouer. Un bébé, c'est mieux qu'un homme.

— Heather, tes désirs de maternité, tu peux les garder pour toi.

— J'ai trois gosses qui ont épuisé mes désirs de maternité. Maintenant, j'ai hâte de les voir grandir pour qu'ils puissent voler de leurs propres ailes et me laisser en paix, dit la quadragénaire, goguenarde.

Scarlett esquissa un sourire et reprit sa revue, qu'elle feuilleta machinalement, en quête d'une chose nouvelle à apprendre. Heather demeura silencieuse la moitié d'une minute, savourant avec délectation son café corsé. Elle ne pouvait pas passer une journée sans une dose de caféine extra-forte, à raison de six tasses par jour. Une vraie addiction.

— Et dis-moi, quand ce sera fini avec le marine, tu comptes reprendre Erik ? Je crois qu'il est tombé amoureux dès l'instant où tu lui as échappé.

La fin de sa phrase s'acheva sur le bruit sec des portes battantes des urgences, qui s'ouvrirent en alertant les infirmières. Depuis leur poste de soins, elles entendirent les sanglots d'une femme et les mots d'un homme qui se voulait rassurant.

Sans désemparer, Scarlett quitta son siège en lâchant son magazine, puis sortit du poste en direction des nouveaux arrivants. Elle marqua un temps d'arrêt quand ses yeux se posèrent sur la silhouette de l'homme qui portait à l'horizontale une femme brune en robe d'été très avantageuse, sous laquelle on apercevait une jambe gauche ensanglantée.

Bien sûr, il n'y avait que Keir Dalglish pour secourir les jolies écorchées et les emmener lui-même aux urgences. À vue d'œil, cette nouvelle patiente devait avoir la trentaine et des origines italiennes ou espagnoles, était apte à poser pour la couverture de *Harper's Bazaar* et s'était méchamment ouvert un genou en tombant du haut de ses souliers glam rock, signés Terry de Havilland. Le genre branchée et fashionista, qui exhalait un parfum de luxe et d'alcool. Elle avait sa place dans les hôtels extravagants de Las Vegas, pas dans cet hôpital de la petite ville de Beaufort.

En comparaison, Scarlett se sentit peu fatale avec sa longue natte très sage, son visage dénué de maquillage, son uniforme ample et ses crocs rose bonbon.

Une infirmière urgentiste dans tout ce qu'elle avait de plus glamour, sans oublier la tête de Winnie l'Ourson qui enjolivait son badge. On ne lui donnerait pas plus de seize ans.

— Salut, Scarlett, commença Keir, un peu essoufflé par la longue course qu'il venait de tenir jusqu'ici. Tu peux faire quelque chose pour Julia ? Elle s'est réceptionnée sur une carcasse de bouteille en verre.

La concernée pleurait toujours en regardant avec espoir l'infirmière qui se présentait à elle, alors que Scarlett balayait son ex-amant d'un œil un tantinet agressif, comme inspirée par la jalousie. Mais quand elle était entre les murs de cet hôpital et vêtue de sa tenue de fonction, seul son instinct d'infirmière pouvait s'exprimer.

Or, il était primordial de soigner l'inconnue en faisant abstraction de tout ce qui l'entourait et du sentiment aigre qui secouait son estomac.

— Suivez-moi, on va aller dans un box de soins, décréta-t-elle en longeant un corridor perpendiculaire à l'entrée des urgences, là où s'étalaient plusieurs salles réservées aux patients.

En chemin, la rousse aux yeux enflammés croisa Heather et lui assura qu'elle gérait la situation. Lorsque le trio se retrouva dans une pièce fonctionnelle, Scarlett ordonna d'une voix modulée et neutre, comme si elle n'entretenait qu'une relation professionnelle et sans nuances avec Keir :

— Pose-la sur le lit de soins, Dalglish.

Le concerné tiqua. C'était la première fois qu'elle l'appelait par son patronyme depuis qu'ils étaient devenus amants. La jalousie s'était de toute évidence distinguée au moment où elle avait découvert la dénommée Julia dans ses bras. Mais peu importait, ce n'était pas le moment adéquat pour se disputer.

Une fois Julia étendue sur le lit, Scarlett alla à sa rencontre en tirant à sa suite le charriot de soins, déjà chargé de matériels médicaux, puis se présenta d'une voix cordiale, sans reproche :

— Je m'appelle Scarlett et je vais m'occuper de vous en attendant la visite de notre médecin urgentiste. Objectivement, votre blessure paraît superficielle et nécessiterait six à sept points de suture. Rien de bien dramatique.

Puis, tout en enfilant une paire de gants en silicone, elle se tourna vers Keir, resté debout à côté du lit pendant qu'elle inspectait la plaie sanguinolente.

— Tu peux sortir et attendre dehors ?

Julia devint exsangue.

— Non ! Je veux qu'il reste... s'il vous plaît.

Scarlett se mordit la langue pour éviter de jurer, puis décida d'enquêter sur les raisons qui avaient emmené Julia et son ex-amant à se rencontrer en pleine nuit, à plus de 2 heures du matin.

Sans nul doute, il l'avait remplacée en moins de temps qu'il ne lui en fallait pour faire les lacets de ses baskets. Il se tapait déjà une autre femme alors qu'elle n'en revenait toujours pas de devoir dormir sans lui jusqu'à la fin de sa vie.

Le salaud !

— J'ignorais que tu avais des connaissances aussi belles, Dalglish.

En se tournant à moitié pour saisir une compresse imbibée de sérum physiologique sur le plan du charriot, destinée à nettoyer le sang frais dans un premier temps, Scarlett décela l'avertissement dans les yeux de Keir.

— Je ne suis pas qu'une connaissance, la corrigea Julia en se retenant à sa cuisse sous les picotements que procuraient les soins de l'infirmière. On est de très vieux copains, lui et moi. Amoureux l'un de l'autre comme au premier jour. N'est-ce pas, Keir ?

— Arrête tes conneries, Julia, grogna-t-il.

— T'es fou de moi et tu le seras toujours. Je suis irremplaçable dans ton cœur et... aïe !

Scarlett venait d'ôter, à l'aide d'une pince médicale, le seul petit bout de verre qui était resté implanté à la chair boursouflée.

— Oups, je ne voulais pas vous faire mal. Ça va ?

Il y avait un mélange de précaution professionnelle et de satisfaction sadique dans le regard de Scarlett, comme si la douleur physique de Julia calmait un peu celle qui croissait indéniablement dans son cœur.

Qu'est-ce qu'il se passait chez elle ? Personne ne l'avait prévenue de ce genre de réactions aussi négatives quand on fréquentait un homme, même si la relation se voulait aussi libre que s'ils avaient été célibataires. Une relation rompue soit dit en passant.

— Je veux une anesthésie locale pour les points de suture.

— C'est prévu.

— Ça va me faire une cicatrice ? Une grosse cicatrice ? Vous savez, je suis mannequin et je n'aimerais pas que ma jambe soit amochée...

— Si vous peinturlurez votre jambe comme vous le faites avec votre visage, il n'y a aucun risque qu'on voie cette cicatrice lors des shootings ou défilés, ne put s'empêcher de répliquer Scarlett.

En retour, elle perçut le raclement de gorge menaçant de Keir et vit Julia larmoyer plus bruyamment, cette fois-ci à cause du désinfectant qu'elle appliquait méthodiquement sur la plaie.

— Keir, tu m'as dit que cette fille était douce, pas brutale ! se plaignit Julia après un geignement de douleur.

Seigneur, quel cinéma !

Sans plus dissimuler son agacement, surtout après un début de soirée harassant et le petit choc émotionnel qu'avivait la situation présente, Scarlett finit de nettoyer la blessure, puis jeta ses gants dans la poubelle du charriot avant d'appeler le poste de soins grâce à la sonnette fixée au lit. C'était une manière d'alerter sa collègue, qui pénétra dans la chambre vingt secondes plus tard.

— Heather, tu veux bien prendre la relève pour recoudre la plaie ? Il semblerait que je ne convienne pas à madame.

Intriguée par la tension patente qui vibrait dans la pièce, notamment entre la rouquine et le Monsieur-Muscles à la balafre séduisante, Heather opina d'un mouvement de la tête pendant que Scarlett s'évaporait sans un mot.

Julia ricana.

— Votre collègue à l'air mal baisée.

Keir la fusilla des yeux, puis s'éloigna en direction de la porte.

— Excusez-moi, j'ai une petite affaire urgente à régler.

— Mon chéri ! Reste avec moi !

Il n'écouta pas les protestations de Julia et sortit de la pièce pour emprunter la voie que venait de lui tracer Scarlett. Il la retrouva sans surprise dans le poste de soins des infirmières. Elle était toute seule, assise à une table où traînaient des mugs, du café et des friandises, à bouquiner un magazine.

— Tu es toujours aussi agréable avec tes patients ? ironisa-t-il en apparaissant dans l'encadrement de la porte.

La jeune femme releva la tête et se heurta instantanément à son regard fumeux. Il s'était bien vêtu ce soir, comme lorsqu'un homme avait un rencard avec un mannequin aux jambes longilignes. Il ne manquait plus qu'une cravate en soie pour fignoler cet ensemble de ville gris et noir, qui lui donnait de faux-airs d'homme d'affaires.

— Désolée, monsieur, mais cette salle est réservée aux personnels de l'hôpital.

— Scarlett, il faut que les choses soient claires entre nous.

— Oh, mais elles sont parfaitement claires ! Tu couches avec une autre femme, cracha-t-elle en tournant sèchement une page, qui se déchira en bordure sous l'impulsion de son mouvement brusque. Et en plus, tu as le culot de l'emmener sur mon lieu de travail !

— *Primo* : ce n'est plus mon amante depuis mes dix-neuf ans. *Secundo* : où voulais-tu que je l'emmène à part ici ?

— Tu n'avais qu'à la porter jusqu'à l'hôpital militaire de Beaufort. Vous, les soldats, vous aimez bien ce genre de pouffiasses, pas vrai ?

Le faciès de Keir se durcit davantage à mesure qu'il progressait dans sa direction, l'air si menaçant qu'elle s'accula dans son siège en déglutissant avec difficulté.

— Je t'interdis de l'insulter gratuitement, elle ne t'a rien fait. Cette femme est une vieille amie que je connais depuis longtemps et que j'estime beaucoup. On a eu une aventure quand on était jeunes, mais c'est du passé. Si ton sens de l'observation était plus développé, tu aurais vu son alliance. Elle est mariée.

— Et alors ? Ce n'est pas un mariage qui vous empêcherait de baiser ensemble. Tu n'as pas l'air d'être le genre à avoir de la compassion pour les maris cocufiés.

Scarlett ne cilla pas quand il fit coulisser sa chaise sur le parquet d'une poigne ferme, seulement pour l'établir en face de lui et avoir le privilège de la surplomber de toute sa hauteur. Il s'inclina à sa rencontre et leurs têtes se retrouvèrent à quelques centimètres l'une de l'autre.

L'infirmière inspira lentement. Le parfum de Keir venait enrichir l'odeur de café qui alourdissait l'ambiance de la salle.

C'était aussi rafraîchissant qu'une vaporisation d'aérosols.

Un silence s'épaissit entre eux. Il la troubla davantage en la saisissant au menton avec une fermeté excitante, puis en effleurant ses lèvres des siennes lorsqu'il parla :

— Je n'ai pas à me justifier auprès de toi, Scarlett. Je fréquente qui je veux, où je veux et quand je veux. Ce soir, je suis sorti pour retrouver une vieille amie et j'en avais parfaitement le droit. Je n'ai pas à m'excuser de vivre ma vie et de côtoyer d'autres femmes que toi. Et ne l'oublie pas, nous deux, c'est de l'histoire ancienne. On n'était même pas en couple !

En réplique, Scarlett lui administra un coup de poing à l'épaule afin de le punir et de le forcer à reculer. Cette offensive ne lui fit pas grand-chose physiquement, pourtant, il s'écarta en dépliant son corps musculeux.

— Dégage d'ici. Tu n'as rien à faire là.

Les yeux verts de Scarlett brûlaient de larmes contenues et lui apparurent tels deux péridots posés sur un écrin blanc, coiffés de sourcils auburn et délicats, qui se froissaient sous le masque de l'irritation.

— On retrouve ses mauvaises manières à ce que je vois.

La jeune femme renâcla et se redressa de sa chaise pour aller se matérialiser de l'autre côté de la table, instaurant ainsi une distance plus étendue entre eux.

— Tu n'es pas un exemple de politesse. C'était minable d'écouter tes amis et de me larguer sans forme devant eux.

— Je l'ai fait pour notre bien.

— Pour notre bien ? s'étrangla-t-elle.

Scarlett marmotta quelque chose pour elle-même et se prépara à poursuivre quand soudain, les portes battantes claquèrent une fois encore pour annoncer l'arrivée d'autres patients.

— Va rejoindre ton amie et laisse-moi tranquille maintenant, somma-t-elle en se précipitant vers la porte du poste de soins, qu'elle ouvrit d'un geste brusque avant d'atteindre le corridor.

Keir la talonna.

— On se verra plus tard.

— Non, déclara-t-elle sèchement. Je n'ai plus envie de te voir.

— La ville est petite, on finira bien par tomber l'un sur l'autre.

Scarlett se crispa. Elle dut faire passer ses élans d'insolence derrière son devoir de soignante pour l'ignorer et se hâter à la rencontre des policiers et de l'homme blessé qu'ils escortaient.

Chapitre 29

Marine Corps Recruit Depot, Parris Island, 4 juillet 2008

Scarlett portait la guêpière qu'il lui avait offerte. Il le devinait aux attaches de ses portes-jarretières et aux reliefs de son armature sous l'élasthanne de sa robe mauve, bien trop avantageuse sur ses courbes et par la manière dont elle glissait jusqu'au-dessus des genoux en arborant une nuance de violet plus foncée.

Tentatrice. Jusqu'au dernier orteil de ses pieds chaussés de sandales compensées ouvertes, si claires qu'elles prenaient la teinte de sa peau et lui donnaient l'impression de flotter à quelques centimètres du sol à chaque fois qu'elle marchait.

Keir se tendit comme un bout de bois sous son uniforme de parade, le même qu'il revêtait à chaque grande occasion. En tant que capitaine, il lui incombait de représenter le prestigieux corps des marines de ce qu'il avait de plus raffiné, surtout un jour de fête nationale. Selon lui, rien de plus idéal que de célébrer l'Indépendance américaine au sein du camp militaire, transformé pour cette nuit en esplanade pittoresque et chaleureuse, où les civils et les soldats se mêlaient autour de buffets savoureux, dégustés au son des musiques variées qu'interprétaient les musiciens de la U.S.M.C.

Sans grande surprise, Scarlett était venue en compagnie de Hudson et Livia. Quand ils s'étaient salués, elle avait choisi de le prendre de haut en le traitant comme s'il n'était qu'un quidam miséreux, ce qui avait eu le bon ton de l'ennuyer. La guerre froide semblait véritablement déclarée. Pourtant, il sentait encore tout l'intérêt qu'elle nourrissait à son encontre… tout comme lui, par ailleurs.

Si seulement elle ne le narguait pas en dansant avec plusieurs partenaires, dont les mains aventureuses ne semblaient pas l'embarrasser. Si seulement elle n'était pas aussi attractive, Keir passerait une excellente soirée. Que pouvait-il demander de plus entre le bon champagne qui coulait à flots, la musique entraînante et les femmes séduisantes, présentes dans ce rassemblement pour égayer l'humeur des militaires ? Que pouvait-il demander de plus à part Scarlett ?

— Et puis merde ! siffla-t-il avant d'ingurgiter sa coupe de champagne cul sec, sentant sur sa langue le pétillement grisant des bulles.

Le verre lui échappa ensuite des mains et alla se briser en mille morceaux sur la dureté du bitume.

Un peu en retrait par rapport à la masse de personnes, Keir se soûlait en même temps qu'il guettait la rousse de loin. Elle tenait la compagnie à deux sous-officiers, tous les deux aussi blonds que lui et excités comme des chiens devant un os. Le *sex-appeal* de la jeune femme les touchait et leur donnait des libertés. Parfois, leurs paumes se hasardaient dans son dos, sur ses bras, dans l'épaisseur de ses cheveux disciplinés par un brushing impeccable.

Ses cheveux. Si Keir jouissait d'un pouvoir législatif, il se ferait une joie de décréter une loi pour empêcher quiconque — à part lui — de toucher à cette rivière de boucles, sous peine de perdre une main.

C'était une idée radicale, mais au moins cela découragerait tout homme autre que lui de l'approcher à moins de quatre mètres de distance.

Keir devait reconnaître sa possessivité et il en ressentit de la honte.

— Dalglish, tu viens faire une partie de poker? On a des femmes qui voudraient bien se joindre à nous, suggéra Lex en s'imposant à ses côtés. Certaines d'entre elles seraient ouvertes à nos propositions... à l'hôtel.

Keir aurait dû être émoustillé par cette éventualité, au lieu de cela il demeura insensible. L'alcool et la vision de Scarlett aux côtés d'autres hommes semblaient l'avoir anesthésié.

Les autres femmes n'avaient plus d'intérêt à ses yeux.

— Alors? insista Lex.

Il ne répondit pas tout de suite et reporta son attention vers la jeune femme. Elle se tenait à moins de dix mètres de là et riait à gorge déployée pour une raison qui lui était inconnue. Ses prétendants devaient certainement la conquérir par leurs pathétiques plaisanteries, supposées l'attirer plus sûrement dans leurs nasses.

Que des petits cons.

Bientôt, elle accepta les bras qu'ils lui offraient et marcha en se dandinant avec élégance, symbole de fatalité féminine à la mode d'Ava Gardner. Depuis quelques mois, elle gagnait en assurance et devenait à chaque entrevue plus femme.

— Non, j'ai une demoiselle en détresse à sauver, répliqua enfin Keir sur un ton corsé.

— Si tu crois que Scarlett craint quelque chose.

Il fallait être aveugle pour ignorer le lien encore intime qui reliait les deux anciens amants. Lex l'avait ressenti lors des salutations.

— Je vais lui apprendre à bien se conduire en société.

Dire que Keir s'exprimait sous l'influence de plusieurs verres d'alcool était erroné. Il empestait seulement l'ironie.

— Tu devrais la laisser tranquille, Dalglish.

— Non. Toi, fous-moi la paix.

Lex soupira, mais ne chercha pas à raisonner Keir quand celui-ci s'éloigna. L'instant d'après, ce dernier marchait sur les pas de Scarlett et de ses nouveaux compagnons.

Un ciel nébuleux surplombait la base, mais les lampadaires électriques et les lampions chinois multicolores étaient une source de luminosité suffisante, qui permettait à Keir d'avoir une vue toujours claire sur l'avancée du trio. Celui-ci cheminait en riant et mimant des mouvements de danse vers une série de tanks à l'arrêt, garés au vu et au su de tous pour meubler le décor et montrer la puissance de l'armement américain. Une brochette de militaires les gardait d'un œil depuis une petite table agencée non loin, où des encas et des cartes étaient posés.

Chaque recoin était surveillé.

Dans ses mouvements, Scarlett manqua trébucher sur ses hauts talons, sa maladresse la rattrapant avec le champagne, et se retrouva instantanément dans les bras de l'un de ses prétendants.

— Hé ! Vous ! Lâchez-la tout de suite !

L'ordre de Keir fut lancé comme une roquette.

Le trio cessa de rire et se retourna vivement pour le découvrir à deux mètres derrière lui, plutôt impressionnant dans sa posture hiératique, à peine débrayée par les premiers boutons défaits de sa veste noire et décorée. Son couvre-chef blanc coiffait toujours son crâne, mais laissait deviner l'éclat de son regard acerbe sous sa visière.

— Capitaine Dalglish ? s'étonnèrent ensemble les sous-officiers.

Scarlett se passa la main sur le front, d'un geste théâtral, puis soupira :

— Ian, Frank, tenez-moi loin de cet homme... sa simple vue me cause la migraine.

— Reposez-la immédiatement. Cette femme est sous ma protection.

— Sous ta protection ? réitéra-t-elle en s'agitant avec impatience dans les bras de son prétendant, qui la reposa par précaution au sol. Et pourquoi pas ta propriété tant qu'on y est, hein ?

Les deux sous-officiers se sentirent soudain de trop et ne se le firent pas dire deux fois quand le capitaine ordonna :

— Allez vous occuper avec d'autres femmes. J'ai affaire avec celle-ci.

Scarlett se scandalisa quand elle les vit obéir comme des humanoïdes, sans grimacer.

— Les gars, ne me laissez pas seule !

— Désolé, Scarlett, mais les ordres sont les ordres, s'excusa Ian, celui qui l'avait portée.

En tapant du pied, elle les regarda se distancer avec des sourires contrits, puis sentit la chaleur de Keir à ses côtés. Son odeur musquée, poivrée, rehaussée d'essence de tabac et de champagne, l'enveloppa brusquement. Elle ferma les paupières. Ça faisait bientôt deux semaines qu'ils ne s'étaient pas vus ni même contactés.

— Qu'est-ce que tu allais foutre avec ces deux imbéciles ?

La jeune femme rouvrit les yeux et percuta de plein fouet son regard corrosif. Il avait la mâchoire serrée, le front plissé, la balafre assombrie et l'air vraiment peu commode. Son allure autoritaire lui fit se sentir coupable, écervelée et elle le détesta pour ces sentiments injustifiés. Elle était une adulte et avait bien le droit de vivre sa soirée comme elle l'entendait.

Jamais à court d'impertinences, elle leva le menton vers lui, croisa ses bras et le sonda avec superbe.

— On allait visiter un tank, puis rejoindre une chambre à l'hôtel pour y baiser… à trois…

Scarlett eut seulement le temps de cligner des yeux quand ses bras ressentirent la pression acérée des doigts qu'il venait de planter dans sa peau. S'il le désirait, ses poignes pouvaient lui broyer les os. Keir l'avait agrippée en la plaquant contre lui si virulemment qu'elle en demeura bouche bée.

— Lâche-moi ! Tu me fais mal !

Les militaires à proximité furent attirés par son injonction, mais sur un geste de Keir, ils demeurèrent à leur emplacement. Quoiqu'il puisse arriver, c'était Keir qui avait le monopole de la situation.

— Arrête de parler comme une putain ! lui murmura-t-il fortement.

— Alors, cesse de te comporter comme un connard !

Un nerf tressauta à la tempe de Keir et la prévint d'un désir grondant, à peine dissimulé sous la toile de son pantalon tendue, dont elle sentit toute l'énergie contre son ventre. Cette réaction physique provoqua en réponse des envies qu'elle voulut ignorer, mais il lui sembla que sa force de résistance s'évapora aussi vivement que la mousse de champagne.

— C'est toi qui me pousses à bout…

Et Keir d'écraser sa bouche contre la sienne avec intempérance et de lui imposer un baiser dont elle sentit le velours, la dureté et le sucre de l'alcool. Se démener n'aurait été que superficiel. Il lui fallait répliquer d'une fougue similaire, se fondre dans la passion qu'il lui promettait.

Quand il la sentit assez consentante, ses mains quittèrent ses bras pour s'aventurer au creux de ses reins et la plaquer plus sûrement contre lui à mesure que leur baiser s'approfondissait. Bientôt, Scarlett sentit ses pieds décoller du sol lorsqu'il la souleva pour l'entraîner vers un coin plus isolé, entre les deux tanks, dont l'une des carcasses leur servit de support. Leurs lèvres se détachaient uniquement pour de brèves inspirations, puis recommençaient à s'explorer.

Le temps ne compta plus pour eux, si bien qu'ils perdirent un peu le compte des minutes quand ils daignèrent enfin se libérer. Peut-être que leur baiser s'était étendu sur cinq, six ou dix minutes... ils s'en fichaient complètement. Seules leurs lèvres gorgées de caresses trahissaient la langueur de leur étreinte.

— Je n'ai pas pu m'en empêcher et je n'en suis pas désolé, grogna-t-il en plaquant une main contre le tank, à quelques centimètres du visage féminin. Mais je suis désolé si tu t'es sentie humiliée à plusieurs reprises par ma faute : l'autre jour, devant Lex et Hudson, à l'hôpital et peut-être même maintenant.

— Je pensais que tu aurais invité ta Julia à venir...

— Si tu continues à me parler d'elle, je t'enferme dans ce tank et je ne t'y libère que demain matin, l'avertit-il, sa bouche près de son oreille. Maintenant, dis-moi plutôt ce que tu comptais réellement faire avec les deux autres ?

— Visiter un tank. Je leur ai dit que j'étais une proche de Lex et de Hudson, et que ma requête était purement amicale. Nous n'avions pas l'intention de faire ce que tu crois. Ce ne sont pas des prédateurs comme toi.

— Tous les hommes sont des prédateurs.

Il se redressa un peu et dirigea son regard sur le tank.

— Quand bien même, qu'est-ce que ça peut te faire que je m'amuse avec d'autres hommes après ce que tu m'as dit ? Nous ne sommes pas ensemble, tu te rappelles ? Et si tu peux voir qui tu veux, où tu veux et à n'importe quelle heure, il en va de même pour moi.

— C'est exact.

Keir avait grincé sa réponse.

— Alors pourquoi tu es venu nous déranger ?

Cette fois, il soupira et se recula un peu, comme pour mieux admirer les reliefs de son visage à la lumière nocturne, à peine troublée par les ampoules des lampadaires. Elle portait quelques vestiges de rouge à lèvres et devina le reste sur sa propre bouche.

— Je n'ai pas envie que nous soyons en froid. Pas après tout ce qu'on a pu vivre ensemble ces dernières semaines. Je n'étais pas censé t'embrasser, mais j'ai dérapé… écoute, Scarlett, je te demande seulement d'être ton ami, ni plus ni moins.

Un ange passa… puis Scarlett dodelina de la tête et lui tendit une main engageante.

— Donc, on fait la paix ? s'enquit-il.

— La paix ? Je crois qu'il n'y a jamais rien eu que des trêves entre toi et moi.

— Espérons que celle-ci tiendra au moins la saison.

— Ça ne tient qu'à toi, Keir.

— Qu'est-ce que je peux faire pour te montrer ma bonne foi ?

Scarlett se détacha du char d'assaut, pivota sur ses talons et montra l'engin de sa main.

— J'aimerais monter dessus.

L'ombre d'un sourire se dessina à la jointure des lèvres masculines. Il se décoiffa de son couvre-chef blanc, qu'il posa ensuite sur le crâne de la jeune femme, avant de grimper sur l'un des protège-chenilles du véhicule blindé. Désormais hissé au-dessus d'elle, il se pencha dans sa direction en lui proposant ses mains. Scarlett les accepta aussitôt et se retrouva l'instant suivant suspendue dans les airs en même temps qu'il la soulevait pour lui permettre de se retrouver à sa hauteur.

— Fais attention avec tes talons.

Mais elle tenait en équilibre contre lui et grâce à son aide, trouva appui contre la tourelle de l'automobile, une main appuyée sur la mitrailleuse avant.

— Satisfaite ?

Keir était adossé à la tourelle avec nonchalance, un cigarillo désormais glissé entre les lèvres pendant qu'il l'allumait à l'aide d'un briquet en argent.

Diablement sexy.

Voilà ce qu'elle pensa quand une déflagration explosa dans la voûte ténébreuse en traînant dans son sillage une pluie de lumière rouge.

Le ballet des feux d'artifice s'ouvrait.

— Je ne pouvais rêver mieux…, confia-t-elle en admirant le spectacle pyrotechnique.

Chapitre 30

Six jours plus tard
Huit jours de retard dans ses règles.

Les mains un peu grelottantes et la sueur au front, Scarlett scruta sciemment sa plaquette de pilules et ne découvrit aucun oubli. Elle réfléchit avec intensité à ce qui pouvait ralentir son cycle menstruel quand, tout à coup, trois souvenirs vinrent éclairer son esprit. Le premier remontait à plus d'un mois, le jour où elle s'était fait gifler par une patiente alcoolisée. En rentrant à la maison, elle avait fait l'amour avec Keir et avait oublié de prendre sa pilule dans la nuit, trop épuisée par son travail et ses ébats pour se réveiller. Cette inattention avait été répétée deux fois à Key West et même si elle avait doublé sa dose journalière en découvrant sa négligence, le risque de tomber enceinte était réel. D'autant plus qu'ils avaient eu un rythme sexuel soutenu à cette période-là.

— Oh non...

Scarlett se sentit la proie d'un vertige et dut se retenir au rebord du lavabo afin de se maintenir en équilibre.

Elle était bien trop informée sur le corps humain pour ne pas écarter l'idée d'attendre un bébé. La pilule contraceptive n'était fiable qu'à 99 % et elle se savait assez malchanceuse pour faire partie des 1 % de femmes concernées par une grossesse accidentelle.

La jeune femme s'obligea à relativiser. Elle ne pouvait pas se croire enceinte tant qu'elle n'aurait pas les résultats positifs de plusieurs tests de grossesse et d'une prise de sang.

Dénuée d'hésitations et s'obligeant à un sang-froid olympien, Scarlett termina sa toilette, s'habilla, puis une vingtaine de minutes plus tard, sortit de sa maison pour atteindre le centre-ville à pied et pénétrer dans la pharmacie du coin.

Une fois à l'intérieur de la boutique, Scarlett fonça discrètement jusqu'au rayon où des tests de grossesse étaient rangés, en saisit trois boîtes, puis s'éloigna en direction des huiles essentielles pour s'emparer d'une fiole au parfum d'eucalyptus, destiné à améliorer l'inhalation. Elle chercha également du papier d'Arménie, idéal dans l'assainissement de l'air, et de la passiflore en homéopathie pour atténuer la nervosité et garantir un sommeil serein.

Scarlett avait les nerfs à vif, mais s'il s'avérait qu'elle était vraiment enceinte, il était hors de question qu'elle s'abreuve de somnifères trop puissants.

Les minutes suivantes, elle réglait ses achats, puis sortait de la pharmacie. Il lui fallait désormais boire un petit cocktail sans alcool, dans l'un de ses restaurants préférés, histoire de se changer les idées et de remplir sa vessie. Lorsqu'elle se sentirait plus relaxée, elle rejoindrait la maison et ferait les tests.

Scarlett parut satisfaite par son programme improvisé. Ses pas la guidèrent vers l'un des bars restaurants de la ville quand une voix l'interpella depuis le trottoir opposé.

Keir.

Ses membres se lestèrent comme si des grains de sable coulaient à la place de son sang.

Il se baladait dans les rues de la ville en tenue treillis, sa casquette camouflage vissée à la tête et ses insignes argentés de capitaine épinglés au col de sa veste. L'uniforme lui allait à merveille. Ce n'était pas la première fois qu'il lui apparaissait en tenue de fonction, mais c'était seulement aujourd'hui qu'elle réalisait combien le style militaire le mettait en valeur en lui faisant autant d'effet.

Pétrifiée, Scarlett le regarda traverser la rue pour se dresser sur son chemin. Là, il la jaugea d'un regard perçant et elle se bénit d'avoir mis une robe d'été blanche à motifs fleuris, qui mettait en valeur sa poitrine en laissant deviner la rondeur de ses hanches.

— Salut, Scarlett.

— Salut. Je ne m'attendais pas à te voir ici... en uniforme qui plus est. Tu viens de fuguer ?

Il esquissa un rictus complice.

— Je n'aimerais pas avoir un rapport pour désertion. Surtout pas à mon âge. J'ai juste eu la permission de sortir pour faire des courses. Tu es malade ?

Il indiqua le sac de pharmacie de la main et elle prit le soin de resserrer les anses en plastique afin de camoufler les tests de grossesse.

— Non... c'est pour remplir mon stock de médicaments.

— Je vois. Où est-ce que tu allais ?

— Boire un verre.

— Toute seule ?

— Oui.

— Je peux me joindre à toi ?

— Je pensais que tu avais des courses à faire.

Keir eut un petit rire de toutes circonstances.

— Oui, mais ça peut attendre un peu.

— Bon, très bien.

Scarlett n'avait ni la possibilité ni l'envie de refuser. Telle une automate, elle se laissa saisir par le coude et il calqua son pas au sien quand leurs jambes se remirent en marche.

— Où veux-tu aller ?

— Pas très loin. En face du dock.

Il approuva du chef et fit glisser sa main le long de son bras pour saisir la sienne. Instinctivement, ils entremêlèrent leurs doigts et Scarlett ressentit le besoin de sauter dans ses bras, avide de sa bouche et de son corps. Elle voulait s'abandonner contre lui et apaiser les crépitements qui fumaient dans le creux de ses reins.

Nom de nom !

Le désir, le manque et le stress la tenaillaient. Des sensations contradictoires qui bousculaient ses envies. Pouvait-elle lui faire part de ses doutes concernant une potentielle grossesse ?

— Tu as la main moite. Tu es nerveuse ? releva-t-il au bout d'une minute.

— Non. Je trouve seulement qu'il fait chaud.

— Je pensais que tu avais peur que Hudson nous retrouve ensemble, même si on va seulement boire un verre entre potes, juste pour échanger des banalités.

Son ton moqueur la détendit un peu.

— Entre potes ? répéta-t-elle.

— Ce n'est pas ce qu'on est aujourd'hui ?

Elle hocha la tête en conservant le silence jusqu'à leur arrivée au restaurant, où ils attirèrent la curiosité des clients présents. Si les habitants de Beaufort n'étaient jamais étonnés de voir des militaires se promener en ville, il en allait autrement pour les touristes, surtout quand l'un d'entre eux tenait compagnie à une femme au style dissemblable.

Cependant, au-delà de la virilité sauvage de Keir, qui s'opposait à la féminité flamboyante de Scarlett, ils formaient un couple complémentaire et beau à admirer.

On vint les accueillir et les installer à une petite table, avec une vue sur le dock de la ville et les bateaux qui y étaient amarrés.

— Alors, qu'est-ce que tu me racontes depuis notre dernière rencontre ?

— Rien de nouveau depuis six jours. Je suis toujours fourrée aux urgences.

— Tu as repris contact avec ton pompier ?

Derrière sa désinvolture apparente, Keir dissimulait à peine une note provocatrice.

Scarlett hésita entre lui dire la vérité ou non, mais décida de dissimuler la solitude qui la guettait depuis leur prise de distance en fabulant :

— Oui. D'ailleurs, je dîne avec lui ce soir.

— Bien. Je suis content pour toi. Tu vas enfin te mettre avec le type de tes rêves.

Il distilla son sarcasme en faveur d'une satisfaction feinte.

— Et toi ? Tu vois quelqu'un d'autre ?

— Les aventures habituelles quand j'ai du temps libre.

Keir mentait et il ne sut pourquoi il s'était senti obligé de le faire. Cela faisait plus de trois semaines qu'il ne rêvait que de la rejoindre dans sa couche et l'y aimer jusqu'à l'aube. Il n'avait pas encore osé, se tenant à ses résolutions.

Cependant, un plaisir un peu fourbe gonfla sa poitrine quand il décela la jalousie dans les yeux et sur les pommettes de son ancienne amante. D'habitude, il ne se souciait pas des sentiments de ses maîtresses de passage, mais Scarlett était unique. Et même s'il ne cherchait pas à être son compagnon, au sens de petit-ami, elle l'émouvait et lui faisait goûter des sentiments nouveaux, un peu vertigineux.

— Ta récupération physique progresse ? l'interrogea-t-elle après l'aller-retour du serveur, qui venait de prendre leurs commandes.

— Plutôt vite. Ils peuvent me déployer dès août.

— Août ? C'est bientôt. Tu partirais longtemps ?

— Neuf mois.

— La durée d'une gestation, souligna-t-elle, rêveuse.

— Ouais. Perso, je préfère partir en mission que de porter un bébé.

— Ça doit être agréable pourtant. Je connais des femmes qui adorent être enceintes.

— On verra ce que tu en penses une fois que tu le seras.

— Je pense que j'apprécierai.

— Tu as la fibre maternelle, ça se sent, et je te souhaite une marmaille à choyer.

— Tu es moqueur.

À ce moment précis, pareille à une illustration de leurs propres pensées, une mère pénétra dans les lieux et passa près de leur table, un nourrisson installé dans le porte-bébé qu'elle avait sanglé autour de son torse. Des pépiements de chérubin s'élevèrent jusqu'à eux.

Il y eut un petit silence, le temps pour le serveur de revenir avec un Mojito pour Keir et un cocktail de fruits, sans alcool, à l'adresse de Scarlett.

— Tu veux un bébé ?

Keir venait de parler en la scrutant minutieusement. La jeune femme semblait hypnotisée par le bambin que berçait leur voisine de table et son expression attendrie, presque envieuse, le troubla.

Sans le regarder, mais tout en lui accordant son attention, Scarlett s'obligea à établir le pour et le contre d'une maternité prochaine. En contrepartie des inconvénients que cela pouvait engendrer, elle réalisa combien son désir de maternité était supérieur à tous ceux qu'une femme de son âge pouvait nourrir. Un bébé serait un don du Ciel et une occasion de reconstruire les piliers que personnifiaient autrefois son père et sa grand-mère. Un bébé serait une nouvelle puissance, un propulseur, une raison de se lever et de se battre chaque jour.

— Oui. Pas toi ? répondit-elle après une gorgée de cocktail.

— Mon père aimait dire qu'un enfant décevrait toujours ses parents, malgré tous les efforts et l'amour qu'on leur donne. Ils sont nés pour malmener leurs mères et pères.

— C'est un avis plutôt tranché.

— Quand je vois mon exemple, on ne peut que penser ça. Je n'aimerais pas avoir un gosse qui me fasse la même misère.

Scarlett l'enveloppa à nouveau de ses yeux et croisa les siens sous la visière de sa casquette. Son cœur s'accéléra à leur éclat métallique.

— Pourquoi tu étais rebelle ?

— Mon père avait une personnalité envahissante, très forte. Un tyran. Ma mère était tout l'inverse, docile et soumise... elle s'est complètement transformée en fantôme quand on a perdu ma petite sœur, morte cinq mois après sa naissance quand j'avais douze ans. Quelques jours avant sa mort, j'étais revenu de l'école avec de la fièvre, une grippe banale. Le problème, c'est que ma petite sœur a été contaminée à son tour et n'a pas résisté. Mes parents m'en ont voulu d'avoir ramené la mort à la maison. Mais au lieu de me tuer, ils ont décidé de me punir d'autres manières. Mon père ne m'adressait la parole que pour m'insulter et m'ordonner de faire ce que ma mère ne faisait plus. Après le drame, elle est devenue accro aux antidépresseurs et s'en shootait à longueur de journée... Elle a fini par nous négliger, mon frère et moi... au début, je culpabilisais et je me démenais pour leur faire plaisir, pour me rattraper, puis je me suis rendu compte que ça ne servait à rien.

Il prit une pause afin d'ingurgiter une lampée de Mojito. Une boule s'était formée dans l'estomac de Scarlett pendant qu'elle l'écoutait, sincèrement navrée d'apprendre ce drame.

— Alors, j'ai vraiment merdé pour justifier leur rancœur à mon égard. J'ai quitté l'école à seize ans, je traînais avec les mauvais types, je cambriolais des baraques et j'arnaquais les gens aux jeux. Quand mon père s'est rendu compte de mes conneries, il m'a expédié chez les marines dans l'espoir que je me tuerais au front et que je parviendrais à redorer le nom de la famille en mourant pour la patrie.

La tendresse qui surplomba les traits de Scarlett le bouleversa. Personne ne l'avait jamais scruté de cette façon, même pas la plus attentionnée des conseillères scolaires, des infirmières ou des amies. Quant à sa mère, elle avait toujours était distante avec lui.

Là, il entrevoyait une lueur merveilleuse dans le regard de son ancienne amante. Une lumière pure, intense, pareille à celle que lui ont décrite les gens frappés d'amour.

— Je ne savais pas que cela avait été aussi dur pour toi... tu as connu des épisodes dramatiques.

— Il y a pire.

— Ce n'était pas de ta faute pour ta petite sœur.

— Je sais bien, mais la douleur peut faire croire n'importe quoi. De toute évidence, j'avais toujours été le vilain petit canard pour mes parents. Le bouc émissaire de tous les problèmes qui alimentaient leur couple depuis longtemps. Tu sais, ils ont été obligés de se marier parce que ma mère est tombée enceinte de moi.

Une sueur désagréable traversa le rachis de Scarlett et elle sentit les muscles de sa nuque se nouer.

— Arrêtons de parler de ça et dis-moi plutôt à quelle heure tu as rendez-vous avec ton pompier.

Keir s'était fait plus séducteur et avait tendu le bras par-dessus la table pour lui caresser la joue.

— Tard. Et toi ? Tu dois retourner à quelle heure au camp ?

— Pour le dîner. J'ai encore quatre heures devant moi.

— Tu dois faire tes courses.

— Ça peut attendre encore un peu.

Pendant une brève parenthèse silencieuse, ils échangèrent un long regard qui ne cachait en aucune manière leur désir tacite. Ce fut seulement après une profonde inspiration que la jeune femme osa reprendre la parole :

— J'ai prévu de me détendre devant *Certains l'aiment chaud* avec Marilyn Monroe et Tony Curtis. Ça te dit de regarder ce film avec moi ?

— Oui.

Il ne lui avait même pas fallu une seconde de réflexion pour répondre.

Au fond de lui, Keir sut que c'était une erreur. Une erreur inéluctable.

Une vingtaine de minutes plus tard, ils pénétraient ensemble dans le vestibule de la maison blanche aux volets bleus.

— Hudson est toujours à la base ? demanda-t-elle en s'éloignant vers le salon, où elle posa son sac à main et celui de la pharmacie hors de leur vue.

— Oui, normalement. Il a un entretien avec notre lieutenant-colonel.

Scarlett alla s'accroupir devant le meuble soutenant la TV, là où des DVDs étaient soigneusement rangés, puis sortit le film qu'elle avait évoqué plus tôt.

Ses préoccupations quant à son éventuelle grossesse s'étaient rangées dans un coin de son esprit pour l'heure.

— Tu veux que je nous prépare des pop-corn ? suggéra-t-elle en l'entendant baisser les stores vénitiens de ses fenêtres, afin d'atténuer la lumière du soleil et instaurer une ambiance plus propice au cinéma.

Ou à l'érotisme.

— Non merci.

— Tu veux de la glace ?

Elle inséra le disque dans le lecteur DVD et alluma l'écran de la télévision.

— Quel parfum tu as ?

— Pistache.

— Je vais la chercher.

Scarlett le regarda se distancer en direction de la cuisine pendant qu'elle lançait le film. Elle se déchaussa ensuite de ses compensés et se pelotonna contre sa méridienne quand il revint avec le pot de glace et une seule cuillère.

Une seule cuillère. Soit il ne mangeait pas, soit ils allaient la partager.

— Je la goûterai sur tes lèvres.

Son ton était déterminé, ses yeux dilatés. Le gris de ses pupilles s'était comprimé en deux cercles argentés, à peine perceptibles sous le voile du désir.

Elle avait volontairement attiré l'ours dans son refuge. Et en toute honnêteté, ce n'était pas pour lui déplaire.

— Arrêtons ce cinéma, Scarlett. On savait tous les deux ce qu'il adviendrait quand je passerais le seuil de ta maison.

Inutile de réfuter. Elle l'avait dans la peau et n'aspirait qu'à le recevoir dans son corps. Lors, dans un élan de douceur, un sourire naquit sur sa bouche. C'était le signe tant attendu.

Keir s'agenouilla pour se déchausser de ses Rangers, méthodiquement, en vitesse, puis se redressa pour grimper sur la méridienne et la recouvrir de sa silhouette. L'instant d'après, leurs torses et leurs bouches s'aimantèrent dans une étreinte passionnée.

— *Mo chridhe...*

— Tu me manques tellement, confia-t-elle d'une voix suave en ôtant sa casquette, qu'elle jeta par-dessus son épaule. J'ai envie de toi tout le temps.

Scarlett se tortilla à sa place et se laissa basculer sur le divan quand il l'y allongea pour mieux la dominer. Ses mains pianotèrent sur ses épaules, sa poitrine, son ventre, s'activant ensuite à lui enlever sa robe par le bas.

— Qu'est-ce que tu m'as fait, Scarlett ? la question-na-t-il en se penchant vers elle, ses lèvres timbrant ses seins à travers la dentelle de son soutien-gorge blanc. Je n'arrive pas à te sortir de ma tête... je me lève et je me couche avec ton visage à l'esprit...

— Tu dis ça à toutes tes amantes ?

— Je t'ai menti tout à l'heure. Je n'ai couché avec aucune autre femme depuis notre dernière fois... depuis qu'on est amants à vrai dire.

Une onde de soulagement nettoya toutes ses craintes et ses penchants jaloux.

— Moi aussi, je t'ai menti. Je n'ai pas rendez-vous avec Erik.

Un sourire lucide joua sur les lèvres du marine.

— Je m'en doutais. Tu ne sais pas mentir. Mais je voulais te faire plaisir en mordant à l'hameçon.

— Que c'est gentil de ta part !

Il l'aida à dégrafer son soutien-gorge, le fit chuter sur le tapis persan, avant de dorloter ses merveilleux monts blancs, aux cimes rose pâle, endurcis par le désir urgent qui régentait toute sa personne.

Scarlett vibra sous ses doigts tel un diapason, assourdie par le sang qui bruissait dans ses tempes en la coupant du reste du monde. Elle n'entendait plus les voix des acteurs à la TV, mais sentait seulement la chaleur et le musc de sa peau.

Keir. Son amour.

Il fallait affronter la vérité. Elle l'aimait avec l'ardeur d'un cœur aussi vaillant et entier que celui d'une lionne. Avec ses tripes et la puissance de son instinct animal.

Nonobstant ses défauts, c'était cet homme qu'elle voulait. Il l'avait d'abord conquise par son corps et la passion, mais désormais, son cœur s'alimentait d'une saveur étrange à sa simple vue. Elle avait un goût de miel, d'absinthe et de sel. C'était doux, corsé, vital.

C'était l'amour.

— Aime-moi, le supplia-t-elle à l'instant où sa bouche vagabondait sur son ventre frémissant.

— Sans retenue.

Sa voix rauque oscilla sous les inflexions d'un homme qui cherche à comprendre sa folie et ses écarts de comportements. Dans quelques secondes, il se parjurerait définitivement.

Mais comment ne pas lui succomber ? Elle le faisait sentir tellement vivant, beau et entier. Tellement aimé.

Chapitre 31

Plus tard dans la soirée

La gorge sèche et les pulsations de son cœur battant jusque dans la voûte plantaire de ses pieds, avec tant d'intensité qu'elle semblait ne ressentir que cela, Scarlett attendait le résultat du test de grossesse. D'un geste impatient, elle se redressa du cabinet des toilettes et tira la chasse d'eau en tenant le bâtonnet fataliste entre les mains.

Son cœur s'arrêta un court instant à la tombée du verdict.

Le test était positif. Comme les deux précédents.

Cette fois-ci, la môle se brisa en elle et toutes les larmes qu'elle contenait depuis le départ récent de Keir s'évacuèrent sur ses joues. Il était inutile d'attendre les résultats d'une prise de sang pour confirmer son état.

Seigneur... elle était enceinte d'un homme volage, farouchement attaché à la liberté et au célibat, craintif des engagements et de tout ce qui pourrait le relier à une femme et un enfant. Keir était loin d'être comme Hudson. Leurs tempéraments étaient aussi différents que leurs aspirations dans la vie.

Son amant lui avait dit à plusieurs reprises, en toute honnêteté, qu'il fuyait tout sentimentalisme et ne songeait à aucun moment à se marier. Alors, avoir un enfant... c'était une pure folie. Selon lui, entretenir des relations humaines avec d'autres personnes que ses frères d'armes ou sa famille proche était comme s'entraver volontairement vers des histoires vaines et inutiles, qui n'apporteraient qu'un lot de déception et de peine. Keir n'avait pas une haute estime de l'amour et nourrissait encore moins un idéal familial.

Femme et bébé n'entraient pas dans sa perspective d'avenir.

Et pourtant, malgré tout cela, Scarlett savait qu'elle était tombée amoureuse de lui à son corps défendant. Ce bébé, elle le voulait autant qu'il le rejetterait. Depuis le décès de ses proches et le mariage de sa cousine, elle se sentait un peu seule, comme la branche orpheline d'une famille qu'il fallait repeupler. Avoir un bébé, d'un homme qu'elle aimait de surcroît, serait un bonheur inouï, un rempart contre la solitude, un nouvel amour à entretenir.

Dans un geste instinctif, Scarlett porta une main à son ventre encore insoupçonnable. D'après le test, cela faisait cinq semaines qu'elle était enceinte.

— Comment je vais lui annoncer ?

Quelle que soit sa réaction, elle ne lui demanderait rien quant à l'avenir de cet être ; elle savait qu'elle le garderait envers et contre tout, même si Keir lui en voudrait pour cette décision. Le mieux était peut-être de ne rien lui dire ? De lui apprendre la nouvelle un de ces jours, quand ils seraient amenés à se rencontrer par hasard ?

Scarlett n'en savait rien.

Pour le moment, elle avait besoin de repos. Après un long sommeil réparateur, elle aurait plus de jugeote et saurait quelle attitude adopter avec ce petit fruit en gestation.

Le jeune femme quitta la salle de bains, rejoignit le lit et s'apprêta à s'étendre sur le matelas lorsque son téléphone portable se mit à vibrer sur sa table de chevet.

Il s'agissait de Livia. Une alliée, une confidente à qui elle pourrait tout avouer.

Sans attendre, elle s'empressa de décrocher et entendit l'accent londonien de sa cousine dans le combiné :

— Scarlett, tu es à la maison ? Est-ce que je peux rester une petite heure avec toi ? J'ai apporté des sucreries pour un bon thé relaxant entre filles.

— Oui, avec plaisir. J'ai un truc à te dire.

— C'est drôle, moi aussi. Je quitte la maison, je suis là dans dix secondes.

Livia coupa la communication, le temps pour Scarlett de déserter sa chambre, dévaler les escaliers et se précipiter vers la porte d'entrée. À cet instant, elle vit sa cousine grimper les marches menant au perron, talonnée par Brünhild, son King Charles Spaniel à la robe Spanheim et âgé d'un peu moins de deux ans. Avant de partir en voyage de noces, elle l'avait confiée à Cameron, un ami propriétaire d'écuries, qui avait recueilli le capucin de Hudson et s'était fait une joie de garder la petite chienne de salon.

— Salut, Livia.

Même sans maquillage, seulement vêtue d'un kimono d'intérieur et chaussée de petits chaussons, son aînée dégageait la prestance d'une lady anglaise.

— Mon chaton, comment vas-tu ?

Livia venait d'atteindre l'encadrement de la porte et Scarlett la tira à l'intérieur, tout en l'étreignant tendrement dans ses bras. Le parfum poudré qui s'accrochait aux mèches blondes de sa cousine lui procura de l'apaisement.

— On peut dire que ça va.

— Tu m'as l'air fatiguée.

Ce n'était pas exagéré de dire que Scarlett ressemblait à une femme harassée par l'existence, entre les nuits de garde à l'hôpital, les sommeils agités et cette après-midi intense qui la laissaient pâle et cernée.

— Un peu. Le travail est soutenu ces jours-ci et je ne suis pas au meilleur de ma forme.

— Un bon thé et des mignardises faites maison vont nous ragaillardir, assura Livia en décochant un coup d'œil au petit panier qu'elle tenait dans les mains, pendant que Scarlett fermait la porte à la suite de Brünhild. Hudson est obligé de dormir au camp cette nuit. Une journée intense commence dès l'aube, paraît-il.

— Oui, Keir me l'a dit.

Scarlett voulut se gifler en s'apercevant de sa maladresse. Livia l'étudia d'un œil écarquillé en comprenant où elle voulait en venir.

— Tu as revu Keir ? Je pensais que vous étiez en froid depuis votre rupture...

— Je t'en prie, Liv, ne dis rien. J'ai vu Keir aujourd'hui, par hasard. Nous avons discuté autour d'un verre, puis il est venu à la maison et nous avons fait l'amour. C'était inévitable...

— Oh, je vois. Tu es vraiment amoureuse, n'est-ce pas ?

— Oui... je crois.

Livia lui caressa la joue avec bienveillance.

— Il n'y a rien de mieux que d'être amoureuse. Je souhaite de tout cœur que Keir se rende compte de tes valeurs et laisse de côté ses peurs pour toi. Tout le monde pense qu'il est incapable de s'engager avec une femme, mais je crois que ce n'est pas vrai. Il ne s'est jamais vraiment laissé le temps d'en connaître une véritablement.

Avec toi, je pense que c'est différent. J'espère qu'il réalisera cette réalité à temps.

— En attendant que ça arrive un jour, parle-moi plutôt de tes projets d'écriture, la pressa Scarlett en l'attirant vers la cuisine.

Désormais en vacances, puisque l'université ne dispensait pas de cours l'été, la belle Anglaise consacrait son temps à l'écriture de son premier roman, le jardinage, la restauration de meubles, la peinture et un peu de sport. En tant que femme de U.S. marine, elle s'était dit qu'un sport de combat ne serait pas de trop pour étoffer ses aptitudes. Hudson avait commencé à l'initier au krav maga, histoire de l'aider à mieux se défendre quand il ne serait pas présent pour assurer sa sécurité lui-même.

— J'écris un roman historique où l'aventure et l'amour sont les principaux ingrédients. Ça se passe pendant l'Antiquité romaine. On y suit les destins entremêlés d'un officier romain, chargé de la sécurité de l'empereur Auguste et d'une patricienne de Rome, dotée de dons de voyance et utilisée comme conseillère personnelle de l'empereur. Les deux protagonistes vont se lier d'un amour puissant et interdit.

— Un officier romain et une patricienne ? Ça me fait penser à toi et Hudson, nota Scarlett avec ravissement.

— J'avoue que Hudson m'inspire beaucoup pour l'officier romain.

— J'ai vraiment hâte de te lire. Tu penses l'avoir fini dans combien de temps ?

— D'ici quelques mois, j'espère.

Scarlett vit Livia sortir d'un placard deux tasses de thé et une théière en fonte, à l'aise dans cette pièce qu'elle occupait encore quelques mois plus tôt. C'était d'ailleurs dans cette même et charmante cuisine qu'elle avait eu pour la première fois un tête-à-tête avec Hudson.

La jeune mariée saisit ensuite du sucre dans un autre placard, puis de la menthe dans le réfrigérateur, et quand elle alluma la gazinière pour faire bouillir de l'eau dans une casserole, une phrase lui échappa :

— Aujourd'hui, j'ai commencé à réaménager la chambre d'enfant, celle qu'occupait Hudson quand il était petit.

Hypnotisée par les flammes bleutées qui léchaient la carcasse de la casserole, Scarlett ne comprit pas tout de suite les propos de sa cousine. Machinalement, elle réitéra :

— Tu réaménages la chambre d'enfant ? Mais pourquoi, tu...

Elle s'interrompit aussitôt en relevant la tête, son regard vert croisant celui de Livia. Cette dernière irradiait d'une aura qui ne laissait aucun doute sur sa révélation détournée, d'autant plus qu'elle venait de porter une main tendre à son ventre.

— Tu es... enceinte ? haleta Scarlett.

Elle aurait parié que Hudson et Livia concevraient un enfant durant leur lune de miel. Ils voulaient ce bébé ardemment, alors que celui qui grossissait dans ses entrailles était un pur accident de parcours.

— Oui, je suis enceinte. Depuis environ cinq semaines. Hudson est persuadé que ce sera une fille, lança Livia d'un air badin, tout en ajoutant de la menthe fraîche et du sucre dans l'eau ébouillantée. Je nous concocte un thé marocain. C'est le cuisinier du riad où nous étions qui m'a donné sa recette. Un régal... autant que le *kahwah* afghan de Hudson.

Déboussolée par l'excès de sentiments qui affluait en elle, Scarlett traîna ses jambes vacillantes vers l'îlot central de la cuisine, puis s'installa sur l'un des tabourets qui le bordaient.

— C'est une merveilleuse nouvelle, je suis tellement heureuse pour vous, dit-elle enfin, les larmes aux yeux.

C'était la vérité pure. Il n'y avait rien de plus réjouissant que d'apprendre le futur bonheur de sa cousine et de son frère de cœur. Ce couple magnifique méritait d'avoir des enfants merveilleux.

Mais au fond d'elle-même, quelque chose tressaillit. Son bonheur ne serait pas aussi exceptionnel que le leur, car la situation à venir avec Keir serait un désastre. Soit, il accuserait la nouvelle de sa situation avec aplomb et lui proposerait gentiment de payer l'avortement avant de partir pour ne jamais revenir, histoire de régler définitivement un problème dont il ne voudrait plus entendre parler. Soit, il entrerait dans une colère noire et l'abandonnerait à son sort avec éclat.

— Scarlett ? Est-ce que ça va ? Tu sembles tellement lasse...

Livia n'était pas née de la dernière pluie et connaissait sa cadette comme la paume de sa main. D'ordinaire, la rousse débordait de pétulance, bavardait inlassablement et se serait mise à sautiller dans tous les sens à l'annonce de sa grossesse. Mais contre toute attente, sa cousine était demeurée stoïque malgré un sourire et donnait l'impression de s'être emmurée dans une réflexion douloureuse, un peu comme si elle appréhendait quelque chose...

— Si, ça va... enfin, moyennement...

Livia délaissa la casserole en omettant de baisser le feu, trop préoccupée par la nouvelle expression de Scarlett pour se rappeler son thé, puis s'empressa de la rejoindre en s'installant sur le tabouret d'en face.

— Qu'est-ce qui ne va pas ? C'est le travail ?

— Non, même si ça va avoir une répercussion sur ça. Je... Livia, je suis dans la même situation que toi, lâcha-t-elle après une profonde inspiration.

— Dans la même situation que moi ?

Scarlett releva la tête, aimanta leurs deux regards et recommença, d'une voix blanche et sans faire de détour cette fois-ci :

— Je suis enceinte moi aussi.

Livia se pétrifia, comme frappée par le regard de Méduse. Au loin, les clapotis énergiques de l'eau brisaient ce silence stupéfait.

— Enceinte ?

— Oui. Keir va me tuer.

L'eau de la casserole provoquait un bruit alarmant, frétillant, tout en dégoulinant sur la gazinière. Ce fut Scarlett qui bondit de son siège pour éteindre le feu et nettoyer les dégâts de leur inattention.

Après un quart de minute silencieux, presque accablant pour les deux femmes, Livia se leva enfin de son siège et rejoignit Scarlett, posant sur son épaule une main douce, réconfortante.

— J'ai peur de lui dire, Livia. Je sais comment il va réagir. Il ne veut pas de bébé.

— Et toi, tu en veux un ?

— Plus que tout au monde. Mais le mieux serait peut-être de garder le secret... le temps qu'il naisse.

— Non, ne garde pas le secret, ce serait injuste pour ton enfant et pour Keir. Il doit le savoir. Vous avez été deux à le concevoir et vous devez être tous les deux responsables. N'aie pas peur, Hudson et moi, nous te soutiendrons.

— Pour le moment, n'en parle à personne, même pas à Hudson. J'ai encore besoin de quelques jours pour me faire à l'idée que j'attends un bébé et pour retrouver un semblant d'entendement.

— Bien, mais ne patiente pas trop longtemps non plus. Keir ne va pas rester indéfiniment en Caroline du Sud. Il va bientôt être redéployé en Afghanistan.

Chapitre 32

Neuf jours plus tard, dans la nuit

Scarlett se retournait inlassablement dans le lit, somnolente, en proie à des cauchemars entrecoupés, lors desquels son inconscient imaginait des accouchements désastreux, la perte d'un bébé, celle de l'homme qu'elle aimait... à chaque fois, elle se réveillait en sursaut, le corps moite de sueur, le regard cerné, l'estomac retourné et la tête sciée par une migraine fourbe, qui grignotait toujours plus le peu de force physique qui lui restait.

Au bout de la énième fois, la jeune femme se rassit sur sa couche en regardant son réveil. Il était 1 h 17 du matin, une heure où plus aucun bruit ne se percevait dans la petite ville de Beaufort. Où la quiétude remplaçait la rumeur, où les amants se retrouvaient pour une nuit de passion ardente.

Scarlett se mit à repenser à Keir pendant qu'elle quittait son lit pour rejoindre la salle de bains et prendre un cachet d'aspirine. Elle ne l'avait pas revu depuis la dernière fois qu'ils s'étaient retrouvés ici, à faire l'amour dans le salon, mais avait eu quelques nouvelles par SMS. Il lui avait promis de repasser au cours de la semaine.

L'aspirine avalée, Scarlett regagna sa chambre quand, de manière inquiétante, un bruit se fit percevoir dans les escaliers. C'était un craquement de bois, comme si quelqu'un gravissait les marches en direction de sa chambre à la porte entrebâillée.

Le cœur tambourinant, l'effroi collé à la peau, elle se hâta de traverser la pièce et d'ouvrir la fenêtre guillotine donnant sur le balcon supérieur de la maison, à la faveur duquel elle pourrait s'échapper en descendant la façade extérieure de sa maison. Adepte d'escalade, elle n'aurait aucune difficulté à faire cela. Ce serait le moyen le plus rapide de rejoindre Livia et Hudson et de les prévenir qu'un intrus s'était infiltré chez elle. Et Dieu seul savait combien il y en avait à l'heure actuelle dans son territoire, à fourrager ses trésors ou pire, venus pour l'assassiner !

Mais comment une personne s'était-elle introduite à l'intérieur de sa maison sans qu'elle ne s'en aperçoive ? Keir venait de lui installer une alarme haute définition, capable de détecter le battement d'ailes d'une mouche…

Scarlett enfourchait le rebord de la fenêtre lorsqu'une lumière chaleureuse baigna la pièce d'un halo doré, en même temps qu'une voix chaude, intense, effleurait ses tympans de façon familière.

— On essaie de me fuir, *mo chridhe* ?

La jeune femme se raidit sur la surface dure et inconfortable du rebord, le dos courbé, poings désormais crispés autour du bois et le sang fustigeant ses tympans.

Quelle idiote ! Elle aurait dû se douter qu'il s'agissait de Keir.

Soudain, elle se sentit ridicule dans sa position, en train d'escalader le rebord de sa fenêtre, le cœur au bord des lèvres de surcroît.

— Scarlett ?

Cette interpellation l'extirpa de son engourdissement et elle tourna le visage vers lui, dressé au centre de la pièce dans son uniforme treillis.

Keir s'était introduit dans sa demeure à la façon d'un commando en mission nocturne d'investigation.

— On t'a déjà appris à sonner avant d'entrer ? Et mieux encore, à attendre le lever du soleil pour une visite de courtoisie ?

— On est de mauvais poil, on dirait, observa-t-il avec un sourire espiègle à la commissure des lèvres. D'ordinaire, ça ne te déplaît pas lorsque je te visite à cette heure-ci.

Scarlett déplia son corps pour quitter le rebord de la fenêtre et réintroduire entièrement sa chambre. Elle se révéla à son regard fervent en short fleuri et brassière de nuit blanche, les seins plus lourds que dans ses souvenirs récents et le ventre légèrement arrondi. Elle avait pris un peu de poids en neuf jours, mais cela lui allait bien. Keir n'avait jamais aimé les femmes trop minces, elles avaient tendance à détonner avec sa propre corpulence.

— Eh bien, ce soir, ça me déplaît. J'ai cru que c'était un cambrioleur ou un assassin.

— Je suis le seul à pouvoir désactiver ton alarme, rappelle-toi.

— Tu aurais pu appeler pour me prévenir. J'ai vraiment eu peur.

Il croisa les bras contre son torse, faisant ainsi ressortir les muscles saillants de ses bras sous ses manches retroussées au niveau de ses biceps, et la mesura d'un œil analytique.

Scarlett pouvait être grincheuse, susceptible et soupe au lait quand elle le voulait. La jeune femme l'avait accoutumé à ses sautes d'humeur en sept ans de connaissance, mais ce soir, à la voir trépigner d'impatience et pâle d'un sentiment qu'il ne parvenait à définir, il sentit que quelque chose clochait. Un peu comme une menace perfide qui se tapissait dans l'ombre et qui se révèlerait au moment où il ne s'y attendrait pas...

— Oui, j'aurais peut-être dû. Je pensais que la surprise t'aurait plus séduite.

— Eh bien, tu t'es trompé.

— Tu es particulièrement nerveuse.

Elle soupira, fatiguée, en proie à une morosité et une contrariété paroxystique, certainement dues à un pic d'hormone HCG qui déréglait totalement ses humeurs. D'après Heather, la septième semaine de grossesse était la plus intense en nausées, migraines et désagréments physiologiques.

Il fallait que Keir choisisse de réapparaître cette semaine-là, au moment où elle se sentait le plus vulnérable, à fleur de peau, égarée avec elle-même.

Comme elle paraissait prisonnière d'une bulle méditative qu'il n'arrivait pas à sonder, le capitaine s'avança dans sa direction, à pas prudents, à la façon d'un dompteur face à une bête farouche, puis s'arrêta à quelques centimètres de son corps. Là, il posa délicatement ses grandes paumes calleuses sur sa taille et le contact brûlant de sa peau manqua de l'enflammer toute entière. Un frisson la transperça de part en part et lui donna la chair de poule, jusqu'à la racine de ses longs cheveux, libérés dans un style léonin pour l'heure actuelle.

Voilà un basculement hormonal aussi décoiffant qu'une attraction à forte sensation.

Scarlett aurait adoré qu'il la soulève dans ses bras, la jette sur le lit et lui fasse l'amour bestialement. Elle avait faim de son corps, soif de ses baisers et besoin d'imprimer son odeur sur chaque parcelle de sa peau. Elle voulait s'enivrer de son essence comme on vide un grand cru de whisky.

Keir parut sentir la nouvelle tension palpable qui crépita entre eux, l'irritation et la mauvaise humeur se courbant désormais face au désir et à la passion.

Elle voulait du sexe et il était enclin à lui donner tout ce qu'elle voulait dans ce domaine.

— Je connais un moyen qui pourrait te détendre.

Et sans lui laisser l'opportunité de répliquer, il se pencha vers son visage et posséda sa bouche fougueusement, la soulevant en même temps par la taille afin de lui permettre de s'agripper à lui, avec étroitesse et passion.

Soumise à ses hormones en effervescence, Scarlett répondit à son étreinte avec une ardeur égale, ouvrant sa bouche sous l'invasion de sa langue gourmande, l'embrassant jusqu'à en avoir l'esprit étourdi, humant son parfum telle une camée en quête d'overdose. Quand il la porta dans ses bras puissants, elle enroula ses cuisses autour de sa taille, agrippa sa nuque, absorba toute l'énergie qu'il était prêt à lui offrir.

— Je dois retourner au camp dans deux heures. Je passe seulement en coup de vent, souffla-t-il contre son cou alors qu'il les dirigeait vers le lit.

— Ça sera suffisant.

— Pas pour tout ce que j'aimerais te faire..., confia-t-il en l'allongeant sur le matelas délicatement, l'une de ses mains s'égarant sur le léger renflement de son ventre.

Il sembla que sa main lui procura une décharge électrique et elle tressauta sous sa caresse. Il remarqua ce mouvement, un peu surpris, puis la recouvrit de son corps d'un air rassurant.

— J'aimerais tellement que tu sois à mes côtés tous les jours, comme avant tes astreintes à Parris Island… j'ai besoin de toi tout le temps, Keir.

— Je vais finir par croire que tu es très amoureuse de moi.

— Et si c'était le cas ? Si j'étais vraiment amoureuse de toi, qu'est-ce que tu dirais ? répliqua-t-elle en soutenant son regard, les bras désormais ballants le long de son corps.

— Je te dirais de ne pas perdre ton temps avec moi.

Sa phrase fit dégringoler la température, si bien qu'elle eut la désagréable impression d'avoir été giflée par un vent sibérien. Ajouté à cette sensation l'émergence d'une nausée, qui la prit violemment à la gorge et l'obligea à le repousser de toutes ses forces pour quitter le lit et se précipiter en direction de la salle de bains, qu'elle éclaira d'un claquement d'interrupteur. Dans sa course, elle n'eut pas le temps de fermer la porte derrière elle, trop pressée d'atteindre la cuvette pour s'agenouiller devant et déverser toute la bile qu'elle contenait dans ses entrailles.

Pris de court par cette réaction, Keir se redressa à son tour de la couche et la rejoignit en quelques enjambées, inquiet par les râles sinistres qui la secouaient.

— Scarlett ? Est-ce que ça va ?

Essoufflée, vidée de toute énergie par ces vomissements intempestifs, elle se retint quelques instants à la cuvette en conservant le silence. Comme elle ne répondait pas et demeurait aimantée au sol, il pénétra dans la pièce et se matérialisa à ses côtés, désireux de l'aider, mais elle le repoussa doucement.

— Scarlett ? Tu es malade ?

Le jaillissement des nausées sembla s'être calmé et, avec la dignité qui lui restait, elle se redressa lentement, tira la chasse d'eau, puis se dépêcha de rejoindre les lavabos pour se rincer la bouche.

— Tu veux bien m'attendre dans la chambre? lui demanda-t-elle sans le regarder, feignant d'être concentrée sur la brosse à dents et le tube de dentifrice qu'elle venait de saisir.

Il ne daigna pas lui obéir et alla s'adosser contre l'armoire juxtaposant les lavabos pendant qu'elle commençait à se laver les dents. Il ne parla pas, mais se contenta seulement de l'englober d'un regard clinique. Scarlett ne semblait pas malade, hormis les cernes qui entouraient ses yeux, certainement un effet secondaire de ses nuits ou journées laborieuses à l'hôpital. Elle avait même pris du poids, arborait une poitrine et une croupe à faire pleurer de grâce le plus ascétique des saints, jouissait de hanches merveilleuses et d'un petit ventre charmant. Il avait pris en volume depuis leur dernière nuit ensemble, mais c'était peut-être à cause d'un manque d'exercice...

Il l'analysait toujours quand elle acheva de se rafraîchir la bouche, puis insista sur un ton déterminé en la voyant se tourner dans sa direction :

— Dis-moi ce que tu as, Scarlett. Est-ce que tu vomis souvent comme ça?

Keir Dalglish était peut-être un excellent marine et un amant démentiel, mais il était loin d'être sagace. L'idée même d'engrosser une femme était tellement inconcevable qu'il était incapable d'identifier les signes d'une grossesse, pourtant, Scarlett avait tout de la femme enceinte. La prise de poids, les sautes d'humeur, les nausées et les vomissements.

— Depuis quelques jours. C'est normal pendant la septième semaine, avoua-t-elle sur un ton monocorde.

— La septième semaine ? réitéra-t-il sans dissimuler son étonnement.

— Sur les quarante-deux semaines de grossesse.

L'information fut aussi détonante qu'une torpille lancée en sous-marin, ne laissant que les débris, les corps désarticulés et la poussière sur son passage.

— Bordel, Scarlett, qu'est-ce que tu essaies de me dire ?

Son visage devint exsangue, son regard ombrageux et la jeune femme devina la raideur préoccupante de ses muscles.

Sans plus chercher à tourner autour du pot, elle confia de but en blanc, tout en articulant parfaitement tous les mots de sa phrase :

— Je suis enceinte, Keir. Ça fait bientôt deux mois. C'est toi le père.

Un ouragan dévastant soudainement la ville de Beaufort n'aurait même pas pu décongestionner Keir de son hébétude.

Impossible !

Lorsqu'il parla, sa voix prit des inflexions accablantes, pareille à celle d'un moribond qui recouvre la fonctionnalité de ses cordes vocales après des années de mutisme.

— Je pensais que tu prenais la pilule.

— Les accidents arrivent.

— Si tu essaies de me piéger en me faisant un bébé dans le dos pour que j'assume mes responsabilités, tu peux aller te faire pendre. Je ne t'épouserai pas.

Un coup de cravache n'aurait pu lui faire aussi mal que cette réplique insultante.

— Si tu crois que je suis ce genre de femmes !

— Il va falloir que tu avortes, Scarlett. Je ne veux pas d'enfant et je t'aiderai à arranger ta situation présente. On ira à l'hôpital dès demain pour résoudre le problème.

— Il n'y a pas de problème à résoudre. Je ne te demande rien, je voulais juste t'avertir. Je pensais attendre encore quelques jours, mais finalement, tu as accéléré les choses.

— Tu n'es pas sérieuse en refusant d'avorter ?

— Je veux garder ce bébé. Ne t'inquiète pas, quand il naîtra, nous n'aurons pas besoin de toi.

La façade marmoréenne qu'il s'était constituée éclata en mille morceaux sous la sauvagerie d'une colère impossible à réprimer. Avec brutalité, il quitta la salle de bains en proférant un long chapelet de noms d'oiseaux, destinés à lui prouver combien cette annonce lui était insoutenable. Une fois dans la chambre, il s'exhorta à plus de sang-froid, essayant les cent pas afin d'évacuer l'acrimonie qui lui donnait à son tour la nausée.

— Qui me dit que ce bâtard est le mien ?

— Ce bâtard ? hoqueta-t-elle en réapparaissant dans sa chambre. C'est comme ça que tu parles de ton bébé ?

— Je n'en ai jamais voulu ! Après tout, tu t'es peut-être tapé l'autre couillon d'Erik à l'hôpital et maintenant, tu veux me faire porter le chapeau.

— J'aurais dû m'attendre à autant d'insultes de ta part, mais navrée de te décevoir, Dalglish : j'ai eu la bêtise de te rester fidèle pendant tout ce temps. J'aurais dû coucher avec Erik, au moins j'aurais été sûre qu'il ne se montrerait pas aussi con à l'annonce de la nouvelle.

— C'est toi la conne ! Tu te laisses engrosser par un homme qui ne t'aime pas et qui ne veut de toi que pour des moments de coucheries. Il faut être complètement idiote, surtout si tu as pensé, ne serait-ce qu'une nanoseconde, que j'accepterais de t'épouser et de jouer les pères modèles à tes côtés. Mieux vaut mourir !

Scarlett serra les poings et enfonça si fort les ongles dans les paumes de ses mains qu'elle y laissa des traces rouges en forme de croissants de lune. Ses larmes perlaient dans la nacre de ses yeux, mais munie d'une volonté d'acier qu'elle ne soupçonnait pas, elle parvint à garder la tête froide et altière.

Ce n'était pas le moment de s'épancher en vaines protestations de ressentiment, en simagrées de désespoir et en pleurs dramatiques. Elle avait anticipé sa réaction, même si ses paroles blessaient aussi méchamment que des munitions.

Il fallait demeurer digne, froide, calme. Se montrer à la hauteur d'une Scarlett O'Hara.

Quoiqu'il arrivait, le soleil se lèverait toujours.

Ce bébé, elle l'élèverait seule, entourée de Livia, Hudson et d'autres proches. Elle n'aurait pas besoin de ce salaud.

— Tu connais la sortie, Dalglish.

Avec un dernier coup d'œil incandescent, givré, un peu sauvage comme celui d'un ours en rogne, dont elle se souviendrait jusqu'à la fin de sa vie, il s'élança vers le couloir et commença à dévaler les escaliers en faisant grincer sous ses bottes de combat les marches en bois.

Rattrapée par un dernier élan passionné, elle courut à sa suite en allumant les lampes dans tout le vestibule, le talonna de ses pieds nus, puis hurla au moment où il ouvrait la porte d'entrée pour sortir :

— Va au diable !

— J'y compte bien !

Alors qu'elle était hissée sur la dernière marche de l'escalier, le claquement de porte qui s'ensuivit fut si brutal qu'il se répercuta jusque dans ses os et fit tressauter les pampilles en cristal de son lustre bigarré.

Ce fut seulement à ce moment-là qu'elle se permit de pleurer, à chaudes larmes, de toute son âme, les hormones ne faisant qu'exacerber son mal-être.

Chapitre 33

Quelques heures plus tard
L'alcool bouillonnait dans le sang de Keir.

Dans la nuit, il avait vidé la moitié d'une bouteille de whisky, enfermé dans sa voiture, à écouter du rock et du rap en espérant se vider l'esprit, s'abrutir, oublier cette satanée rouquine et le bébé qui grossissait dans son ventre. Il s'était ensuite rendu au camp d'entraînement à l'aube, complètement ivre, et avait été tracté de force par Lex, toujours présent pour raffermir le mental d'un homme et lui rappeler les bonnes conduites.

En guise de dégrisement complet, son ami l'avait laissé dormir jusqu'au milieu de la journée, puis lui avait administré un cachet contre la gueule de bois avant une douche glaciale. Keir avait pratiquement retrouvé une allure normale quand il se rendit au cours d'arts martiaux, vêtu d'un pantalon treillis et d'un t-shirt noir, à l'identique de Lex et de toutes les jeunes recrues présentes. Au total, près d'une cinquantaine de personnes peuplait le carré de terre sur lequel les entraînements se déroulaient.

— Les mecs, ne sautillez pas ! On n'est pas à la boxe et les militaires ne sautillent jamais quand ils s'affrontent aux arts martiaux. Il faut rester statique, sinon on est K.O en moins de cinq minutes, lança Lex avant de se tourner vers Keir, engoncé comme une porte de prison à l'arrière de son ami. Ça va, Dalglish ? Tu te sens en forme pour faire une démonstration avec moi ?

— Ouais. Je crois que j'ai besoin qu'on me défonce la gueule, marmonna Keir dans sa barbe, un peu engourdi par la dose de whisky qui filtrait encore dans son organisme.

Il n'avait pas fini de cuver. Ni l'alcool ni l'annonce de la grossesse.

— DALGLISH !

Une voix d'homme tonna soudain dans les airs en sonnant l'alerte chez toutes les personnes présentes. D'un même mouvement, l'interpelé, Lex et les recrues reportèrent leur attention sur la silhouette de Hudson, encore plus impressionnant que d'ordinaire lorsqu'il arborait son uniforme de service.

À cause du soleil aveuglant, Keir dut mettre sa main en auvent au-dessus de ses yeux rougis et distingua l'étincelle féroce qui miroitait dans les prunelles de son meilleur ami. La manière dont il le toisait en traversant la courte distance qui les séparait n'annonçait rien de bon.

— Ça sent les emmerdes.

Keir finit à peine cette phrase que Hudson le harponnait déjà au col de son t-shirt et lui assenait un coup de poing détonnant. L'impact du coup fit culbuter le balafré au sol en effrayant les recrues.

— Espèce de fumier ! beugla Hudson à la façon d'un rhinocéros blessé. Tu abuses de l'innocence de Scarlett, tu l'engrosses, puis tu la quittes comme une ordure ?

D'autres éclats de voix vibrèrent autour d'eux en même temps que Lex s'interposait entre ses deux frères d'armes.

— Fais pas le con, Rowe ! Pas devant mes élèves, lui souffla ce dernier, le ton péremptoire.

— Désolé, mais j'ai une affaire urgente à régler avec ce bâtard! Bâtard, c'est bien ce terme que tu as utilisé pour désigner le bébé, n'est-ce pas? poursuivit Hudson en poussant fermement Lex sur le côté, avant de s'installer à califourchon sur Keir et poursuivre sa correction musclée.

D'abord amolli par la consommation de whisky, l'éreintement et la spontanéité de l'instant, le capitaine Dalglish encaissa les offensives sans se défendre. Après tout, il avait mérité une bonne raclée, le genre qui pouvait vous assommer le temps d'effacer à jamais les souvenirs néfastes. Mais face à la fureur de son ami, son instinct reptilien et sa fierté revigorèrent ses réflexes en le poussant à répliquer tout aussi âprement.

Lors, un combat à mains nues s'ensuivit, bien plus galvanisant que les matchs de catch retransmis à la TV. Explosion de testostérones et de rage refoulée.

Incapables de se brider devant une telle démonstration de force, les recrues s'ameutèrent autour d'eux, fascinés par ce spectacle et impatients d'ouvrir les paris sur l'issue de l'empoignade. Seuls les coups de sifflet du sergent-chef Lenkov les rappelèrent à l'ordre, ce qui lui permit de s'insérer une fois de plus entre les deux brutes sanguinaires.

— Rowe! Dalglish! Arrêtez votre merdier et soyez dignes de vos rangs! somma Lex en saisissant Keir à la taille pour le tirer en arrière.

Malheureusement, il reçut par inadvertance un coup de coude à la joue, si violemment que son sifflet vint le heurter à l'œil sous l'impulsion de son mouvement de recul. Une douleur piquante se mit à irradier sous sa peau et éveilla sa propre témérité.

Sans perdre de temps, il se rabaissa et poussa Keir sur le côté de toutes ses forces, parvenant ainsi à le faire rouler au sol sur un mètre de distance et à s'ériger tel un mur infranchissable entre ses amis. Par chance, il était le plus grand et charpenté des trois avec son mètre quatre-vingt-dix-huit de hauteur et ses cent-douze kilos de muscles. Un vrai mastodonte, le genre qu'on mettait sur le terrain pour une confrontation d'un contre dix.

— Vous me foutez la honte ! pesta Lex en giflant Keir pour le réveiller de sa rage et le désarçonner à l'instant où il chargeait sur lui avec l'intention de l'envoyer rouler au sol.

Plus petit que son frère d'arme, Keir dut relever la tête vers la sienne, le bombardant des deux torpilles qui lui servaient d'yeux.

— C'est Rowe qui a commencé !

— Tu mériterais que je t'attache trois jours sur un pilotis, sans te nourrir ! répliqua Hudson en essuyant du revers de sa manche son nez ensanglanté. Ce serait ta pénitence pour avoir jeté Scarlett aussi misérablement. Tu n'es qu'un minable, Keir.

Le mépris qui enroba ses paroles donna au concerné la nausée. Il voulut régurgiter toute la bile, l'humeur noire qui alimentait son être, mais rien ne sortit de son gosier.

Honteux, prostré, toujours un peu éméché, il ne savait plus où se mettre.

— Je n'ai jamais voulu de bébé. Elle n'était pas censée tomber enceinte...

— Tu y réfléchiras à deux fois avant de t'engager dans une aventure avec une femme comme Scarlett. Ce n'est pas l'une de ses putes avec lesquelles tu as l'habitude de gaspiller ton temps.

Encouragées par leur curiosité malsaine, les nouvelles recrues voulurent s'amasser autour d'eux afin de mieux percevoir les paroles qu'ils s'échangeaient. Néanmoins, le coup de sifflet menaçant du sergent-chef Lenkov les en dissuada.

— Vous êtes tous les deux major et capitaine, vous n'avez pas su vous montrer disciplinés en face de ma section, leur reprocha Lex à voix basse, sans se départir de son ton d'acier. Vous devriez avoir tous les deux honte de vos comportements. À ce que je sache, Keir n'a pas tué Scarlett, mais l'a seulement larguée. Tu aurais pu attendre que nous trouvions un lieu plus isolé pour le corriger...

Lex aurait souhaité poursuivre, mais le lieutenant-colonel Barnes, le supérieur chargé de superviser la base, apparut désormais dans leur champ de vision, escorté par les officiers qui avaient assisté au dérapage scandaleux des deux amis.

Quand ce nouveau groupe arriva à la hauteur du rassemblement, le lieutenant-colonel Barnes enveloppa les deux querelleurs d'un regard comminatoire, puis aboya :

— Dalglish, Rowe, dans mon bureau immédiatement !

Sans oser broncher, les deux interpelés talonnèrent leur supérieur hiérarchique jusqu'à son bureau, à une distance de sécurité infranchissable. Ils durent traverser l'une des plus grandes cours de la base d'entraînement, prendre le même ascenseur, incapables de se regarder l'un l'autre, avant de pénétrer dans l'espace vaste et personnalisé du chef.

Le lieutenant-colonel Barnes attendit de s'asseoir dans son siège, de trouver une position confortable, nullement inquiété de les savoir debout malgré les courbatures affluant dans leurs muscles, avant de commencer :

— Votre comportement est inacceptable, indigne d'officiers de votre envergure. Vous pensez que c'est un exemple à donner à nos nouvelles recrues ? Qu'est-ce qu'ils vont penser en voyant un major et un capitaine se battre comme des merdeux de Brooklyn ? Vous vous êtes crus où, bordel ?!

— Toutes mes excuses, mon colonel. J'ai lancé l'offensive sur Dalglish... pour affaire personnelle, s'expliqua Hudson, stoïque.

— Pour affaire personnelle ? Bon sang ! On ne vous a jamais appris qu'il ne fallait pas mêler le privé à l'armée ? Qu'est-ce qu'on a à battre de vos histoires personnelles, hein ? Vous êtes supposés les régler à l'abri de tous les commérages, pas devant un parterre de marines surexcités, qui se croient au stade de baseball ! Compris ?

— Oui, mon colonel, répondirent-ils en chœur.

— Je vais être obligé de faire un rapport dans vos dossiers. Pour inconduite.

Ni Hudson ni Keir ne clignèrent d'un œil, mais alors que le silence continuait de s'allonger, le second avoua d'un air déterminé :

— Chef, j'aimerais vous demander une requête.

— Une requête ?

— C'est quelque chose qui devrait soulager tout le camp. Je demande à être largué le plus tôt possible au front. Ma rémission physique a eu besoin d'un long moment de réadaptation, mais les docteurs disent que ma reprise est excellente. Vous m'avez dit que je pouvais partir dès la mi-août.

L'annonce affola cette fois-ci Hudson, qui était d'un tout autre avis que son frère d'armes. Keir avait encore trois semaines de repos et d'entraînement devant lui, il ne pouvait pas tout accélérer pour un retour à la guerre.

— Dalglish, tu n'es pas encore prêt, lâcha-t-il, non sans masquer son inquiétude.

— Je ne vous ai pas donné la permission de l'ouvrir, Rowe.

— En tant que major, je suis désormais son supérieur hiérarchique et je ne veux pas que mes hommes se mettent ridiculement en danger. Il n'est pas encore prêt pour y retourner.

— Je suis votre supérieur hiérarchique, Rowe, et selon mon expérience, Dalglish semble avoir recouvré toutes ses capacités physiques, argua le lieutenant-colonel Barnes d'un air intraitable. S'il veut retourner en mission, je vais lui donner mon feu vert. Dès la semaine prochaine. Nous avons besoin d'un capitaine de la FORECON sur le terrain.

Hudson en fut dépité, tandis que Keir en ressentit de la satisfaction, si ce n'était du soulagement.

Mais derrière ce volontariat exemplaire, l'un comme l'autre savaient que ce n'était qu'une manière couarde et périlleuse de fuir ses responsabilités envers Scarlett et le bébé.

Scarlett éclata en sanglots quand la nouvelle du déploiement se fit connaître.

— Je lui ai dit d'aller au diable… c'est à cause de moi s'il a précipité son départ, n'est-ce pas ?

Allongée sur le sofa de Livia et Hudson, la jeune femme ne cessait de déverser sa tristesse et sa colère.

Les hormones lui jouaient des tours et la rendaient primesautière.

— Ne t'inquiète pas pour lui, ma chérie, il va seulement là-bas pour cuver sa douleur. Il n'ira pas souvent sur le terrain. Il ne fera que superviser son équipe... et puis, dans un mois, je le rejoindrai et je veillerai sur sa personne, la rassura Hudson en glissant ses doigts dans ses cheveux, le nez décoré d'un pansement et le front gonflé par une bosse.

Keir n'y était pas allé de main tendre en le frappant au visage. Pacifique dans l'âme, Livia avait supplié son mari de régler les choses en douceur, mais l'état de sa figure prouvait combien il lui avait désobéi. L'Anglaise en était venue à la conclusion qu'elle ne comprendrait jamais vraiment les hommes et leurs manières néandertaliennes d'ouvrir une conversation.

— Il doit me haïr, soupira Scarlett après s'être bruyamment mouchée.

— Un peu. C'est seulement le choc de la nouvelle. Un type comme lui doit cuver longtemps avant de prendre la mesure de ce qu'il ressent. Tu sais, ses parents ont été forcés de se marier quand sa mère est tombée enceinte de lui et ça a été un traumatisme pendant son enfance. Quand ils se disputaient, ils disaient souvent que c'était de sa faute et sa mère ne l'a jamais vraiment aimé. Keir ne veut pas reproduire le même schéma.

— On n'est pas pareils... je n'ai jamais cherché à le piéger ou quelque chose comme ça. Je l'aime et c'est arrivé tout seul. Maintenant, s'il ne veut plus entendre parler de moi, au moins j'aurai le bébé.

— Et je suis sûr que tu feras une excellente mère. Si Keir ne veut pas renouer les liens avec toi, tu t'épanouiras quand même seule. Crois-moi, tu n'as pas besoin d'homme.

Vous avez aimé votre lecture ?
Découvrez les autres romans des éditions So Romance
disponibles en format papier et numérique.

Unis par la plume

Leona Walker est une jeune écrivaine qui voudrait s'inspirer du célèbre acteur Jeremy Nollan pour créer le personnage de son prochaine livre. Elle le contacte par e-mail pour avoir son accord. Commence alors une correspondance érotique entre eux jusqu'à ce qu'il lui propose de venir le voir à Londres... Ils ne sont pas du même monde : elle est une romancière américaine, alors que lui est un grand acteur londonien connu pour sa saga sulfureuse. Tout les sépare, et pourtant...

Croire encore au bonheur

À la suite d'un drame personnel qui la contraint à reprendre sa vie à zéro, Lou accepte un poste de secrétaire dans une société à Marseille. Une surprise de taille l'attend en découvrant la somptueuse demeure où elle sera hébergée le temps de son contrat, mais ce n'est rien à côté de sa stupéfaction lorsqu'elle apprendra l'étrange activité de son employeur. Très vite, un lien passionnel se tisse entre la tendre et secrète Lou Saint-Pierre et le ténébreux Valère Castrosa...

Pour en savoir plus
www.soromance.com

© Éditions So Romance, 2019 pour la présente édition

Lemaitre Publishing
159, Avenue de la Couronne
1050, Bruxelles

www.soromance.com

ISBN : 9782390450344
D/2019/14.771/07

Maquette de couverture : Philippe Dieu
Photo : © ekhphoto / Fotolia

Printed in Great Britain
by Amazon